FOLIO POLICIER

Marcus Malte

La part des chiens

Gallimard

Né en 1967 à La Seyne-sur-Mer, un temps pianiste, un temps projectionniste après des études de cinéma, Marcus Malte est devenu en quelques années l'un des auteurs les plus novateurs et remarqués du roman noir français. Styliste impeccable, auteur également pour la jeunesse et talent souvent primé, il a notamment écrit *Et tous les autres crèveront, Carnage, constellation, Intérieur nord* et *Garden of Love*.

Ils marchent de plus en plus nombreux
dans les rues des villes et dans les chemins.
Ils investissent les lieux.
Ils grignotent la place.
Ils sont assis à notre table.
Ils nous bouffent le cœur et la moelle des os.
— Mais qui leur a ouvert les portes ?

« Crache, crache, crache… Crache-moi ça, putain de merde ! » crachait Zodiak et dans le même temps il cognait dans le dos du Polonais, juste là entre les omoplates, avec son poing fermé. L'autre était plié en deux, la gueule rutilante. Il ne respirait plus. Zodiak le tira par l'arrière du col et de sa main libre lui balança coup sur coup deux crochets à l'estomac. Il en aurait volontiers balancé un troisième et un quatrième et ainsi de suite jusqu'à épuisement, juste pour passer ses nerfs et en finir une fois pour toutes avec cet abruti, mais l'abruti à ce moment-là eut une sorte de hoquet, il étira le cou et ouvrit des yeux étonnés et dégueula sur le sol avec un bruit de phoque.

Zodiak s'écarta d'un bond. Il faisait moins cinq degrés et il était en sueur. Des mèches lui collaient au front, la pointe en travers de l'œil. Il reprenait son souffle. Il était rare de l'entendre jurer.

À côté, le polac se tenait le bide à pleines mains. Sa bouche s'ouvrait encore, par réflexe, mais plus rien n'en sortait, seulement de la buée, un peu de vapeur d'eau, la chaleur de son corps qui foutait le camp aussi. Une petite flaque s'étalait à ses pieds. Un peu de bile jaunâtre et au milieu un îlot tout blanc comme un minuscule iceberg. Zodiak examina la chose. La lueur pâle d'un réverbère se reflétait dessus. Le polac se redressa. De vomir, ça lui avait fait venir les larmes. Ou peut-être que c'étaient les coups. Il fit tourner sa langue dans la bouche puis il y enfonça un doigt et fouilla au fond entre les dernières molaires et la joue. Il ramena sa trouvaille sur le bout de l'index et la regarda de près. Un autre de ces petits caillots blancs, luisant de salive. Il le montra à Zodiak sans rien dire. Zodiak serra les mâchoires. Il savait déjà. Du polystyrène. Ce putain de charognard s'était enfilé une tranche entière de polystyrène expansé. Zodiak secoua la tête et se détourna. L'autre haussa une épaule.

— Quoi ? fit-il. J'avais faim.

Il se ramonait encore l'intérieur de la bouche avec sa langue, bien consciencieusement le pourtour des gencives voir si des fois il en resterait pas une miette. Puis il s'essuya le doigt sur son pantalon. Il s'essuya les lèvres avec sa manche.

— Je m'étais dit que ça pourrait me caler en attendant. Quand j'ai faim, je boufferais n'importe quoi, Zod. Tu le sais.

— En attendant quoi ? siffla Zodiak.

Il s'était retourné à nouveau, d'un bloc, et le fixait. Et Roman Wojtyla n'aimait pas du tout quand son beau-frère le regardait de cette façon. Ce regard lui faisait peur. Il pouvait littéralement se chier dessus face à ce regard — quand il avait quelque chose dans le ventre. Il se raidit. Il hésita. Il ravala un restant de bile.

— Avec une bonne gorgée, ce serait passé. Vrai, Zod. Sans problème. Seulement… Seulement, putain, on n'a même pas une cannette à s'enfiler. On n'a rien. J'ai faim et j'ai soif, une putain de soif, merde !

Quelque part il y eut un bruit de rails aspirés, le souffle d'un rapide filant sans s'arrêter d'est en ouest. Zodiak jeta un œil vers la gare. C'est là qu'ils avaient échoué, son seul repère pour le moment. La grosse pendule ronde au sommet du bâtiment indiquait 5 h 40. Il scruta le ciel. La nuit commençait à flancher. Pas de nuages mais l'éclat assourdi des étoiles. Le voile de l'aube. Impossible à lire. Aucun présage, ni bon ni mauvais. Zodiak considérait son art comme une science exacte. L'à-peu près en était banni. Il haïssait les charlatans, les escrocs, les clowns et ils étaient légion. En réalité il ne connaissait que deux personnes au monde capables de déchiffrer les signes : lui et son maître, Agharâ.

Tu l'arracheras aux griffes de l'ombre…

Le maître l'avait dit. Il ne s'était jamais trompé.

Tu l'arracheras aux griffes de l'ombre, et elle resurgira dans un spasme de lumière.

Le polac s'était mis à danser sur place, une petite danse des genoux silencieuse et mécanique et tremblotante. Triste. Il se tenait lui-même dans ses bras. Le regard de Zodiak revint sur lui et il baissa les yeux.

— On se gèle, souffla-t-il.

Terrestre. Bien trop terrestre, pensa Zodiak.

Sur son propre front la sueur se glaçait et à la base de son cou et sous ses aisselles, mais il ne se plaindrait pas. Cela faisait partie de l'épreuve.

Devant eux s'ouvrait une large avenue déserte. Des palmiers la bordaient, un tous les trente pas, maigres et la crête déplumée, cristallisée sous une couche de givre. Leurs troncs rugueux et râpeux au toucher comme des vieux culs de singes. Les immeubles autour étaient d'un autre siècle pour la plupart. Des plaques de cuivre luisaient dans la pénombre, notaires, avocats, huissiers, tout ça bien lustré et patiné, rassurant. Une certaine assise. Et pour trancher là-dedans s'élevait de temps en temps la façade d'une banque, criante de chrome et de verre et d'acier comme un grand rire carnassier plombé d'or fin et tellement, tellement suffisant.

Le monde matériel. Zodiak savait aussi lire ces signes-là.

Il avait beaucoup voyagé. Pas seulement depuis le début de la quête. Il était sur les routes depuis toujours. Partout les villes se ressemblaient. Partout les mêmes règles, les mêmes codes, les mêmes subtiles frontières. Question de décryptage encore une fois. Observer et traduire. Il savait faire ça.

L'avenue descendait en pente douce jusqu'à ce qui semblait être un grand boulevard, une de ces artères incontournables dont chaque habitant connaît le nom. Un feu orange clignotait à l'intersection des deux voies. De rares véhicules traversaient en trombe, moteur hurlant dont le bruit leur parvenait comme un vol serré de bourdons.

Cette ville…, pensa Zodiak, et pour lui ça voulait dire quelque chose.

Il enfonça les poings dans les poches de son blouson et se remit en route. Le port ne pouvait être que vers le bas. Au bout de quelques secondes, il entendit le trottinement du polac dans son dos.

En fait de polonais, Roman Wojtyla n'avait vécu que neuf jours en tout et pour tout sur la terre de ses ancêtres. Les neuf premiers jours de sa vie. Le temps pour son père de crever d'un coup de pioche dans le dos au cours d'une grève qui avait mal tourné — une tentative de grève — et pour sa mère de retourner au pays avec pour seuls bagages lui et sa sœur jumelle, Sonia. Elle était d'Aubusson, la mère. Dans le centre. Une famille de paysans propriétaires. Une ferme, où Krzysztof Wojtyla avait fait deux saisons d'affilée, gîte et couvert assurés et en sus cette brave fille qui disait pas non. La fille du patron. Elle s'était retrouvée grosse. Elle avait dit oui encore une fois et s'était tirée avec lui par une nuit sans lune en courant à travers champs. Elle n'était pas fière de revenir comme ça, quelques mois plus tard. Elle avait peur. Le vieux n'avait pas pardonné, c'est juste qu'il avait bien voulu fermer les yeux pour elle, c'était toujours deux bras en plus, mais pas pour les deux bâtards accrochés à ses mamelles, ça c'était rien que des bouches, des trous, des foutues bon Dieu de pompes à fric. Pas question, avait dit le vieux.

Et justement monsieur Canard passait par là, comme s'il avait flairé le coup. Monsieur Canard flairait très bien ce genre de choses. À des kilomètres à la ronde. Monsieur Canard était en pleine période de recrutement. Ce qui l'intéressait au départ, c'était uniquement la gamine, la pisseuse. Il avait déjà sa petite idée. Il voyait loin. Investissement à long terme. Mais c'est le vieux qui avait traité l'affaire, et il avait été intraitable : c'était le lot ou rien. Monsieur Canard avait pris le lot. Pour le même prix. Le frère et la sœur. La mère pleurait en silence derrière un tracteur. Le vieux avait été impressionné par la mallette remplie ras la gueule de biffetons bien rangés, alignés et propres et bien repassés. Ça impressionne toujours. Il n'avait pas pu s'empêcher d'en porter une liasse à son nez pour la renifler. Des grosses coupures. Cash. Sa figure virait au rouge sanguin.

Les billets étaient faux mais monsieur Canard était déjà loin.

En passant, Zodiak vit leur reflet dans la vitrine d'un centre de culturisme. Il était conscient de l'image qu'ils renvoyaient. Chaque jour davantage, chaque jour un peu plus que le jour d'avant. Quelque chose comme un clodo et son fidèle clébard. Le polac avait véritablement une gueule de chien. Il était plus grand de taille, une bonne tête de plus, et plus maigre et plus voûté. Une gueule de colley. Sonia ne lui ressemblait pas. En rien. Elle était née du même ventre avec quatre minutes et vingt-huit secondes d'avance. Elle était belle, intelligente et douée. Et céleste. C'est un leurre bien entretenu mais la nature n'a jamais eu une once d'équité. Peut-être que c'étaient ces vingt-huit secondes qui avaient fait toute la différence.

Une lumière d'ambiance venue du fond de la salle découpait les silhouettes des appareils de musculation. Tout en angles vifs. Durant une fraction de seconde, Zodiak eut la vision très nette d'une guillotine. Dans un éclair blême le couperet qui tombe. Quelque chose se contracta au fond de ses entrailles mais il préféra attribuer ça à son estomac vide et à la fatigue. Il accéléra.

Ils ne croisèrent personne jusqu'au boulevard. Quatre voies de circulation. Zodiak s'arrêta et derrière lui le bruit des pas cessa aussitôt. En face, un camion benne avançait par à-coups dans le couloir des bus. Gyrophare orange sur sa carapace grise et ses dents d'acier qui broient tout ce que les deux gnomes en tenue de luciole lui balancent à travers la gueule. C'était pas sûr que le polac l'enviait pas.

Zodiak sentit un frôlement sur son épaule et se retourna. D'un mouvement du menton Roman lui désigna un type assis sous un Abribus un peu plus loin sur le même trottoir. Un vieux Noir à la moustache grise. Il portait un anorak rouge, usé, trop juste pour lui. Ses avant-bras dépassaient des manches comme des ceps à demi arrachés. Il était seul. Un sac de sport était posé par terre entre ses pieds. Un modèle de trente ans d'âge. Encore un de ces nègres qui avait cru pouvoir s'en sortir par le ring. Coq de combat dans sa jeunesse. Probable. Mais d'autres que lui avaient su mieux encaisser.

Zodiak le dévisagea un long moment et le vieux Black lui rendit son regard. Pas une seule fois il ne cligna des paupières. Il n'avait aucune expression. Zodiak se détourna le premier. Il secoua la tête pour dire non à son beau-frère. Le polac n'insista pas.

Ils passèrent devant le type et Zodiak constata qu'il fixait toujours le même point, à l'endroit précis où ils se tenaient quelques instants plus tôt.

Il en conclut que le vieux avait atteint un certain degré de perfection. Le polac ne put s'empêcher de jeter un œil sur le sac.

Ils marchèrent un bout de temps en parallèle avec le camion poubelle. Ils longèrent la façade d'un Quick, puis d'un McDonald's, puis celle d'un magasin de chaussures et le hublot opaque d'un club privé nommé Le Potemkine. C'est à ce moment-là que la lueur du gyrophare gifla trois fois d'affilée le visage d'un homme en duffle-coat bleu marine qui passait sur le trottoir opposé. Roman le clébard était déjà à l'arrêt, la tête légèrement de biais au bout de son cou tendu. Zodiak ne pouvait pas dire non à chaque fois. Ils lui laissèrent une poignée de secondes d'avance puis traversèrent le boulevard et le prirent en chasse.

L'homme bifurqua dans une rue perpendiculaire. Il marchait vite. D'une main il tenait serré le col de son manteau et de l'autre il portait l'étui d'un instrument, quelque chose d'imposant comme une contrebasse ou un violoncelle. Ses semelles claquèrent sur les dalles d'une petite place carrée. Il y avait là un bâtiment en pierres taillées au fronton duquel était inscrit : Théâtre Municipal. Une dizaine de marches montaient vers une galerie fermée par une grille en fer. Une lyre emblématique et dorée était soudée aux barreaux. L'homme tourna la tête vers des affiches éclairées au néon. *Violettes impériales* et *Les Valses de Vienne*. Il ne ralentit pas. Les deux hommes étaient à moins de quinze mètres de lui. Il continuait à se diriger vers le bas de la ville et ça faisait l'affaire de Zodiak.

Les rues rétrécissaient à vue d'œil et la nuit stagnait ici plus longtemps qu'ailleurs. De pleines flaques d'ombre éternelle. Le gars pataugeait là-dedans. Il n'était plus parfois que l'écho du bruit de ses pas et ces deux traits de vapeur qui sortaient de ses narines et montaient en s'effilochant vers des cieux plus clairs. Comme la fumée d'anciens trains en d'anciennes contrées. Quelque chose d'éphémère.

Sans un mot de concertation, Zodiak et Roman se déployèrent.

Trente secondes plus tard, le gars pila et son instrument cogna contre la cuisse de Zodiak. Un sursaut, au dernier moment. Il ne l'avait pas vu, juste senti sa présence, et sans doute qu'il ne le voyait toujours pas. C'était Zodiak qui avait choisi l'endroit, le point de rencontre. De l'angle obscur où il se tenait, il était le seul à pouvoir discerner le visage qui lui faisait face. Plus jeune que ce qu'il pensait. À peine vingt ans. Des lèvres et des yeux écarquillés. Surprise, incompréhension, pas encore de la peur mais ça venait, ça venait.

Zodiak laissa venir.

— Tueur à gages ? lâcha-t-il au bout d'un moment.

Cela semblait être une vraie question. La bouche du type s'ouvrit davantage mais aucun son n'en sortit.

Zodiak s'avança d'un pas et d'un geste désigna l'étui et l'autre aperçut l'espace d'un instant cette main qui se balançait dans l'ombre comme au bout de sa tige une fleur gracile maladivement pâle.

— Tueur à gages ? Sniper ?

Il ne souriait pas. Le gars n'avait pas l'air de piger. Ses yeux allaient et venaient de son instrument à la silhouette opaque qui lui barrait le passage et la panique commençait à fondre sur lui.

— Je… je suis musicien, souffla-t-il.

Zodiak hocha plusieurs fois la tête en silence.

— Ton signe ? fit-il.

— Quoi ?

— Ton signe, répéta Zodiak. Ton signe astrologique. Le jeune homme lança un regard désespéré à droite, à gauche. Des larmes brillèrent soudain sous ses paupières. Si vite, pensa Zodiak.

— Cancer, dit le type.

Zodiak pinça les lèvres.

— Perdu, dit-il.

— Perdu !

La voix avait surgi de l'obscurité et le musicien sursauta une nouvelle fois et quand il se tourna le polac était déjà dans son dos, tout près, la gueule penchée comme s'il voulait l'embrasser dans le cou ou lui planter ses crocs. Il affichait un large sourire et le jeune homme put voir les quelques dents qui lui faisaient défaut et un étrange petit point blanc collé à son palais. Il eut dans le même laps de temps infime l'intention de fuir et la certitude qu'il n'y parviendrait pas. Son corps n'obéirait pas. Il était planté. Toutes ces absurdités qu'on dit sur la peur qui donne des ailes. La peur donne envie de se répandre. Il ne pouvait même pas crier. Il happa une goulée d'air froid et dit :

— Écoutez, je… je…

— Tu… Tu…, fit le polac.

— Tu veux connaître l'avenir ? dit Zodiak.

Le jeune homme secoua la tête.

— Le tien, précisa Zodiak.

Le polac gloussa et le gars se mit à couiner en silence à l'intérieur de son crâne.

— C'est comme tu veux, dit Zodiak.

— Je… je veux juste que vous me laissiez tranquille, fit le jeune homme.

Sa voix frottait comme un archet sec. Il pouvait sentir le souffle du clébard sur sa nuque, qui lui tournait autour, qui le flairait. Instinctivement il rentra la tête dans les épaules. La première larme glissa sur sa joue comme une goutte de mercure.

— Bien sûr, dit Zodiak.

Il pensa que Sonia n'aimerait pas voir ça. Il pensa qu'elle n'aimerait pas le voir, lui, en train de faire ça. Pas plus avec un jeune musicien qu'avec un vieux Black sonné. Il eut un soupir inaudible.

— Il nous faut un peu d'argent, dit-il.

Le polac allongea la main sous le nez du gars. Une main longue et noueuse.

— Le fric, dit-il.

Le musicien ne lâcha pas son étui. Ses doigts s'affolèrent sur les boutons de son duffle-coat. De sa poche intérieure il sortit un portefeuille que le polac lui arracha et éventra aussi sec. Il en extirpa quatre billets et quelques pièces de monnaie, le reste il le laissa tomber à terre. Il recompta l'argent dans le creux de sa paume.

— Cent seize, annonça-t-il. Pas d'quoi s'astiquer le gland.

Le jeune homme scrutait le bout de ses souliers en reniflant. Zodiak ne le quittait pas des yeux.

Il pensa à Bampi le violoniste qui jouait des mazurkas le jour de son mariage et qui était mort noyé dans l'eau glauque d'un étang du côté de Cologne. C'était en plein hiver comme aujourd'hui. Le violon flottait seul entre les joncs.

— Ce truc-là, ouais, ça doit valoir un paquet, fit le polac.

Il tira sur l'étui du musicien, un coup à lui arracher l'épaule. Les doigts du gars s'accrochèrent un instant à la poignée, puis cédèrent. Cette fois il regarda partir son instrument comme il eût regardé partir son propre bras tout entier et sa bouche et ses yeux s'ouvrirent dans une expression de muette stupeur.

— Rends-lui ça, dit Zodiak.

Le polac se figea.

— Putain, Zod…

— Rends-lui, répéta Zodiak.

Il n'avait pas élevé la voix. Le polac tenta de soutenir son regard. Dans ses bras l'étui évoquait un cercueil, un sarcophage de prince mort-né. Après quelques secondes, il émit un grognement sourd puis lâcha l'instrument qui s'écrasa au sol. Le bruit du choc se répercuta tout au long de la ruelle.

— Apprends d'abord à en jouer, dit Zodiak.

Le musicien se baissa avec prudence, il tendit le bras et récupéra l'étui et le serra fort contre sa jambe. Puis il lança à Zodiak un regard par en dessous dans lequel transparaissaient et sa gratitude et sa soumission. Mais Zodiak s'était déjà éclipsé et le polac avec. Le jour se levait. Le neuf cent vingt-septième jour exactement.

Zodiak ne s'appelait pas encore Zodiak et il faisait déjà partie de la troupe quand les jumeaux les avaient rejoints. Il avait quatre ans de plus qu'eux. Il connaissait le B.A.BA : le marc de café, les lignes de la main. Des trucs de gosses. Il commençait à s'intéresser aux dépouilles de corbeaux. C'est fou ce qu'il y avait comme corbeaux à l'époque.

Ils furent nourris au même sein que lui. Celui de madame Canard cinquième du nom. Un tas de bruits courait sur le sort des quatre qui l'avaient précédée. Selon la source, monsieur Canard les avait respectueusement enterrées une à une avec leurs robes et leur quincaillerie de fiançailles dans l'antique cimetière de Baden-Baden. Vivantes. Ou échangées contre quatre pneus neufs pour sa caravane. Confiées aux soins d'un taxidermiste italo-arménien ou encore revendues à un bordel de Bucarest réservé aux techniciens des centrales nucléaires russes. C'était la rumeur la plus plausible.

Madame Canard cinquième du nom n'avait pas

l'air de s'en faire. Peut-être était-elle la seule à connaître la vérité. Elle tenait le frère et la sœur chacun au creux d'un bras et son regard enveloppait comme un voile d'organdi les deux petits crânes duveteux et la paire de bouches ventousées à ses tétons. Roman était de loin le plus glouton. Elle avait un faible pour lui. Il n'était pas rare qu'elle l'endorme dans ses bras en chantonnant : « *Vagario... Vagario perdilino...* » C'étaient les seules paroles de la berceuse dont elle se souvenait et elle ne connaissait pas d'autres berceuses.

À la saison chaude, les enfants dormaient à la belle étoile dans des berceaux d'osier. Durant les mois d'hiver Zodiak redessinait les constellations sur le plafond de la caravane. Sonia n'emplissait pas encore son sommeil et ses rêves n'avaient pas tous le même visage.

Ils atteignirent le port au moment où le soleil s'élevait derrière la tour d'un ancien fort de garnison. Au loin, vers l'est. Pour l'heure, ce n'était encore qu'un disque blême et froid qu'ils apercevaient entre les mâts des voiliers de plaisance. Ils étaient des centaines amarrés là coque contre coque le long des pontons et tous étaient blancs et immobiles et semblaient attendre sagement le retour de leurs maîtres. Il y avait aussi des yachts de modestes dimensions aux rideaux tirés et des navettes proposant la découverte des îles.

Un unique paquebot hivernait le long d'un môle goudronné et désert.

Vers l'ouest s'étendait le domaine militaire. Des bâtiments longs et rectilignes, hangars, casernes, protégés par des grilles hérissées de piques et ici ou là ces étranges oiseaux des quais, grues et titans dressant leurs membres squelettiques vers le ciel.

L'horizon était bouché. La rade se refermait presque complètement sur elle-même au moyen d'une digue artificielle qu'en des temps plus anciens des bagnards avaient érigée. Ces hommes avaient taillé à la main ces blocs de pierre d'une tonne chacun. Ils les avaient transportés un à un dans de vulgaires barques à rames. Ils les avaient empilés, alignés, sur près d'un kilomètre de long et trente mètres de fond. Certains de ces hommes avaient survécu.

On avait aménagé une brèche dans la digue afin de laisser passer les courants marins et les flots de petites embarcations touristiques. C'est par cette voie que les aventuriers de fin de semaine rejoignaient la haute mer, visage offert au soleil, avec aux lèvres le goût du sel et dans la tête une impression de liberté. Aucun d'entre eux n'avait jamais poussé jusqu'à Cayenne.

Le monde a plusieurs histoires.

Zodiak fixa longtemps la silhouette d'un pêcheur assis sur un pliant face au large au bout d'un ponton. Posé à ses pieds, un seau en plastique ayant contenu de la peinture acrylique. Il était impossible de dire s'il commençait sa journée ou s'il la finissait. Une mouette solitaire plana un instant au-dessus de lui mais le pêcheur ne leva pas la tête et la mouette s'effaça comme de la poussière de craie. Les premières gouttes d'or pâle tombèrent bientôt entre les bateaux.

L'endroit était trop paisible et trop clair. Zodiak avait su tout de suite que ce n'était pas ici qu'ils trouveraient ce qu'ils cherchaient. Ils étaient allés trop loin. Ce soir, cette nuit, il leur faudrait rebrousser chemin et fouiller le quartier qu'ils venaient de traverser. La basse-ville. De l'autre côté de la grande avenue. Fouiller les rues étroites saturées de néons rouges ou verts ou bleu électrique. Fouiller les bars à marins, les bars à putes, parmi les viandards et les assoiffés et toutes ces épaves d'une autre sorte échouées là pour un jour ou une vie. Ceux qui l'ont vraiment fait, le voyage. La traversée. Ceux qui l'ont rêvée. Ceux qui savent et se taisent et ceux qui racontent et racontent et racontent encore leurs mensonges sacrés. Et tous accrochés à quelque chose, un verre, un rade, un souvenir, une fille sur un tabouret qui ressemble tellement à cette autre fille sur un autre tabouret, et tout ça pour arracher une nuit de plus au néant, une nuit de plus à oublier.

Zodiak pouvait comprendre ces hommes. Par dizaines il en avait croisé et il savait écouter et entendre et chez eux les signes étaient presque trop faciles à analyser. Trop évidents. Du matériau rudimentaire. Pour eux, la voix des astres ne lui était pas nécessaire, ni les sixième, septième et huitième sens. Zodiak méprisait ces hommes.

Pour une fois le polac fermait sa gueule et le laissait réfléchir. Sur un bout de trottoir en venant il avait trouvé un bonnet noir orné de deux ours blancs en guise de pompons. Il s'était enfoncé ça sur le crâne et il était content. Et maintenant il était penché au bord du quai, absorbé dans la contemplation de la mousse que produisaient ses propres crachats à la surface de l'eau. S'il se penchait trop il tomberait et probablement se noierait dans les deux mètres de flotte grasse et verdâtre. Zodiak avait déjà envisagé la chose. Cependant, il y avait certaines tâches rebutantes que son beau-frère accomplissait à la perfection. Il risquait d'avoir encore besoin de lui.

Le quai principal était recouvert de dalles que la rosée rendait glissantes. Quelques travailleurs matinaux le traversèrent d'un pas pressé en jetant des bouts de regard vers les deux hommes. L'air demeurait vif et piquant. Le pêcheur n'avait pas bougé d'un poil et Zodiak se demanda si son existence avait un soupçon de réalité. Le polac rouvrit sa gueule à ce moment-là.

— Et si on s'prenait un bateau, Zod ? fit-il en se redressant.

Zodiak ne répondit pas.

À côté d'eux se dressait une statue de bronze, sur un piédestal un homme nu aux courbes féminines et qui pointait son doigt vers le large. Tout un symbole.

— Ça va où par là ? demanda encore le polac.

Zodiak suivit son regard. L'horizon. Il pensa à l'autre continent et à ces légendes que lui contait son maître. Ces histoires de portes qui ouvrent sur d'autres portes indéfiniment. Et l'histoire de ce fou qui cherchait un grain de sable parmi les grains de sable du désert. Le maître avait un débit lent et pénétrant et sa voix trouvait des résonances au plus profond du cœur du disciple.

Le polac était habitué à ce que ses questions demeurent sans réponse. Il avait déjà oublié. Il voulut cracher une dernière fois dans l'eau mais se manqua et le jet de salive écuma le bout de sa godasse.

— On va manger, dit Zodiak.

Le polac tourna sa figure vers lui. Il découvrit toutes ses dents et approuva vivement de la tête et les ours blancs se balancèrent au sommet de son crâne.

Roman Wojtyla, dit « le polac ». Dieu sait pourquoi. Le jour où Karol Wojtyla avait été élu pape, le petit Roman avait fait le tour des caravanes en hurlant : « C'est pépé qu'a gagné ! C'est pépé qu'a gagné !... » Il avait entendu son nom à la radio. Il avait sept ans et se marrait comme un bossu. Hélas pour lui, c'était l'heure de la sacro-sainte sieste de monsieur Canard. Réveillé par ces cris, celui-ci avait ouvert sa porte à la volée et collé une baffe au garçon en lui crachant à la figure que son putain de grand-père était à coup sûr un putain d'esclave polonais sodomisé par l'Armée rouge tout entière et balancé après ça au fond d'un putain de puits de charbon où il avait dû crever comme un con la gueule ouverte.

Monsieur Canard connaissait l'Histoire. Et monsieur Canard n'aimait pas ce garçon. On lui avait forcé la main pour l'acheter et c'était une chose qu'il avait du mal à digérer, même avec le temps. Ainsi qu'il l'avait pressenti, le gamin était un bon à rien. Fainéant et retors, tout juste capable de balayer la sciure et de chasser les rats. Sa contribution artistique était nulle et ça faisait de lui une exception. La troupe comptait six enfants à l'époque, qui constituaient la relève. Chacun d'eux s'était spécialisé dans une discipline qu'un aîné leur enseignait. La formation durait des années et les mômes devaient en même temps participer à la vie de la collectivité en s'acquittant au quotidien de certaines tâches ménagères.

Le petit Roman n'avait jamais rien été foutu d'apprendre. Dans aucun domaine. En plus il mangeait comme quatre. Monsieur Canard le soupçonnait même de bouffer les fameux rats qu'il était chargé de décimer. Monsieur Canard se serait depuis longtemps débarrassé de lui s'il n'avait été le frère de Sonia. Celle-là était une perle rare, une pure merveille. Giacomo disait qu'il n'avait jamais eu d'élève aussi doué. Il le disait avec admiration, avec respect, avec aussi un imperceptible tremblement dans la voix qui trahissait ses craintes. Il savait qu'elle ne tarderait pas à le surpasser. Jour après jour Giacomo aiguisait les ailes de celle qui le clouerait au sol à jamais.

Sonia était une travailleuse acharnée et elle possédait la force et la grâce et l'orgueil. Chacune de ses évolutions était une provocation, un défi aux lois terrestres et à la pauvre condition humaine. On eût dit qu'elle était née pour marcher sur un fil. Et Giacomo n'aurait pas été étonné que ce fil lui-même ne fût plus bientôt d'aucune utilité. Il pensait Sonia comme un oiseau, comme un papillon, ou encore comme une étoile en devenir prisonnière de son enveloppe de chair. Giacomo était italien et poète à ses heures mais il connaissait son art mieux que quiconque. C'était à lui qu'avait échu la mission d'aider la chrysalide à se libérer.

Dès les premiers jours, Sonia avait su apprivoiser le vertige et la peur. Les avait-elle seulement connus ? Depuis, elle ne cessait de s'élever. Légère comme on peut imaginer la légèreté d'une âme.

Parfois monsieur Canard se cachait pour la regarder s'exercer. Il en était ému jusqu'aux larmes. Il repartait sans bruit et attendait d'être à bonne distance pour se moucher. La fillette comblait toutes ses espérances et au-delà. Sa mise initiale rapporterait gros. De quoi largement compenser le manque à gagner de son crétin de jumeau. Celui-là, il l'aurait volontiers oublié sur un de ces terrains vagues un de ces matins en levant le camp. Putain de fils de pute.

Lorsqu'il était en colère, monsieur Canard mordait dans son cigarillo et en crachait le bout par terre. Il avait des lèvres plates et saillantes comme un bec de canard mais c'était son vrai nom. Du moins le seul qu'on lui connaissait. Nul n'aurait songé à se moquer de monsieur Canard.

Après l'épisode du pape et de la baffe, le petit Roman s'en était allé trouver Zodiak pour lui demander ce que voulait dire : « sodomisé ». Cette fois-là Zodiak avait répondu à sa question. Mais ce n'était pas le début d'une longue amitié.

À cette heure tous les établissements sous les arcades du port étaient encore fermés. C'étaient de grandes brasseries, des restaurants à poissons et coquillages tenus par d'anciens footballeurs ou d'anciens rugbymen. Des hommes de paille souvent. Et les hommes de fer y passaient de temps en temps pour marquer leur territoire et ingurgiter une douzaine d'huîtres et un loup grillé à l'anis. Ils portaient le costume et le repas était offert.

Zodiak se laissa guider par son beau-frère. Le flair du polac les mena tout droit devant la porte de ce qui était sans doute le seul resto de la ville ouvert vingt-quatre heures sur vingt-quatre. Il était situé précisément à l'extrémité de cette grande avenue qui séparait la basse-ville du port.

Ils poussèrent le panneau vitré et entrèrent. Un cuistot de type indien leva les yeux et les laissa s'installer sans mot dire. Sa cuisine était un espace de deux mètres carrés aménagé dans un recoin de la salle avec four et plaque électrique et évier et un semblant de comptoir en contreplaqué. Il se tenait debout là-derrière en train d'essuyer des verres comme dans la chanson. Aux heures creuses, il était seul pour faire le service et la bouffe. L'endroit était sombre et bas de plafond. Fréquenté essentiellement par des routiers obligés de traverser la ville pour rejoindre l'autoroute qui s'en allait plus loin vers l'est, vers l'Italie. On y trouvait aussi des musiciens et des prostituées en fin de nuit. La salle comptait une dizaine de tables, toutes libres à cette heure-là excepté la dernière au fond qui était occupée par une fille seule vêtue d'une jupe en skaï mauve et de bottes blanches à franges et talons hauts. Elle lisait le journal local. Elle n'avait pas levé les yeux quand les deux hommes étaient entrés.

Un choix de plats était inscrit sur des sets de table en papier. Le cuistot vint se planter devant eux, son carnet à la main. Zodiak commanda un steak frites et le polac posa son bonnet au sommet d'une bouteille de pili-pili et commanda un steak frites et un plat du jour — poulet basquaise — et une bouteille de rosé. Le cuistot arracha le double de la commande, glissa la feuille sous un cendrier puis retourna derrière son comptoir.

Zodiak observait la fille. Elle avait les jambes croisées sur le côté et une de ses bottes se balançait à un rythme régulier. Il pouvait voir l'usure de la semelle et du talon. Il pensa qu'elle était en train de lire son horoscope. Côté cœur, côté fric. Ça et la rubrique nécrologique pour avoir confirmation que son nom ne s'y trouvait pas encore. Toutes les putes veulent savoir. Le destin et la mort, liés inévitablement. Elle avait au moins compris ça.

Zodiak découpa son steak sans cesser de la fixer. Le polac se retourna une fois vers elle puis revint à son assiette avec un drôle de sourire mais sans rien dire. Il mangea son steak et ses frites et s'attaqua à mains nues à son moignon de poulet. Il laissa l'os et redemanda une corbeille de pain pour saucer le plat et but les trois quarts de la bouteille de vin. Zodiak but le reste.

À la fin du repas, il intercepta le cuistot qui passait avec une tasse de café et lui chuchota quelques mots. Le gars acquiesça. Il alla poser le café devant la fille et lui annonça que l'addition était réglée. Il fit un signe de tête pour désigner la table des deux hommes derrière lui. La fille se pencha un peu et accorda son premier regard à Zodiak. Elle n'avait pas l'air surprise ni heureuse. Zodiak se leva et s'approcha, il tira une chaise et s'assit face à elle. Lui non plus ne souriait pas. Ils se dévisagèrent. Un moment après, la fille poussa un bref soupir et replongea dans son journal.

— C'est pas la peine, dit-elle. J'ai fini ma journée.

Ses ongles étaient peints en mauve comme sa jupe. Sa peau était pâle sous le maquillage et ses yeux cernés. Une pute de quarante ans à l'heure où elle se relâche.

— Je cherche un bar, dit Zodiak. Peut-être que tu pourrais m'aider.

— Ça m'étonnerait, dit la fille.

— Le Globe, ça s'appelle. On m'a dit que ça se trouvait dans le coin.

— Possible, dit la fille. Y a un paquet de rades par ici. Y a même que ça.

— C'est le seul qui m'intéresse, dit Zodiak.

La fille releva le nez et but une gorgée de café. Elle glissa la main à l'intérieur de son sac et en sortit un paquet de gauloises blondes et un briquet. Elle s'alluma une cigarette et reposa le paquet et le briquet sur la table en soufflant la fumée du coin de la bouche. Puis elle se laissa aller contre le dossier de sa chaise. Le cuistot évoluait sans bruit à l'autre bout de la salle. Pendant un instant la fille examina Zodiak derrière ses faux cils.

— Tu cherches quoi au juste ? Un bar… ou quelqu'un qui pourrait se trouver dans ce bar ?

— Je cherche ma femme, dit Zodiak.

La fille faillit pouffer. Sa botte cessa de se balancer. Elle demeura les yeux grands ouverts et les sourcils relevés et la cigarette en suspens à dix centimètres de ses lèvres.

— Ta femme ?

Elle n'était pas tout à fait sûre qu'il plaisantait.

Zodiak imagina la gueule qu'elle ferait en voyant le sang gicler du bout de ses seins découpés. Il laissa percer un sourire froid.

— Ma femme, répéta-t-il.

La fille tira une bouffée.

— Si ta femme traîne au Globe…

Elle n'acheva pas sa phrase. Elle eut une moue perplexe et fit tomber sa cendre dans un cendrier.

— Donne-moi ta main, dit Zodiak.

— Quoi ?

— Tu veux connaître l'avenir ?

Elle le fixait maintenant en plissant le front et pendant une fraction de seconde elle retrouva le visage de son enfance.

— Le tien, précisa Zodiak. Je sais lire les lignes. Donne-moi ta main.

La fille hésita. Elle ne savait toujours pas s'il plaisantait ou non. Au bout de quelques secondes elle posa le journal et allongea lentement le bras et présenta sa main à plat, la paume tournée vers le ciel.

— J'espère que c'est pas des conneries, dit-elle.

Zodiak saisit la main par en dessous et se pencha. La peau de la fille était sèche.

— Alors ? dit-elle.

— Tu veux vraiment savoir ? fit Zodiak.

— Pourquoi ? C'est pas bon ?

Zodiak releva les yeux.

— Donnant donnant. D'abord l'adresse du bar.

La fille eut un geste d'agacement. Elle écrasa sa cigarette à demi consumée et repoussa le cendrier.

— L'adresse exacte je la connais pas, dit-elle.

Elle se tut et Zodiak attendit.

— Tu remontes cette avenue. Tu prends la troisième à droite. Puis toujours tout droit. C'est une toute petite rue avec un bar tous les deux pas. Le Globe, c'est le dernier au bout.

Elle avait lâché ça d'un trait, presque sans desserrer les lèvres et sans le regarder. Elle infligea une légère secousse à son poignet et ses quatre bracelets de pacotille s'entrechoquèrent. Elle répéta :

— Alors ?

Zodiak baissa de nouveau les yeux et demeura un moment silencieux à étudier la main ouverte devant lui. Puis il effleura la paume du gras du pouce comme s'il voulait sentir le tracé des sillons dans la chair ou au contraire l'effacer.

— Il y a un homme, dit-il.

— Un homme ? dit la fille.

— Et un autre, et encore un autre, dit Zodiak. Beaucoup d'hommes. Ils viennent à toi. Ils montrent leurs dents, ils ouvrent leurs bras. Mais ils ne t'aiment pas. Et tu ne les aimes pas. Il n'y a pas d'amour. Les hommes s'en vont et tu restes.

— Sans rire, coupa la fille. Si c'est tout ce que tu vois…

— Tu es seule, dit Zodiak. Tu es seule et tu es triste et tu te sens sale. Tu es vide et sale comme une auge où ils ont mangé. Ta propre odeur te dégoûte. Tu fuis le sommeil et le sommeil te fuit. Il y a ces rêves que tu redoutes. Les yeux ouverts, les yeux fermés, c'est pareil. Ils finissent par revenir. Toujours. Ces rêves terribles, et ta pauvre tête s'en remplit mais ce ne sont pas des rêves. Tu penses à ce qui n'est pas. Tu penses à tout ce qui ne sera jamais.

Il marqua une pause et regarda la fille. Il avait senti son bras se raidir, ses muscles imperceptiblement se contracter.

— Il y a un enfant, dit-il.

Elle eut une brusque crispation et voulut retirer

sa main mais il la maintenait fermement. Il empêcha ses doigts de se replier.

— Laisse tomber, dit-elle.

Zodiak poursuivit de la même voix froide et creuse comme un tube de métal et sans inflexions.

— Pourquoi les mères renoncent-elles ? dit-il. Pourquoi les mères font et défont ? Par deux fois d'abord tes entrailles ont remué et par deux fois tu as dit non. Et la troisième fois tu n'as rien dit. Tu as laissé faire. Ton ventre a enflé et s'est déchiré. Et l'enfant a crié.

— Arrête, dit la fille. Lâche-moi.

Le polac jeta un coup d'œil par-dessus son épaule et sourit encore une fois et se cura les dents avec l'ongle de son petit doigt.

— Que lui as-tu donné ? dit Zodiak. Que lui as-tu donné d'autre que la vie ? Et maintenant il est trop tard. Tu souffres mais ce n'est rien comparé aux souffrances à venir. Tu ne l'as pas vu grandir. Tu ne l'as pas vu s'endormir le soir et s'éveiller le matin et courir sous la pluie et sécher ses larmes. Son monde n'est pas le tien. Tu ne connais même pas son visage. Tu ne sais pas la couleur de ses yeux. Tu crois te souvenir mais les yeux des enfants changent et c'est une autre que toi qu'il appelle la nuit.

— Lâche-moi, merde !

Zodiak ne lâchait pas. La fille s'agitait sur sa chaise et tirait sur son bras comme pour se l'arracher. Des spasmes brefs et violents. En même temps elle ne pouvait s'empêcher d'écouter sa propre histoire. Le diable lui tendait le miroir où son âme se reflétait, nue et sans fard et décomposée. Elle la reconnaissait. Elle était forcée d'y croire.

— Laisse-moi, dit-elle encore une fois. Fous-moi la paix.

Sa voix était montée. Le cuistot ne tourna pas la tête. Derrière son comptoir il s'essuya les mains à son tablier et dégagea discrètement la batte de base-ball coincée entre le frigo et l'évier.

— Il te survivra, dit Zodiak. Parmi tous ces hommes qui ne t'aiment pas il y aura celui qui te donnera le poison. Ta mort prendra du temps. Ton corps pourrira de l'intérieur mais les rêves reviendront encore et encore. C'est tout ce qui te restera. Tu les emporteras avec toi. Tu mourras le onzième jour de sa onzième année et l'enfant n'aura jamais prononcé ton nom. Voilà, dit-il.

Il se tut et libéra la main de la fille. C'était terminé. Elle resta quelques secondes à le regarder, la bouche entrouverte et muette et la figure un peu plus pâle sous le maquillage.

— Tu voulais savoir, dit Zodiak.

— Espèce d'enfoiré ! cracha la fille. Petit merdeux !

Zodiak se dressa d'un bloc et elle eut malgré elle un mouvement de recul. Il la fixa une dernière fois et pensa Sonia mon ange, tu m'as pris mon cœur. Tu m'as pris mon cœur et je n'en ai pas d'autre. Puis il retourna vers sa table et passa près du polac et dit : « On y va » et continua sans ralentir jusqu'à la porte.

Le polac prit son bonnet et se leva. Le cuistot ajusta le manche de la batte dans sa main droite, sous le comptoir. Le polac vint vers lui. Il souriait et les ours blancs s'égayaient sur son crâne. Il sortit deux billets de sa poche et les posa à plat sur le comptoir. Le cuistot remercia d'un signe de tête. Le polac tourna les talons et rejoignit son beau-frère sur le trottoir.

— Va te faire foutre, connard ! cria la pute en se levant à moitié.

La porte se referma et la fille retomba sur sa chaise. Elle resta comme ça un long moment sans bouger puis elle s'alluma une autre cigarette. Ses doigts tremblaient. Ses yeux la piquaient. Elle cligna des cils et dit :

— Fais-moi un autre café, Lu. S'il te plaît.

Sa voix était usée. Le cuistot lâcha le manche de la batte.

— Arrosé, ajouta-t-elle.

Son regard plongea d'abord sur le bout de sa botte puis lentement s'éleva jusqu'au plafond, si bas au-dessus de sa tête.

Ils avaient grandi ensemble mais ce n'est qu'au cours de sa douzième année que Zodiak prit réellement conscience de l'existence de Sonia. Et de sa beauté.

C'était un matin d'été au bord d'une rivière, au fond d'une province italienne. Ils allaient souvent en Italie. Ce peuple semblait avoir conservé plus que les autres le goût de la fête et de la poésie et du sacré, ou peut-être le goût de ce mélange. Là-bas le maître Agharâ était attendu comme le Prophète et vénéré tout autant. Des villages entiers se déplaçaient pour venir le consulter. Une file se formait devant la porte de sa caravane, hommes, femmes, enfants, vieillards, tous patients et silencieux malgré leurs yeux brillants. Tous brûlant de savoir. Ils payaient en monnaie courante ou en antiques pièces d'or déterrées ou en poulets ou en barriques de vin noir. Monsieur Canard passait dans le rang avec au bec le sourire juste, le seul qui convenait. Ces gens comprenaient la nécessité de l'offrande. Un jeune garçon lui avait un jour tendu un fusil mauser de l'armée allemande ainsi que deux grenades à main en jurant que c'était le seul bien qu'il possédait. Il n'avait pas besoin de jurer. Les hommes se découvraient en pénétrant l'antre du maître.

L'endroit n'avait rien de paradisiaque. Ce matin-là, le soleil illuminait le tambour en aluminium d'une machine à laver renversée au beau milieu du ruisseau. Le filet d'eau sombre rampait sans bruit entre deux hautes berges comme un reptile d'un autre âge. La petite colline en face n'était rien d'autre qu'une décharge calcinée et vaguement recouverte d'un linceul de terre noirâtre et plus loin, à cinq cents mètres à vol d'oiseau, par-dessus la campagne rase, on pouvait distinguer le faîtage en dents de scie d'une fabrique de textiles avec ses trois cheminées de briques exhalant une fumée épaisse et rose au couchant.

Il n'y avait guère que des corbeaux pour survoler les parages.

Ce matin-là toujours flottait dans l'air un lourd fumet de concentré de vanille, quelque chose de presque palpable et écœurant. Zodiak cherchait un coin tranquille à l'écart pour uriner. Il avait pris la direction de la rivière. Il s'arrêta derrière un fourré, pissa sur une souche bouffée de moisissure et se reboutonna. C'est à l'instant de repartir qu'il entendit un bruit. Il en reconnut aussitôt l'origine. Du bout des doigts il écarta les pans d'un rideau de ronces et coula son regard au travers.

La première chose qu'il vit fut le dos large et la large croupe rebondie de madame Canard cinquième du nom. Elle se tenait sur la berge à quinze pas de lui. Elle bourdonnait. De ses lèvres closes émanait une mélopée sans paroles, sans début et sans fin. Ruban d'âme errante s'enroulant sur lui-même, se déroulant, les variations de quelques mesures sans cesse recommencées et toujours différentes. Enfin un air mélancolique et grave mais non dénué d'ironie. Le chant de madame Canard. Zodiak savait déjà que l'on pouvait, par ce chant, évaluer la distance qui sépare nos rêves de la réalité.

La femme était debout et penchée vers l'avant. Seuls ses bras remuaient, décrivant des mouvements doux et suaves, à l'aune de la mélodie. L'espace d'un instant, Zodiak se demanda si madame Canard ne préparait pas un nouveau numéro de pantomime. Mais l'instant d'après elle s'écarta d'un pas sur le côté et lui dévoila ainsi la véritable nature de sa partition.

C'était une masse de cheveux blonds. Une toison épaisse et longue et soyeuse et irradiant des reflets d'or et de cuivre. Elle appartenait à une très jeune fille, une enfant. Zodiak la reconnut comme il avait reconnu le chant. C'est la sœur de Roman, pensa-t-il en premier lieu, puis le prénom de la fillette lui traversa l'esprit — le maître aurait dit avec la clarté et la fulgurance d'une nova — et il ne put réprimer le besoin immédiat de le prononcer. Ses lèvres s'ouvrirent à peine. Dans un souffle il exhala le nom unique : « Sonia », et dit de cette façon cela sonnait comme une prière, comme un souhait. Il eût cité pareillement le nom d'une nouvelle planète ou d'une île inconnue ou d'une terre longtemps tenue secrète et soudain révélée.

Alors, Zodiak eut le pressentiment que la fameuse distance pouvait se réduire, voire s'effacer.

Madame Canard tenait dans une main un peigne d'ivoire à sept dents avec lequel elle ratissait les cheveux encore humides de l'enfant, et reproduisait ce même geste du plat de son autre main, mais ce n'était plus alors qu'un frôlement, une caresse.

La fillette était assise sur la branche d'un platane arrachée et coincée en travers de la berge. À près d'un mètre au-dessus du sol. Sa somptueuse chevelure n'avait jamais été taillée et descendait plus bas que ses reins. Ses jambes ne se balançaient pas. Elle se tenait le dos bien droit et sans bouger et cela dura longtemps.

Puis le chant cessa. Madame Canard s'était tue et semblait contempler son ouvrage. Puis elle pinça le peigne entre ses lèvres et rassembla sur son crâne ses propres cheveux qui étaient longs aussi mais bouclés et d'une teinte brune parsemée de filaments gris. Elle conserva un instant cette position, les coudes en l'air, les mains autour de son éphémère chignon. Puis elle relâcha le tout avec un profond soupir. Elle reprit le peigne et murmura quelques mots, trop bas pour que Zodiak pût les comprendre. La gamine ne tourna pas la tête.

Elle ne tourna pas la tête non plus quand madame Canard fit volte-face et s'éloigna. La femme passa à trois mètres de Zodiak. Il s'accroupit au creux de son fourré et ne fit plus un geste et les bruits de pas s'estompèrent et bientôt il n'y eut plus que le chuintement de la rivière et le silence autour. Alors, avec d'infinies précautions, il se releva et glissa de nouveau son regard à travers les ronces.

Elle semblait posée là pour l'éternité. Zodiak ne voyait pas son visage. Il se demanda si elle était triste, si elle était en train de pleurer, ou si elle souriait, ou bien si elle attendait simplement quelque chose. Quelqu'un.

Il resta ainsi à s'interroger et cela dura encore longtemps.

S'il y eut un signal quelconque, il ne le perçut pas. Les mains de la fillette apparurent soudain de chaque côté de son bassin. Elle prit appui sur le tronçon de bois, se souleva à la seule force des bras pour décoller son séant, ses jambes se tendirent à l'équerre, puis dans un balancement fluide elle les replia sous elle et se dressa de tout son long et se retrouva debout en équilibre sur son perchoir.

Ce n'est qu'à ce moment-là que Zodiak réalisa qu'elle était nue. Une enfant nue sur une branche dans un jardin de misère.

Sa peau était diaphane hormis une empreinte rose évanescente que l'écorce avait laissée au bas de ses fesses. On pouvait songer à un elfe, à une fée, ou à quelque autre créature de légende ou à l'idée qu'on peut s'en faire. En plus de la grâce, il se dégageait d'elle une impression de grande sérénité et Zodiak fut certain de voir se dessiner autour de sa silhouette un halo de lumière, mais ce n'était peut-être que le reflet des premiers rayons du soleil sur ses longs cheveux dorés.

La branche n'était pas plus épaisse qu'un poteau de ligne téléphonique. Elle se tenait là-dessus le corps parfaitement droit mais sans raideur et sans la moindre oscillation. Un ouragan ne l'aurait pas fait vaciller. Elle demeura un long moment dans cette posture et durant tout ce temps Zodiak sentit grossir et s'amplifier les battements de son cœur.

Puis il vit les bras de la fillette remonter lentement ensemble au-dessus de sa tête pour ensuite se séparer et décrire chacun de son côté une courbe parfaite semblable à un mouvement de brasse vertical et s'immobiliser enfin, tendus et la paume tournée vers le bas, en position de croix.

Puis il vit ses talons se soulever, avec une lenteur plus grande encore, se soulever et soulevant le reste de son corps, sans trembler, sans faillir, et il vit les tendons saillir sous la chair des mollets blanche comme des os de seiche et il connut soudain la souffrance. Il avait mal pour elle. Au fur et à mesure qu'elle se hissait il sentait ses propres muscles se contracter, formant de petites boules compactes et dures, prêtes à imploser.

La jeune fille ne fut bientôt plus reliée à l'arbre que par l'extrême pointe de ses orteils. La plante des pieds dans l'alignement des jambes. Et toujours sans le moindre signe de faiblesse, sans la moindre trace apparente d'effort. Il pensa à une danseuse. Une ballerine. Il n'en avait jamais vu.

(Qui la retiendra ?)

Il s'attendait à chaque instant à la voir prendre

son envol, se défaire de ses dernières attaches et décoller et s'élever toujours plus haut vers la source de la lumière. Il était prêt désormais à voir ça et il savait dans le même temps que cela lui arracherait les entrailles.

Mais la fillette ne bougea pas. Le plus beau restait à venir.

Elle jaillit tout à coup du ventre plat de la rivière. Soufflée comme une simple tige, comme une vivante brindille effilée et tellement délicate. Son corps semblait peint à la main, couleur d'azur avec de minuscules anneaux de nuit. Elle zébrait l'air de ses vols courts et cinglants. Sa double paire d'ailes transparentes et plus fines et plus légères que des lamelles de papier et leurs battements invisibles à l'œil nu, fractionnant le temps en autant d'ellipses infinitésimales.

C'était une demoiselle. Agrion jouvencelle. Une autre créature de légende.

La libellule traça quelques zigzags autour de l'enfant, quelques mystérieux signes cabalistiques connus d'elle seule, puis vint se poser en douceur sur le dos de sa main droite et nul n'aurait pu dire à cet instant laquelle des deux soutenait l'autre.

Pour la première fois, la fillette tourna la tête. Elle offrit à l'insecte un sourire radieux.

On avait quitté les mondes connus. Ni sur la terre ni dans les cieux. Ailleurs.

Ce fut pour lui un éblouissement. Ce fut une révélation. Il se dégageait de cette scène une harmonie dont il n'avait jamais eu connaissance jusqu'à ce jour, et cette harmonie déteignait sur toutes les choses alentour, vivantes ou mortes ou décomposées, sur la fange et la boue, sur l'écume sale du ruisseau, sur la puanteur de l'air qu'il respirait, sur le cri lugubre des oiscaux noirs, englobait toutes ces choses et les dévorait de l'intérieur, les transformait.

Mille fois par la suite il devait ressasser cette scène dans sa tête. Il devait y réfléchir et l'analyser et en tirer la conclusion que la réalité n'existait pas. Pas plus que le rêve. La réalité n'était qu'un leurre, une illusion, que l'Idéal pouvait changer à volonté.

De quoi parles-tu, mon amour ? lui dirait-elle.

Tu sais très bien, mon amour, de quoi je parle. Je parle de la même chose que toi. Je parle de Spoleto, de la rivière, de la demoiselle.

Une demoiselle ? C'est vrai ?

Elle avait de la malice au fond des pupilles. Elle laisserait échapper son petit rire de gorge, pointu et gentiment moqueur.

Zodiak parle toujours de la même chose.

Mais il avait douze ans ce matin-là et elle en avait huit et tout ce qu'il comprit dans l'immédiat c'était qu'il devait rester auprès d'elle pour l'éternité.

Ses doigts se refermèrent sur les épines des ronces. Il ne sentit pas la première larme couler. Il regardait l'enfant. Il écoutait la mélodie de son nom répétée inlassablement. La voix du dedans qui chantait Sonia, Sonia, Sonia…

Sonia.

Celle qui donne à la fois la douleur et la joie.

Et cela dura longtemps.

Et puis le nom de l'enfant éclata soudain dans

un cri qui lui fit l'effet d'une gifle. Il leva les yeux et aperçut sur la berge d'en face, au sommet de la petite colline d'immondices, une silhouette dressée à contre-jour. C'était Roman. Le frère. Il avait à la bouche un large sourire de vainqueur. Il cria encore une fois et leva haut la main et présenta à sa sœur l'énorme rat roux qu'il tenait par le bout de la queue.

Le rongeur n'était pas mort. Il se débattait dans le vide. Il se contorsionnait avec rage, dans l'espoir de mordre cette main qui le retenait prisonnier ou dans l'espoir de bouffer sa propre queue pour se délivrer.

La demoiselle, effrayée, avait fui. On ne la revit pas.

Il était trois heures de l'après-midi et le polac dormait depuis plus de deux heures. Sa longue carcasse efflanquée posée en vrac sur un tapis de sable gris. Le haut du crâne coincé sous un rocher. Il avait quitté ses baskets avant de s'étendre et une de ses chaussettes manquait. La mer venait mourir à ses pieds. On aurait dit un cadavre recraché par les flots.

Zodiak était assis un peu plus haut dans un nid de rochers. Les pierres avaient toutes les tailles et toutes les formes et semblaient demeurées là comme les vestiges d'un ancestral chaos. Peut-être les restes d'éboulis d'une falaise désagrégée, tous les morceaux que la mer n'avait pu engloutir.

Zodiak laissait reposer son corps mais il y avait longtemps qu'il ne dormait plus. Une large portion d'horizon s'offrait à sa vue, l'eau bleu foncé et le ciel bleu pâle. Il n'y avait pas un souffle d'air. Il avait presque chaud. Il aurait pu se souvenir de certains hivers passés dans des contrées d'ombre et de givre mais ce n'était pas à cela qu'il pensait.

Rien ne filtrait par la mince fente de son regard.

Sous la paume de sa main la roche était tiède. Écorce minérale qu'il grattait machinalement du bout de l'ongle et dont la rugosité lui rappelait celle d'une autre pierre que le maître lui avait donnée, autrefois, nombre d'années en arrière.

Un fragment du rocher de Los. Si tu vas trop loin, avait dit le maître, ou trop près, si tu crains de te perdre, touche-le. Il te ramènera.

La pierre avait l'aspect d'une courte pointe de flèche grossièrement taillée dans le silex par un enfant des cavernes. Mais ce n'était pas du silex.

Qui d'autre qu'Agharâ avait approché le mythique rocher ?

Zodiak gardait toujours quelque part sur lui ce précieux fragment. Il le caressait parfois, du gras du pouce, comme d'autres égrènent les perles d'un chapelet. Pour trouver la paix.

Ils avaient marché longtemps. Tout le matin. Au sortir du restaurant, ils étaient d'abord retournés sur le port. Le pêcheur était toujours là au bout du ponton et toujours immobile et peut-être ne faisait-il pas autre chose que noyer patiemment un vieux poisson domestique, fidèle compagnon de bocal, l'euthanasier au bout de sa ligne avec des larmes plein les yeux.

Sur les quais, cafés et brasseries ouvraient leurs portes. Des serveurs installaient leur terrasse. Les présentoirs fleurissaient aux seuils des magasins de souvenirs. Partout des gerbes de marchandises hétéroclites. Articles décoratifs, articles de plage, articles de pêche, dérisoire trésor de guerre économique.

Les deux hommes avaient longé sans hâte les devantures des boutiques. Roman s'arrêtait souvent. Il regardait tout. Il s'approchait. Tendait la main vers un casier. Il touchait. Il reniflait. Dans une vague conque rose en céramique il avait vraiment cru entendre la mer — Putain, Zod, ça marche ! Il avait le regard des premiers Indiens troquant leur âme pour des colifichets.

Le polac était tombé en admiration devant un mannequin qui faisait presque sa taille. Un homme-grenouille en pied, équipé d'une combinaison de latex et de bouteilles d'oxygène. Paré pour la chasse dans les grands fonds. Il avait fini par décrocher le fusil-harpon que le bonhomme tenait à la main. Avec application il avait visé sa proie, requin ou rat, puis l'avait transpercée de part en part avec un bruit de bouche. Il souriait comme un gosse. Il avait rendu l'arme au plongeur.

Deux vieux pointus finissaient leurs jours dans la dernière anse du port tels des vieux morses dans la fosse d'un zoo. Aucun homme n'était monté à bord depuis des lustres. À croire qu'ils étaient tous morts ou exilés.

Des Maghrébins sans âge étaient assis sur un petit muret face aux bateaux. Ils se retrouvaient là dès le matin, désœuvrés aussi, discutant parfois à voix basse ou se taisant et tournant leurs regards et leurs pensées vers le large, vers d'autres temps, d'autres lieux, avec la terrible certitude qu'ils n'appartenaient qu'à eux et qu'ils étaient perdus à jamais.

Des goélands ricanaient nerveusement haut au-dessus de leurs crânes. Et peu à peu les terrasses se remplissaient.

Zodiak observait tout ça. Les gestes, les attitudes, les regards. Les détails. Il enregistrait tout. Non plus, comme par le passé, à de simples fins d'analyse et de compréhension globale du monde, mais plutôt dans le souci de ne pas laisser échapper le moindre signe qui eût pu le guider vers le seul et unique objet de sa quête. Il n'était pas question de hasard. Il était question du destin et de sa mécanique complexe. Chaque élément inéluctablement relié à l'autre et à l'autre et à celui d'avant et à celui d'après et tous par des liens parfois si ténus ou si enchevêtrés qu'ils paraissaient inextricables. Mais c'était à lui de les démêler et il s'y appliquait sans relâche car il savait qu'au bout d'un de ces tortueux parcours il trouverait forcément ce qu'il cherchait. Son amour. Et il savait aussi qu'il n'avait pas d'autres choix que celui de continuer à chercher car il ne pouvait pas vivre sans son amour. Il en avait déjà eu la preuve. Maintes preuves concrètes. Sans son amour, il n'était plus un être humain. Pire qu'un serpent froid, pire qu'un loup blessé sans son amour il en était réduit à une créature sans nom chaque jour plus solitaire et chaque jour plus cruelle. Une créature en danger, et dangereuse, qui s'abreuvait la nuit à la source du mal, là où nul autre animal n'oserait même tremper ses lèvres.

En de rares moments de doute, il se disait que le champ des possibles était infini. Les chemins aussi nombreux que les étoiles et comme elles certains peut-être partis en poussière longtemps avant que leur éclat trompeur ne nous parvienne. Il avait peur.

Dans ces moments-là, il frottait entre ses doigts la pierre du maître.

Les deux hommes avaient quitté le port. Ils avaient franchi une esplanade qui faisait office de parking. Ici, deux cerbères miséreux et vociférants se disputaient le privilège de placer les voitures en échange d'une pièce. Un troisième était assis en tailleur un peu plus loin dans un carré de pelouse lépreuse. Le regard dans le vide. Un grand chien jaune gisait à ses côtés. Un pansement d'une blancheur immaculée entourait le haut d'une de ses pattes postérieures. La bête était couchée sur le flanc, les yeux clos, les membres raides, le ventre boursouflé qui semblait promis aux coups de becs.

Le soleil commençait à cogner et le polac avait enlevé son bonnet et l'avait fourré en boule au fond de sa poche.

Ils avaient continué côte à côte en suivant le littoral. Longtemps. En silence. Ils s'étaient engagés sur une étroite corniche s'élevant en pente douce et surplombant la mer. De l'autre côté de la route, poussait une petite colline de résineux. Les habitations s'y faisaient plus rares à mesure qu'ils avançaient, et plus riches. Somptueuses demeures blanches de la Belle Époque à demi dissimulées entre les pins parasol, les acacias, les tamaris, les lauriers-roses, tels des palais de princes arabes au milieu d'une oasis. Certaines transformées en hôtels de luxe.

Ils étaient toujours entre les frontières de la ville mais la ville paraissait maintenant très loin derrière eux et ils marchaient comme s'ils ne devaient jamais plus y remettre les pieds.

Roman s'était mis à transpirer. À haleter. Il avait décroché un peu mais il ne se plaignait pas. Une seule fois il avait demandé où ils allaient — On va où, Zod, on va où ? — mais personne n'avait daigné lui répondre et depuis le polac suivait sans un mot.

Les quelques piétons croisés sur la corniche les regardaient non comme des vagabonds mais comme des fantômes de vagabonds. Sans trop y croire. Ils avaient parcouru sans doute plusieurs kilomètres ainsi, puis Zodiak avait découvert au détour d'un lacet le départ d'un escalier métallique qui s'avançait en promontoire au-dessus du vide et paraissait plonger à pic dans la mer. Il s'était penché pour voir. Il avait vu une petite crique trente mètre plus bas. Ils étaient descendus.

Les marches de l'escalier étaient étroites et ne semblaient tenir par endroits que par une mince croûte de rouille. Le polac avançait là-dessus pas à pas, en s'agrippant à la rampe unique. Au bord des lèvres une légère nausée. Arrivé en bas sur le sable il avait eu l'impression que la plage entière continuait à tanguer sous ses pieds. Il était midi et le soleil plombait à la verticale. L'endroit était désert.

En grimpant sur le dos plat d'un énorme rocher Zodiak avait aperçu une autre crique un peu plus loin. Celle-là plus petite et qui semblait encore plus sauvage et abandonnée. C'était celle qu'aurait choisie n'importe quel contrebandier pour son commerce.

Ils s'y étaient rendus en sautillant de roche en roche comme sur un immense jeu de marelle. Le polac n'avait eu d'yeux que pour cette petite langue de sable qui appelait son corps rompu. Il avait quitté ses godasses et s'était laissé choir et la minute suivante il dormait.

Zodiak était resté quelques instants debout à scruter les alentours, à la fois pour apprécier la beauté du site et pour s'assurer de sa tranquillité. Puis il s'était assis dans un creux de rochers et son tour de garde durait maintenant depuis plus de quatre heures.

Un crabe minuscule s'était arrêté sur la roche près de son pouce. Zodiak l'observa un moment et il fut certain d'être observé en retour par une paire de microscopiques yeux noirs. Puis la bestiole reprit sa marche. Zodiak ne fit pas un geste.

Il releva la tête et il vit que la vieille dame était de nouveau tournée vers lui. Elle le fixait et ne s'en cachait pas. En réalité, il avait dû somnoler quelques minutes durant ces heures passées et lorsqu'il avait retrouvé tous ses esprits elle était là. À moins de trente pas. Assise sur un gros rocher en forme de baleine.

Elle avait dû être d'une grande beauté dans sa jeunesse et quelque chose de cet éclat ancien demeurait dans son maintien et dans son regard. Sa chevelure flottait sur ses épaules, encore souple et abondante et de la teinte grise, laiteuse, des perles de culture. Elle tenait à la main une canne grossière, un simple bâton taillé dans le buis. Du bout de cette canne elle effleurait le dos du rocher entre ses pieds comme pour y tracer les lignes d'un poème que la mer lui aurait inspiré ou quelque longue formule secrète. Et de temps en temps elle tournait la tête vers Zodiak et le regardait.

Zodiak se demanda quel âge pourrait avoir sa propre mère et si elle était morte. Puis il se dit que bien sûr elle était morte sinon il ne serait pas là. Il y avait longtemps qu'il ne lui avait pas parlé. Ils s'étaient quelquefois donné rendez-vous dans une antichambre de ses rêves. La pièce était plongée dans la pénombre et leurs traits à tous deux étaient flous et changeants. La voix de l'enfant n'était qu'un murmure mais elle remplissait son crâne. Il posait des questions auxquelles la femme ne répondait pas. Curieusement, lorsqu'il s'adressait à elle, il lui disait « Mère » et la vouvoyait.

Il n'avait jamais parlé de ça à personne. Surtout pas à son amour.

Le jour déclinait. Le soleil basculait sur un autre versant du monde, dans son sillage la traîne sanglante de sa robe du soir balayant la poussière des eaux. Zodiak se leva et s'étira. Il sauta sur le sable. Il posa une semelle sur la forme sombre étendue par terre et la secoua. Le polac grogna un bon moment avant de se dresser en sursaut sur son séant. Il jeta un œil effaré autour de lui, puis il parut reconnaître l'endroit et l'homme debout à ses côtés et il poussa un profond soupir. Son unique chaussette gisait dans une frange d'écume. Sa joue gauche le brûlait. Ce côté était resté exposé au soleil et la peau avait maintenant la couleur de la terre cuite. L'autre joue était fardée d'une fine pellicule de sable. Il en avait aussi dans les cheveux et dans les poils blonds et clairsemés de sa barbe. Il se passa la main sur le visage et considéra un instant le bout de ses doigts. Il soupira une nouvelle fois.

Zodiak attendait.

Le polac retira sa chaussette. Il se mit debout et releva les bords de son pantalon et s'avança tout droit dans la mer à longues enjambées. Lorsqu'il s'arrêta, il avait de l'eau jusqu'aux genoux. Il se pencha et plongea la tête sous la surface à la façon d'un oiseau pêcheur. Il y eut un bref instant de silence total, puis la tête du polac émergea dans un grand bruit de souffle et dans les éclaboussures. Il s'ébroua et secoua sa tignasse et se frotta encore une fois la figure, puis il porta un peu d'eau salée à sa bouche et se gargarisa, gueule béante renversée vers le ciel comme pour un grand cri muet de douleur ou de rage ou de joie, puis il gonfla les joues et recracha l'eau en geyser et il ne lui resta plus que le goût amer du sel sur la langue et contre la voûte du palais.

Il retourna sur le rivage. Il remit sa chaussette et ses baskets. Fin prêt, il fit claquer sa langue.

— Putain, j'boufferais bien quelque chose, dit-il.

Ses cheveux en bataille dégoulinaient sur son crâne comme une brassée d'algues.

Zodiak se détourna.

La vieille dame avait disparu. En passant près du rocher baleine, Zodiak se pencha et l'examina. La roche était vierge de tout message.

Ils reprirent le chemin de la ville.

C'est au terme de cette même année que Zodiak acquit son premier grade et ce surnom qui allait en découler et qui deviendrait rapidement son unique patronyme car personne ne l'appellerait plus jamais autrement.

L'année de ses douze ans.

Le maître Agharâ avait fait parvenir un télégramme à une adresse de Brooklyn, New York, États-Unis. Cinq jours plus tard, l'homme se présentait à la porte de la caravane. Un homme assez âgé, de petite taille, au corps maigre et sec, aux épaules voûtées. Il était vêtu de noir. Un chapeau noir à larges bords et une redingote noire et des bottines noires et fourrées et il tenait à la main un gros sac à soufflets qui semblait plus lourd que sa personne. On eût dit un merle à lunettes, une caricature de docteur dans un dessin animé d'avant guerre. Il se nommait Nathanaël Wiesenthal. Il venait de parcourir onze mille cinq cents kilomètres en avion, en taxi et à pied, par-delà les montagnes et les océans. Il arrivait le jour où le maître avait prévu qu'il arriverait.

Monsieur Canard n'avait pas rechigné à débourser l'argent du voyage ni la somme que coûterait l'intervention de monsieur Wiesenthal. Les requêtes du maître étaient rares et justifiées. Dans son domaine, Nathanaël Wiesenthal était le meilleur. Le seul au monde capable de réaliser exactement ce que le maître attendait. À la perfection.

C'était un mois de décembre et la troupe était bloquée depuis deux semaines au pied d'un col des Carpates. La neige recouvrait tout. La température oscillait entre dix et vingt degrés au-dessous de zéro. Des spectres de brouillard flottaient dans l'air à hauteur d'yeux et s'étiraient, s'effilochaient, se déchiquetaient avec une extrême lenteur, pour se reformer un peu plus loin au fil d'une onde invisible. Le ciel au-dessus était un tapis de cendres. Dans le silence ouaté on entendait parfois une branche de conifère craquer sous le poids des congères.

Pourtant l'homme était là. Le jour dit, à l'heure dite. Et noir comme un tronc mort.

Zodiak avait entendu frapper à la porte. Allongé torse nu sur sa couche il attendait. Il n'avait pas peur. Agharâ lui avait longuement expliqué les choses. Ils avaient dit les mots ensemble. Il n'avait pas fait d'erreur. Puis le maître lui avait fait boire quelques gouttes d'un liquide épais et douceâtre et peu à peu il avait senti son corps s'amollir et se détendre. Et à présent son esprit même était semblable à ces petites flammes vaporeuses qu'il voyait dériver de l'autre côté de la fenêtre.

Il était prêt.

Agharâ ouvrit la porte de la caravane. L'homme ôta son chapeau et entra, auréolé d'une haleine de glace. Il posa le sac à ses pieds et le chapeau par-dessus, puis il prit la main du maître entre les siennes et la serra en inclinant la tête dans une sorte de sobre révérence. Puis les deux hommes s'enlacèrent et s'étreignirent sans un mot. Le maître mesurait deux bonnes têtes de plus que l'arrivant.

Zodiak ne pouvait pas les voir. L'espace qu'il occupait, au fond de la caravane, était séparé du reste par un rideau de velours sombre. Il savait bon nombre de choses sur l'homme mais il ne connaissait pas encore son visage. Il continua d'observer les filaments de brume à travers la vitre. Chaque mouvement qu'il faisait lui prenait un temps infini.

Les deux hommes tinrent conversation derrière la tenture. Leurs voix lui parvenaient dans un simple murmure, étouffé et monocorde. Il crut y reconnaître des bribes de yiddish mais c'était une langue qu'il maîtrisait mal à l'époque — et peut-être le maître l'utilisait-il à cet escient. Il ne fit aucun effort pour saisir le sens de leurs paroles. Lorsque le silence revint, il sut que le rideau n'allait pas tarder à s'ouvrir. Il tourna la tête pour faire face. Il vit l'étoffe de velours ondoyer subrepticement puis les anneaux glissèrent sur la tringle de laiton et il découvrit le visage de Nathanaël Wiesenthal.

L'homme s'était délesté de son manteau. Il portait un gilet sur sa chemise et son col s'ornait d'un nœud papillon. Son regard ne fit qu'effleurer celui du jeune garçon, descendant aussitôt et s'attardant en revanche sur le buste dénudé. Sur le torse, sur le ventre. Et tout en l'examinant, l'homme ôta ses boutons de manchettes et les fit glisser dans la poche de son pantalon et retroussa avec soin chacune de ses manches en quatre plis égaux. Des gestes précis et mesurés. Au bout d'un moment, il se pencha et posa une main à plat sur le corps du garçon. Zodiak en sentit à peine le contact. L'homme caressa la peau, lissa, pressa et pinça entre ses doigts comme s'il cherchait à apprécier la qualité d'un cuir, sa texture et sa souplesse. Le maître attendait debout dans son dos. Zodiak se laissa faire sans broncher.

Puis l'homme se redressa et il eut un bref hochement de tête. Il ne souriait pas mais ses pupilles brillaient derrière le verre de ses lunettes. Il retourna chercher son sac à soufflets et au passage glissa un mot au maître et le maître disparut et réapparut un instant après avec une petite cuvette en faïence remplie d'eau chaude qu'il déposa au pied de la couchette.

Nathanaël Wiesenthal déballa ses ustensiles, il fit craquer tous ses doigts d'un seul coup et le travail put commencer. Le maître se retira en fermant le rideau derrière lui. Zodiak tourna de nouveau les yeux vers la fenêtre. Vers le brouillard et le givre. Il aimait beaucoup cette saison.

Cela dura trois jours et quatre nuits, presque sans discontinuer. Il y eut tout de même quelques pauses — quand l'homme soulevait ses besicles et se frottait le coin des yeux entre le pouce et l'index. Il s'évanouissait alors comme une ombre de l'autre côté de la tenture pour s'assoupir une heure ou deux et Zodiak ne s'apercevait pas toujours de son absence. L'homme profitait également de ces courts répits pour partager le thé du maître, tous deux soufflant sur les tasses et chuchotant, ou encore pour se sustenter avec une assiette froide apportée par Louisa. Et parfois c'était Agharâ lui-même qui faisait une brève apparition de leur côté, pour changer l'eau de la cuvette ou redonner une goutte de cet élixir douceâtre au jeune garçon.

Zodiak était dans un état second. Hormis la toute première piqûre de l'aiguille lui transperçant la chair, il ne connut pas de véritable douleur. Rien qu'une sensation de chaleur vive et permanente sur le haut du corps, à fleur de peau, semblable à la brûlure d'un coup de soleil.

L'homme avait commencé par lui raser le buste. Entièrement. Méticuleusement. Du bas-ventre aux épaules, rasé puis épilé à la pince le plus infime poil de duvet jusqu'à ce que la peau fût aussi lisse que la coquille d'un œuf. Il avait oint cette même surface d'un onguent transparent et gras. Puis il l'avait rincée à l'eau claire et ce n'est qu'après cela qu'il s'était mis à piquer.

Les aiguilles étaient très courtes et fichées dans des sortes de dés à coudre que l'homme enfilait au bout des doigts — parfois deux ou trois à la fois. Une morsure nette et précise dans la chair. Une minuscule perle de sang. Une autre morsure. Une autre perle. Et cela sans cesse recommencé durant trois jours et quatre nuits, une par une, sur chaque pore, une myriade, une galaxie entière de morsures et de perles. L'eau de la cuvette prenant d'heure en heure une teinte rouge rosé.

Mais Zodiak ne souffrait pas. Ses seules sensations vives étaient d'ordre olfactif. Il baignait dans un monde de fragrances. Inscrites à jamais dans sa mémoire les odeurs de l'alcool, des encres, des pigments, des poudres, des baumes fixants et de tous ces produits que l'homme utilisait. L'odeur du sang aussi, et celle de l'homme lui-même lorsqu'il restait penché de longues minutes sur sa poitrine.

Pas une seule fois Nathanaël Wiesenthal ne lui adressa la parole.

Il repartit au matin du quatrième jour avec son sac et son chapeau et sa redingote et sa frêle silhouette noire s'évanouit progressivement dans le lointain comme aspirée par le désert immaculé. Zodiak ne le revit jamais.

Durant une semaine encore il resta alité et conserva sur le buste un cataplasme humide que l'homme y avait posé. Le maître ne lui donna plus à boire de son mystérieux breuvage et peu à peu il émergea de son état d'engourdissement. Son esprit refit surface, ses sensations s'éveillèrent et avec elles la douleur.

Dans la phase ultime, il eut mal à hurler. Mais il serra les mâchoires et ne laissa rien filtrer, pas même un râle. Dehors la neige s'était remise à tomber. Tout le campement hibernait comme un gigantesque lombric enroulé sur lui-même. Personne ne mettait le nez dehors sauf la vieille Louisa, obligée de passer de caravane en caravane afin de distribuer les repas.

Puis un après-midi, à l'heure du thé, le maître vint s'asseoir auprès du jeune garçon. Il lui passa la main sur le front et lui dit que le moment était venu et il souleva avec précaution le cataplasme. Zodiak guettait son regard et il crut y voir briller une lueur d'admiration, fugace et spontanée. Le maître alla chercher un miroir. Il le tint à l'horizontale au-dessus du buste dénudé et Zodiak leva lentement les yeux et découvrit enfin le reflet de son propre corps dans le miroir. Et voyant cela il sentit monter en lui un cri immense, un cri venu comme une lame de fond du plus profond de son être et relatant à lui seul la terreur primitive et ancestrale de l'homme, de tous les hommes, d'hier et d'aujourd'hui et de toujours, projetés soudain dans leur effroyable dénuement et leur effroyable solitude au sein de l'univers, au cœur même de la vie.

Le cri de sa naissance.

Ce cri demeura muet et les larmes le noyèrent dans sa gorge.

C'était une vaste portion du cosmos. La carte détaillée d'un ciel nocturne où rien ne manquait, ni les planètes, ni les étoiles, aussi infimes et lointaines soient-elles, ni les amas, ni les anneaux, ni les voûtes, ni les dédales. Et toute chose en lieu et place et dans de strictes proportions. C'était une galaxie complète que Nathanaël Wiesenthal avait gravée dans la chair de Zodiak. Sur chaque pore de sa peau. Sur chaque grain. À coups d'aiguilles. Une nuit étalée sur toute la surface de son buste, un lavis d'un bleu profond avec des nuances de sépia et de subtils dégradés suivant l'éclat et l'intensité des astres qui le parsemaient.

C'était l'ordre exact qui régnait dans les cieux au-dessus de sa tête le soir où l'enfant était né.

Le maître reposa le miroir. Sur ses lèvres flottait un étrange sourire. Longtemps auparavant il avait connu la même épreuve. La même incommensurable terreur, à laquelle succéderait bientôt la fierté, puis une joie pure, simple : celle de se savoir désormais inscrit dans l'univers et d'avoir l'univers à jamais inscrit en soi. Le maître savait ce que cela représentait.

Il posa la main sur le ventre du garçon, à la place du nombril. Apparaissait à cet endroit une sorte de spirale vers laquelle tous les autres éléments semblaient converger. C'était là le cœur du mystère, aux yeux d'Agharâ. Peut-être la source de tout. Le commencement. Ou la fin. La spirale représentait la treizième constellation du zodiaque. Le signe secret. Un phénomène visible uniquement en de très exceptionnelles circonstances. Presque un miracle.

Ce n'était pas un hasard si le maître avait demandé à monsieur Canard de lui trouver un enfant venu au monde cette nuit-là.

Le polac avait englouti à la suite deux steaks américains et une portion de frites grasses et il était en train de se lécher les doigts quand ils arrivèrent devant Le Globe. Il était un peu plus de onze heures du soir.

L'artère ne faisait pas trois mètres de large. Elle était flanquée d'une succession de maisons hautes et étroites accolées les unes aux autres. Autrefois y vivaient des pêcheurs, des ouvriers, des petits artisans et de ces gens du peuple et tous aujourd'hui étaient morts et oubliés. Il ne restait rien d'eux. Surtout pas leur âme. Il restait des façades grises, des murs rongés, des volets à claire-voie disloqués derrière lesquels apparaissait parfois un bout de visage basané, un regard anxieux et farouche. Des familles d'Arabes confinées dans ces cachots innommés. Il restait ceux qui n'avaient pas le choix. Quelque part là-haut sous les toits un homme allongé sur un grabat avait cessé d'attendre la fin de la nuit et sans doute qu'il n'était pas le seul. Il restait deux devantures d'anciens commerces pareils à de vieux pans de décors abandonnés sur place. Un coiffeur pour hommes, un boucher-traiteur. Des lettres peintes à demi effacées par la poussière et la crasse et par le temps passé. C'était le plus vieux quartier de la cité. Le cent onzième plan de réhabilitation circulait dans les méandres de l'hôtel de ville depuis trois années entières. Il restait des blattes et des rats et des grands projets. Il restait des bars.

Sept ou huit ou dix bars en rez-de-chaussée de chaque côté de la rue. Tous portaient des noms qui parlaient d'aventure, de voyage, désirs ou souvenirs d'ailleurs, d'un exotisme un peu dépassé. Mais personne n'était dupe. Depuis longtemps aucun héros n'était venu de la mer et aucun ne s'était embarqué. Les enseignes lumineuses donnaient juste un peu de relief aux ombres mouvantes.

Le Globe ne différait pas des autres. La gueule du polac clignotait sous la lueur verte et bleue d'une mappemonde en plastique. La température avait baissé avec le soir et il avait remis son bonnet à pompons. Il en avait marre de rester planté là devant la vitrine. Il avait soif.

— J'te paye un coup, Zod ? dit-il.

Il avait pris un ton prudent de plaisanterie, pour tâter le terrain. À sa grande surprise, Zodiak acquiesça et se mit en branle aussi sec comme s'il n'attendait que son invitation.

À l'intérieur, une fille était perchée sur un tabouret juste à l'entrée, tournée vers la porte. Ses jambes étaient croisées et sa jupe s'ouvrait sur une large plage de peau mate. Elle les toisa en exhalant un lourd nuage de fumée. Un regard dur, sans concession. Le polac resta une seconde en arrêt devant ses cuisses puis il referma la porte et emboîta le pas à Zodiak. Le comptoir s'étirait tout droit jusque dans les profondeurs de la salle. Le plafond, les cloisons et le mobilier étaient en bois. On avait l'impression première de pénétrer dans la soute d'un bateau pirate. La pièce s'élargissait en demi-cercle vers le fond. Un poteau était fiché comme un mât au centre de cet espace. Quelques tables autour et des banquettes en bois, nues et sobres, raides comme des prie-Dieu. À part la vigie glaciale à l'accueil, toutes les filles étaient en compagnie. La plupart alignées au comptoir devant un verre avec un type ou deux debout à leurs côtés. Zodiak s'avança vers le fond de la salle, jetant un œil au passage sur chacune d'entre elles. Certaines semblaient en âge d'être au collège. Petites poupées brunes au teint bistre, outrageusement grimées pour un jeu dont elles n'avaient pas forcément saisi toutes les règles. Dans un autre monde, elles auraient pu être des princesses du désert ou des bergères berbères aux pieds nus ou des concubines dans un harem, mais dans cette partie du globe elles n'étaient que des filles d'immigrés et leurs sultans des matafs. L'une un peu plus âgée trônait justement au milieu d'un essaim de marins portugais en escale. Ils étaient une dizaine autour d'elle et autant de cadavres de bouteilles sur les tables jointes. Ils avaient bu, ils parlaient fort, mais ils avaient vingt ans et ils étaient loin de chez eux et pas un n'aurait su dire exactement ce qu'ils foutaient là. La fille entravait que dalle à ce qu'ils braillaient mais elle riait aussi, avec eux, parce qu'elle était prise à ce moment-là dans la partie et tout ce qu'elle savait alors c'était qu'il fallait qu'ils boivent encore, qu'ils boivent et qu'ils payent. Ses seins remuaient sous un infime bout de tissu rouge. Les gars se souviendraient d'elle cette nuit sur leurs couchettes, puis la nuit suivante et puis ils l'oublieraient.

Zodiak prit place sur une banquette. Le polac s'assit en face et se mit à fixer l'écran d'un poste de télévision par-dessus la tête de son beau-frère. Des clips vidéo y défilaient à la chaîne mais la musique se noyait dans les éclats de voix. Le polac affichait un air ravi devant tout ce qu'il voyait.

Ils étaient deux à veiller sur le trésor. Derrière le comptoir un mastard d'une cinquantaine d'années, catcheur sur le retour, gueule plate et écrasée, crâne rasé et poli et luisant sous les spots. Il faisait office de barman et de videur. Et puis un autre type, accoudé à l'autre bout du comptoir, face à la salle. Celui-là était mince et longiligne et portait une chemise noire ouverte sur une lourde chaîne en or. Un air de sicaire mexicain. Une allumette qui passait d'un coin à l'autre de ses lèvres. Il ne parlait à personne. Son regard de crotale épiait par en dessous tout ce qui bougeait. Zodiak faisait de même.

Ils étaient attablés depuis deux minutes quand une fille s'avança vers eux. Elle était brune aussi mais sa peau et ses yeux étaient clairs. De grandes créoles dorées se balançaient à ses oreilles. Zodiak était certain de ne pas l'avoir vue dans le bar avant cet instant. Elle se pencha et s'appuya des deux mains à la table.

— Bonsoir, les hommes, souffla-t-elle. Vous êtes tout seuls ? Vous m'offrez un verre ?

C'était aussi simple que ça.

Le polac leva les yeux vers elle.

— Hé-hé, fit-il.

Un sourire niais éclairait sa face. Sa joue gauche était toujours écarlate.

— Avec plaisir, dit Zodiak.

— Super, dit la fille.

Elle se coula sur la banquette à côté du polac et sa cuisse se colla à la sienne.

— Moi, c'est Cindy, dit-elle.

— Cindy…, murmura Zodiak.

— Ouais. Comme Cindy Crawford. Vous connaissez ?

Zodiak fit signe que non.

— Vous connaissez pas Cindy Crawford ? Eh, les mecs, faut sortir un petit peu !

Elle s'esclaffa gentiment.

— Hé-hé, fit le polac.

— Qu'est-ce que vous buvez ? demanda la fille.

— La même chose que toi, dit Zodiak.

— Okay, c'est parti.

Elle pivota d'un quart de tour vers le comptoir et leva le bras à l'intention du barman. Ses doigts dressés indiquaient le chiffre trois. Le colosse la regarda sans réaction apparente. La fille reprit sa position initiale, contre la cuisse de Roman.

— Moi, c'est Jésus, dit Zodiak.

— Quoi ?

— Jésus. Comme Jésus-Christ. Tu connais ?

Elle resta une seconde sans voix, puis elle s'esclaffa de nouveau en ouvrant grande la bouche. Elle avait le rire facile. Avec elle les clients devaient se croire des types très drôles.

— Et lui, alors ? Ton pote. C'est le diable, c'est ça ?

— Lui c'est Judas, dit Zodiak. Judas était le chien de Jésus. Il lui mangeait dans la main. Ils étaient inséparables. Jusqu'à ce qu'il le morde.

— Houuu ! fit la fille en se tournant vers Roman. Tu mords, toi, c'est vrai ? On dirait pas. T'as plutôt l'air d'un brave toutou. (Elle leva les yeux vers le bonnet et d'une chiquenaude fit balancer un des nounours qui pendouillaient au sommet.) Tu sais que t'es mignon comme tout avec ça, dit-elle. Ça te va super.

— Hé-hé-hé, fit le polac.

Il ne la quittait pas des yeux et son sourire était figé sur sa figure comme une plaie rose et béante. Il sentait la chaleur le long de sa cuisse. Il la sentait monter et se propager dans tout son corps et vibrer comme des ondes de courant basse tension. Il n'avait pas approché beaucoup de femmes d'aussi près. Pas des vivantes.

Le barman se ramena avec trois flûtes. Il les tenait d'une seule main. Son corps épais était moulé dans un T-shirt blanc uni et Zodiak remarqua le tatouage dépassant sous la manche de son biceps droit. Un serpent enroulé comme une liane autour de la lame d'un criss. Un signe favorable. Le type posa les boissons sur la table et repartit sans un mot.

— Kir royal, annonça la fille. Champagne et crème de cassis. J'adore.

Le champagne avait trois avantages : ça faisait chic, ça soûlait pas trop vite, et ça coûtait un maximum au client. Cindy était une vraie pro, dans d'autres établissements elle aurait mérité le titre d'Employée du mois. Elle leva sa flûte pour un toast.

— Alors, à qui ? À Jésus ? À Judas ?

— À celle qui les réunira, souffla Zodiak.

La fille accentua son sourire puis avala un bon tiers de sa flûte et la reposa. Le polac suivit tous ses gestes et il regarda fixement l'empreinte de ses lèvres sur le verre.

— Vous m'avez pas l'air d'être du coin, tous les deux. En tout cas, j'crois pas vous avoir déjà vus ici.

— On bouge pas mal, dit Zodiak. On voyage.

— Vous avez du pot, dit la fille. Ça me plairait bien à moi aussi de voyager.

— Qu'est-ce qui t'en empêche ?

Elle eut un geste vague, fataliste.

— Y a le boulot, dit-elle.

— Le boulot..., répéta Zodiak.

Sur l'écran de la télé, un jeune Black au volant d'une Cadillac chantait : *It's a long way from you, baby. It's a long way to you...* Il portait un borsalino sur le crâne. Il ne regardait pas la route.

Zodiak posa les coudes sur la table et s'avança un peu.

— Pourtant c'est pas la première fois qu'on vient, dit-il. On est déjà passés, il y a quelques mois de ça. Mais tu n'y étais pas. Je m'en souviendrais, sinon.

— C'est gentil, ça, dit la fille.

— Depuis combien de temps tu bosses ici, Cindy ?

Elle fit mine de réfléchir, la moue aux lèvres, pendant une poignée de secondes.

— J'en sais rien. Deux ans, à peu près. Peut-être plus. Peut-être moins.

Elle but une nouvelle gorgée et garda la flûte entre ses doigts.

— Alors tu dois connaître l'autre fille, dit Zodiak. Sonia.

— Sonia ?

— C'est avec elle qu'on a bu un verre, la dernière fois. Je l'ai pas vue, ce soir. Je sais pas si elle est toujours là.

La fille secoua la tête.

— Je connais pas de Sonia.

— Peut-être que je me trompe, fit Zodiak. Peut-être qu'elle s'appelait pas comme ça… Une blonde, avec les cheveux très longs. Les yeux verts. Jolie.

La fille continuait à faire non de la tête, non, non, avec une lente obstination.

— Ça me dit rien, dit-elle.

Zodiak posa sa main à plat sur la table et écarta les doigts. Pour bien sentir le bois contre sa peau. Pour rester calme. Pour ne pas la gifler. Décrire son amour à cette pute, c'était comme marcher pieds nus sur des braises. Il se força à prendre une large inspiration. Puis il leva l'autre main et posa l'index sur son propre visage — un point situé juste au-dessus du coin des lèvres.

— Elle avait un petit grain de beauté, là.

La fille s'immobilisa une fraction de seconde. Puis se tourna vers Roman.

— Comme lui ?

Zodiak acquiesça.

— Comme lui, dit-il.

— Et comme Cindy Crawford, aussi ! dit la fille.

Elle avait retrouvé son sourire éclatant. Elle but le champagne jusqu'à la dernière goutte et le polac fixa sa gorge blanche renversée. Offerte. Les deux hommes n'avaient pas encore touché à leurs verres.

— Alors ? fit Zodiak. Ça te dit toujours rien ?

La fille planta ses yeux dans les siens et le regarda un long moment en silence. Puis elle dit :

— Et si on s'remettait ça ?

Oh, it's a long way from you, baby. It's a long… Le chanteur dans sa Cadillac et là-bas tout au bout d'une longue ligne droite la silhouette floue d'une déesse noire qui dansait sur l'asphalte.

— Tant que tu voudras, dit Zodiak.

— Hé-hé, fit son beau-frère.

La fille au grain de beauté ne s'appelait pas Sonia. Elle portait un autre prénom. Elle n'avait pas non plus les cheveux si longs que ça. Elle était jolie, c'est vrai. Mais toutes les filles ici sont jolies. Regarde. Elle était arrivée au début de l'été. L'été dernier. Avec deux ou trois autres. En renfort. Les étés sont chauds par ici. Elle travaillait bien. Correct. Pas d'embrouilles, pas de problèmes particuliers. Elle faisait ce qu'il y avait à faire. Une fille agréable. Plutôt gentille. Elle se mêlait mais sans plus. Pas une super copine. Pas une bêcheuse non plus. Pas une de ces petites connasses de Parisiennes qui descendent faire la saison sur la côte. Pardon pour le gros mot. Non, elle n'avait pas l'air triste. Non. Il n'y a pas de filles tristes. Les hommes n'aiment pas ça. Les hommes viennent là pour s'amuser. Tu voudrais d'une fille triste, toi ? Toutes les filles sont jolies et elles rigolent. Regarde. Regarde-moi. Elle était partie vers la fin de l'automne. Comme ça, oui. Comme ça. Un jour elle était plus revenue, c'est tout. C'est souvent comme ça que ça se passe. Ça va, ça vient. C'est pas la première et c'est pas la dernière. C'était il y a au moins trois mois. On l'a plus revue depuis. On la reverra peut-être, qui sait ? L'été prochain. Des fois, elles reviennent. Il y a des filles qui voyagent, aussi. Comme toi. Comme vous. Tu vois…

« Y a des filles qui voyagent », répéta Cindy.

Puis elle se tut. Le polac regarda ses lèvres se refermer, se coller l'une à l'autre dans un mol accouplement. Cindy en était à son troisième Kir royal.

Derrière, dans la bande des matafs portugais, un des gars avait décroché. Affalé sur la table, la tête sur son coude replié et l'autre bras dressé en l'air avec un fond de vodka transparent dans un verre. Un filet de bave s'écoulait aux commissures de ses lèvres en même temps qu'une vieille chanson de son pays, nostalgique et languissante. Sa voix avait quelque chose d'indéniablement émouvant mais personne ne l'entendait. Il était seul au monde. La pute riait aux éclats en repoussant avec une habile douceur les grappes de mains qui se tendaient vers sa chair. Elle connaissait les limites. Ce n'était ni le lieu ni l'heure. Bientôt. Bientôt elle se lèverait et elle grimperait à l'étage et ils la suivraient comme ils suivraient n'importe qui, comme ils suivraient leur mère, et peut-être qu'il y en aurait un qu'elle devrait soutenir dans l'escalier, et sûrement qu'il y en aurait un autre là-haut qui voudrait dormir entre ses seins, juste dormir. Deux à la fois, pas davantage. Elle attendait le signal. Pour l'instant le type à la chemise noire, au bout du comptoir, ne bronchait pas.

Seuls les muscles de ses maxillaires remuaient sous sa peau comme les pistons d'une lente machine à broyer. Il en était, lui, à sa sixième allumette.

— Et maintenant, on fait quoi ? demanda Cindy.

Zodiak fixait ses propres mains sur la table et il ne répondit pas. Un homme émergea d'une banquette située dos à la sienne. Il était de taille anormalement petite et portait un costume gris clair et fripé. Il fit un bref arrêt à côté de leur table et jeta un regard aux deux hommes, puis à la fille.

— Bonsoir, Cindy, dit-il.

Une voix nasale et grinçante. Une pointe de sarcasme dans son sourire et dans le noir de ses pupilles.

— Salut, fit Cindy sans le regarder.

L'homme eut un curieux hochement de menton, semblable à un tic, puis il s'éloigna. Le haut de son crâne arrivait tout juste au niveau du comptoir. Une de ses jambes était raide et lui donnait une démarche saccadée, presque mécanique. Il salua encore une ou deux personnes au passage puis marqua un nouvel arrêt devant la fille juchée sur son tabouret à l'entrée du bar. Il s'inclina et déposa un baiser sur le bas de sa cuisse dénudée et la fille le laissa faire sans rien dire. Son regard était toujours aussi dur. L'homme ouvrit la porte et sortit.

Elle ne s'appelait pas Sonia, pensa Zodiak. Elle ne s'appelait pas Sonia.

Il ressassait les paroles de Cindy à l'intérieur

de son crâne et dans le même temps son regard refaisait le tour de la salle et appréhendait maintenant chaque chose, objet, être, sous l'éclat d'une lumière nouvelle, une lumière crue et froide comme l'exact retournement des ténèbres et nulle part, nulle part en ce lieu et en tout ce qui le composait, nulle part il ne pouvait trouver la moindre place pour son amour. Son amour avait cette faculté d'influer sur le réel et de le remodeler à son image et dans tout ce qu'il voyait ici il ne décelait même aucun signe ni aucune trace de son passage. Ici, il n'y avait que des putains et des maquereaux et des marins perdus, des ventres avides et inféconds et tout ça tellement palpable, tellement corrompu et putrescible. Ici, il n'y avait pas d'amour.

Elle ne s'appelait pas Sonia, pensa Zodiak.

Ses yeux revinrent se poser sur la fille assise en face de lui. Il scruta son visage et au-delà. Il vit la fille telle qu'elle était à l'âge de cinq ans, à l'âge de quinze ans, à l'âge de trente ans, de soixante, de cent, et il éplucha ses hardes de chairs mortes et il vit la carcasse de ses os et puis la poussière de ses os et puis plus rien du tout. Il fut pris de pitié et de rage pour ce monde.

Elle n'avait rien laissé.

(Mais qu'espérais-tu qu'elle laisse ? Un message ? Un petit mot pour Jésus ?)

Derrière eux la putain se leva et un des matelots se leva aussi, si vite qu'il perdit l'équilibre et se raccrocha à elle et tous deux faillirent s'étaler. Une chaise se renversa avec fracas. Au milieu des rires et des braiments elle s'éloigna en le tenant par la main et le tirant comme un garnement et ils disparurent derrière une porte au fin fond de la salle. L'heure était venue.

Cindy avait fait son choix. Elle s'occupait du polac. Elle le travaillait. Elle avait posé un bras sur son épaule et lui soufflait des mots au visage. Tout près. Le polac aspirait l'haleine tiède de la fille et maintenant sa figure entière était rouge comme sa joue brûlée et des perles de sueur frangeaient le haut de son front. Contre sa cuisse à lui le frottement appuyé et lancinant de sa cuisse à elle et voilà qu'elle y ajoutait une main, sa main posée à plat sur le dessus et il en sentit aussitôt la morsure à travers l'étoffe de son pantalon comme celle d'un fer chauffé à blanc. Ses traits se crispèrent et le rictus hilare qui barrait sa face se réduisit bientôt à une pure et hideuse expression de frayeur. De souffrance.

Zodiak reconnaissait ce masque.

À l'ultime seconde, les yeux de Roman Wojtyla cherchèrent ceux de son beau-frère et Zodiak à ce moment-là dit :

— On s'en va.

Et il se dressa d'un bloc en provoquant une minuscule vague de champagne et de crème de cassis.

La première fois qu'elle lui tendit la main pour connaître son destin, il y vit un oiseau-lyre mais il n'osa pas lui dire.

Il inventa. Ce n'était pas un mensonge, c'était un poème. De cela il n'eut pas conscience. Pas la première fois. Il raconta ce qu'il connaissait le mieux : le ciel, les astres, la métamorphose des étoiles, les innombrables formes du néant, il cita le nom des nébuleuses et des trous noirs et celui de quartiers entiers de l'univers plus vastes que tout ce qu'elle pouvait imaginer, il cita le nom de vieux théoriciens grecs et chinois et il cita son nom à elle comme le ferment de toutes ces choses et ce qui les unissait entre elles.

Il était déjà en train de lui dire son amour mais de cela non plus il ne fut pas conscient. Ni elle. Les mots venaient sans peine. De toute sa vie il n'en avait jamais dit autant. Aussi souvent qu'elle le lui demanderait, il redirait ces mots et il en chercherait d'autres dans sa mémoire et il en inventerait de nouveaux. Car l'univers était un poème en expansion.

Mais ce qu'il aimait par-dessus tout, c'était tenir sa main. C'était garder sa main longtemps dans la sienne et caresser l'oiseau du bout d'une phalange et la regarder. Le soir, il s'endormait avec ça. Dans la caravane, derrière le rideau de velours tiré, il frottait doucement la paume de sa propre main et c'était sa peau à elle qu'il effleurait et c'étaient ses yeux à elle qui éclairaient la nuit puis qui la rendaient close d'un battement de paupières. Il ne questionnait plus le spectre maternel. Certaines réponses venaient avec le sommeil et la solitude le quittait dans une lente coulée de larmes. Zodiak n'était plus seul.

Les nuits, les matins, les étés, les hivers : tout passait sauf son amour.

C'est par l'intermédiaire de Roman qu'il s'était rapproché d'elle. Avec une patience quasi hypnotique. Des cercles tout autour de plus en plus restreints, concentrés. Il lui avait fallu trois années pleines avant d'atteindre ce fameux jour où elle lui avait confié la source de son destin. Elle n'était pas farouche pourtant. Elle souriait à tous. Elle avait encore l'insouciance enfantine et cette sorte d'innocence que possèdent ceux qui marchent au-dessus des sols depuis toujours. Les seules barrières à renverser étaient dans la tête du jeune garçon. Longtemps il lui parla par la bouche du frère. Longtemps il ne put la contempler qu'à travers un miroir. Lorsqu'elle se trouvait en sa présence, il détournait le regard et cherchait partout son reflet, dans une flaque d'eau de pluie, sur un carreau, sur le chrome d'un pare-chocs. Il se râpait le pouce au galet du maître et se récitait sous forme litanique les formules de parallaxes et d'écliptiques afin de préserver son masque d'impassibilité. Longtemps elle trouva sur son édredon, à l'heure de se coucher, une petite fleur des champs qu'elle laissait sécher dans une boîte à musique. Il n'était pas fier de ça mais il ne voyait rien d'autre à faire. Elle ne se posait guère de questions.

À peu de chose près, Roman agissait de même envers Zodiak. À ses yeux, il était un sorcier et la crainte qu'il lui inspirait n'avait d'égale que sa vénération. Maintes fois il lui rapporta en offrande le résultat de sa chasse. La meilleure part. De minuscules canines blanches de rongeur ou le scalp d'un hérisson ou les rémiges d'un pigeon encore engluées de sang brun. Et nombre de vipères et de couleuvres firent en secret les frais d'un sacrifice, la tête réduite en bouillie sous la masse d'un rocher. Le polac lançait alors son cri à la face du soleil. Lui était fier d'avoir été choisi. Lui non plus ne se posait pas de questions. Sa fidélité serait sans failles et sans bornes.

Roman était là quand Zodiak avait besoin de lui. Il était là pour l'annoncer. Pour l'introduire. Pour lui ouvrir la voie. Il était là pour l'entendre décliner en fragments célestes et en six langues différentes le chant d'amour d'un oiseau-lyre. Il était là pour le voir caresser les plumes, lisser les plumes, les repeindre une à une avec délicatesse et dans ces couleurs arrachées au cœur bouillant des comètes et des météores. Il était là pour réunir les corps. Il était là pour les séparer.

Roman était le seul, hormis Agharâ, à avoir

aperçu cet univers gravé dans la chair de Zodiak. Vision fugitive, volée à l'aube à travers un écran de plexiglas, mais qui le conforta dans sa peur et dans son adoration. Ce matin-là on put voir, quelque part près de Véroia, en Grèce, dix serpents décapités se balancer comme des cravates noires à la branche d'un olivier. Leur sang s'écoulait en lourdes gouttes pourpres, abreuvant un carré de terre desséchée.

Ce n'est que six ans plus tard que Sonia découvrirait à son tour le corps de Zodiak.

Roman et Sonia et Zodiak, ils allaient quelquefois tous les trois voir s'ébattre les marionnettes de Boban Tsze Boban. Sur une aile du campement, le vieil homme dépliait son théâtre rien que pour eux. Rien que pour elle en vérité. Les poupées de bois et de chiffons leur donnaient l'exacte réplique de la vie : l'amour pour les princesses et le combat contre les dragons. Boban le juste envoyait souvent son maigre chevalier au tapis. C'était beau et triste à pleurer. Dans les hautes flammes dansantes il voyait briller le regard de son amour. Il voyait luire les larmes sur ses joues. Il aimait ça.

Mais ce qu'il aimait par-dessus tout c'était garder sa main dans la sienne. Longtemps. Longtemps.

Zodiak possédait la prescience et Roman un instinct animal et ils tombèrent en arrêt au même instant et se retournèrent comme un seul homme sans qu'il y eût pourtant aucun bruit ni aucun mouvement qui eût pu attirer leur attention. Ils se trouvaient au pied d'une vieille église en pierre et leurs deux paires d'yeux scrutèrent avec intensité un recoin de nuit noire et opaque taillé dans la façade de l'édifice. La rue d'un bout à l'autre était déserte, parsemée de flaques falotes de réverbères. L'écho de leurs pas se dissipa rapidement dans l'air humide. Puis la voix se fit entendre et la voix dit :

— Jésus et Judas à nouveau réunis… Et sortant tout droit de la taverne de l'Enfer. C'est tout bonnement miraculeux. Et ô combien émouvant.

Puis la voix se tut et le silence retomba aussitôt. L'homme fit deux pas en avant et émergea de l'obscurité et c'était comme s'il se matérialisait soudain sous leurs yeux. Zodiak le reconnut tout de suite. L'homme dit encore :

— Regardez-les. Magnifiques. Marchant côte

à côte. Errant côte à côte… De ville en ville, de port en port. De bar en bar. Tels deux pauvres damnés solitaires en quête de… de quoi, au fait ? De qui ? Du paradis ? Du mystérieux jardin secret où poussent toutes les fleurs… et tous les grains de beauté ?

Il avait l'air content de lui. Il avait l'air de s'écouter parler et d'aimer ça. Il avait l'air ici encore plus petit qu'à l'intérieur du Globe.

— Putain, c'est quoi ce…, lâcha Roman.

Il serra les mâchoires et secoua sa carcasse et commença à charger.

— Laisse, dit Zodiak.

Le polac s'arrêta net. Il regarda son beau-frère, puis l'homme, puis son beau-frère et les ours blancs giflaient l'air à chaque mouvement de tête. Il ne pigeait pas.

— Bien, approuva l'homme. Sage décision.

Il eut une sorte de ricanement muet, puis il joignit les mains et s'adressa au ciel dans une parodie de prière.

— Loué soit Notre-Seigneur, dit-il, qui dans Son infinie mansuétude vous a placés sur mon chemin. Ou qui m'a placé sur le vôtre… (Il rabaissa les yeux.) Le Seigneur n'est pas un fils de pute, je vous le dis.

Il se rapprocha encore un peu. À chacun de ses pas, la partie droite de son corps se soulevait d'un seul tenant, de l'épaule à la plante du pied. Deux ou trois foulées de manchot sur le parvis. Zodiak attendait la suite.

— Doux Jésus, souffla l'homme. Pas mal… Je possède moi-même une belle collection de surnoms et autres sobriquets, tous ayant trait bien entendu à mon aspect physique. La compassion ni l'imagination n'étant pas les principales qualités de nos contemporains, le terme le plus communément employé pour désigner ma personne est celui de : « Nabot ». Ce qui, d'un point de vue strictement scientifique, est une erreur. En effet, peut être considérée comme nabot, ou nain, toute personne d'âge adulte et de taille inférieure, je dis bien « inférieure », à cent quarante centimètres. C'est là la condition sine qua non à cette définition. Or, il se trouve que je mesure précisément cent quarante centimètres. Saisissez-vous la nuance ? La Nature a choisi de me préserver une fois pour toutes de cette affligeante, de cette abjecte tare qu'est le nanisme, et je l'en remercie chaque jour. Merci, la Nature, merci, merci, merci... Cependant, il arrive aussi qu'on m'appelle : le « Boiteux ». À cela, j'avoue n'avoir encore rien trouvé à redire. Toujours d'un point de vue scientifique, s'entend.

Il referma ses lèvres pleines et grasses. Par la fente étrécie de ses yeux, il guettait les premières réactions à sa tirade.

— Zod, fit le polac. Tu le connais ? Tu peux me dire ce qu'y raconte, ce putain de nabot ?

Zodiak ne répondit pas. Il continua à sonder l'homme un bon moment puis il dit :

— Comment souhaiteriez-vous qu'on vous appelle ?

L'homme hocha plusieurs fois la tête, avec une mine de connaisseur, comme si c'était exactement les paroles qu'il attendait.

— Tu serais prêt à tout, hein…, fit-il.

— À tout, dit Zodiak.

— Bien. C'est ce qu'il nous faut : de la suite dans les idées et une bonne paire de couilles. C'est tout Jésus, ça.

— Alors ? fit Zodiak.

— Puisque tu me le demandes, je te répondrai que ma défunte mère, cette grosse truie suceuse de bites, m'a prénommé Igor. À cause d'un sous-officier de la flotte russe qu'elle subodorait être mon véritable géniteur. Quant à mon cher et tendre papa, paix à son âme, il m'a légué le patronyme de Pécou. Voilà donc, conclut l'homme en ouvrant les bras. Igor Pécou. Pour vous servir.

— J'aime pas les Russes, grogna le polac.

— Roman…, souffla Zodiak.

— Pour ma part, je continuerai à vous donner le nom du prophète et de l'apôtre, dit l'homme. Il y a si longtemps que je vous attends.

— Tu t'es gouré, fit le polac. T'as poireauté tout ce temps pour rien. C'est con.

— Roman, répéta patiemment Zodiak. Ce monsieur veut seulement nous aider.

— Mais certainement, dit l'homme.

Le polac continua à le toiser d'un œil mauvais. Il avait toujours dans le nez les effluves de la fille du bar et toujours cette lave en fusion à l'intérieur du corps qu'il ne savait comment évacuer. Le nabot lui arrivait à l'estomac.

— C'est vrai que ta mère suçait des bites ? demanda-t-il.

— C'est vrai, dit l'homme. Elle les enfilait aussi. Et la tienne ?

— J'en sais rien. Pas des bites russes, en tout cas, ça m'étonnerait.

— Que peut-on faire pour vous, monsieur Pécou ? coupa Zodiak.

— Autant que ce que je puis faire pour vous, dit l'homme. Comme vous l'aurez sans doute remarqué, il n'y a pas que ma patte qui traîne. Mes oreilles aussi. Et mes yeux. Je sais beaucoup de choses, petit Jésus. Je parle de ces choses qu'on ne devrait pas savoir. Je sais à peu près tout ce qui se passe dans cette ville. À la surface et en dessous. Les coulisses. Les égouts. Je sais où vont s'échouer les petites sœurs perdues…

À cet instant précis, Zodiak sut qu'il le tuerait. Il tuerait cet homme parce que cet homme était sale. Parce qu'il salissait tout. Il le tuerait comme on s'ampute d'une partie de soi-même, pourrie, infectée, afin de préserver le reste. Parce que c'était la seule façon de se sauver.

— Puis-je vous demander où vous comptez dormir, cette nuit ?

— Nulle part, dit Zodiak. On ne dort pas.

— Vous avez parfaitement raison. Un homme qui ferme les yeux est un homme mort. Dans ce cas, accepteriez-vous de me suivre jusqu'à mon humble demeure, afin que nous puissions veiller ensemble et poursuivre cette passionnante conversation ?

— Tu nous invites ? fit le polac.

Il se tourna vers son beau-frère. Zodiak ne bougeait pas et rien ne se pouvait lire à la surface de son visage. Il regardait le nabot. Il le regardait et il vit le dernier quart d'une lune grise se refléter dans ses pupilles et il pensa que seuls les rats sur cette terre pleureraient sa perte.

— Il me paraît difficile de refuser, dit-il.

Le polac se tourna de nouveau vers l'homme.

— J'espère qu'y a d'la bouffe chez toi, dit-il. Je crève la dalle.

De dos, on aurait pu le prendre pour un orphelin abandonné à son sort et vêtu d'un costume qui n'était pas de son âge. Un enfant d'un temps de guerre. Un vêtement emprunté à un cadavre.

Il marchait vite malgré sa jambe raide. Ils le suivaient à trois pas de distance, sans jamais s'aventurer au-delà de cette limite ni en deçà. Ils ne croisèrent personne sur leur passage. Personne. Des rues soudain nues et désolées comme dans une ville assiégée soumise au couvre-feu. Le règne du silence, de la terreur. Derrière chaque fenêtre, à l'abri provisoire des volets clos, on guette. On épie. On se bouffe les lèvres. On se recroqueville. Des vieilles en chemise de nuit font le signe de croix. On bâillonne les nouveau-nés. L'imminence d'un fléau pèse, pèse sur les corps, pèse sur les esprits. Quelque chose va arriver. Quelque chose de lourd et d'irrémédiable.

Ou bien c'était simplement que les habitants fuyaient de loin en reconnaissant le martèlement particulier de ses semelles sur l'asphalte, aussi aisément identifiable qu'un cliquetis de crécelle.

Zodiak de temps en temps levait la tête. Cherchait du regard la mince portion de lune en lame de faux. Elle était là, toujours visible et rasant les toits. Le polac tendait l'oreille aux gargouillis de ses entrailles.

Ils marchèrent une quinzaine de minutes, laissant derrière eux le cœur atrophié de la basse-ville. Les rues s'élargirent peu à peu. Ils atteignirent un long boulevard qui constituait l'une des frontières du vieux quartier. Ils la franchirent. Une bourrasque de vent humide et froid les cueillit en plein milieu de l'artère. Le nabot poursuivit sans ralentir. Ils n'échangèrent pas un mot et pas une seule fois il ne se retourna.

Il s'arrêta quelques instants plus tard, glissa une main dans sa poche et en ressortit une clé unique. Zodiak leva encore une fois les yeux. Ils se trouvaient devant l'entrée d'un cinéma désaffecté. L'enseigne ne devait plus s'éclairer depuis des lustres. Les grosses capitales rouges en plastique indiquaient : « Le Palace ». Le nabot se pencha sur un cadenas et l'ouvrit et déroula une lourde chaîne en fer. Il écarta une grille qui se repliait en soufflet d'accordéon et ménagea un espace tout juste suffisant pour y passer son corps. Quatre panneaux vitrés barbouillés de peinture blanche formaient une seconde cloison, un mètre derrière la grille. Il se faufila entre ces deux maigres remparts.

— Venez, dit-il.

Les deux hommes le suivirent et se tassèrent sur

le côté tandis qu'il repoussait la grille et remettait la chaîne et refermait le cadenas. Puis il ouvrit une des portes et ils pénétrèrent dans un petit hall obscur où régnait une odeur de rance et de bois trempé. Il y faisait aussi froid qu'à l'extérieur.

— Une minute, dit-il.

Ils devinèrent le déplacement de l'homme. Le bruit feutré de ses pas qui décroît, puis cesse. Ils restèrent debout dans l'obscurité.

— J'aime pas, dit le polac.

Au bout d'une poignée de secondes, ils entendirent un grésillement et une faible lueur jaunâtre tomba d'une ampoule nue fixée au plafond. Zodiak balaya le hall du regard. Face à eux se trouvait l'ancien guichet. La caisse. Le tarif des places encore affiché sur la vitre en lettres adhésives à moitié arrachées. De chaque côté de l'entrée, sous des vitrines embuées de poussière grise, des rectangles de punaises rouillées marquaient l'emplacement de photos disparues. Le sol était recouvert de plaques de linoléum, écornées par endroits ou gondolées ou vérolées de brûlures de cigarettes. Des lambeaux de moquette râpeuse s'accrochaient aux murs comme les derniers squames d'une mue. Sur le côté on apercevait le départ d'un escalier. Le nabot se tenait sur la première marche et les observait.

— Le Palace..., dit-il.

Il eut encore son ricanement muet puis il leur tourna le dos et commença à grimper. Un pied, puis l'autre, sur chaque degré. Sans toucher à la rampe de métal. Il disparut bientôt de leur vue et ils entendirent sa voix qui disait :

— Par ici.

Roman chercha le regard de son beau-frère, et quand Zodiak se mit en marche il se mit en marche également.

Il les attendait à l'étage devant une porte à double battant percé chacun d'un hublot au verre dépoli. Il les laissa venir en se frottant les mains avec un air de bonimenteur de foires. Puis il poussa un des panneaux et le tint ouvert et les invita d'un geste à entrer. Ils sentirent un souffle frais sur leurs nuques quand le battant se referma derrière eux.

La salle faisait environ dix mètres de large et le double de profondeur. Deux cents mètres carrés à vue d'œil. Elle était éclairée par deux rangées de loupiotes alignées le long des murs latéraux. Le sol était constitué de ciment brut. Quelques éléments de mobilier gisaient deçà delà, comme disposés par la seule logique du hasard. La cabine de projection, dépourvue de vitre, faisait saillie à mi-hauteur du mur du fond. Sur le mur d'en face se trouvait un écran de sept mètres de base.

— Putain, c'est ça ta baraque ? lâcha le polac.

Ils étaient arrêtés tous les trois à l'entrée.

— C'est chez moi, dit le nabot.

Il se détacha et s'avança de quelques pas et regarda tout autour comme s'il découvrait les lieux.

— Le Palace a définitivement fermé ses portes au public il y a vingt-trois ans de ça, dit-il. Ce soir-là, j'ai pleuré. Je l'avoue. J'ai versé des larmes sur son triste sort et sur le mien, qui étaient liés. Je ne fus pas le seul. Les derniers fidèles étaient tous présents lors de cette ultime séance, pour laquelle j'avais sélectionné une œuvre intitulée : *Miss Pussycat se mouille*. Un classique du genre. Efficace… Et pourtant tous ces petits branleurs vicelards en cette occasion ravalèrent leur foutre et s'épanchèrent dans leurs mouchoirs en longs sanglots amers. Les Kleenex pleuvaient entre les rangées comme des roses blanches au fond d'un tombeau…

— C'est beau, ça, coupa le polac.

Il se grattait les quelques poils folâtres qu'il avait sous le menton. Le nabot se tourna vers lui et lui lança un long regard haineux. Puis ses yeux dévièrent sur ceux de Zodiak.

— Et toi ? fit-il. Tu ne veux pas savoir ?

Zodiak eut un imperceptible mouvement de tête.

— Si.

Un sourire fielleux se répandit de nouveau sur les lèvres du nabot.

— Nous avons toute la nuit devant nous, n'est-ce pas ?

Malgré la fraîcheur ambiante, il quitta sa veste. Il portait dessous une chemise bordeaux dont il retroussa les manches comme s'il se préparait à une longue partie de poker ou comme s'il allait fendre des bûches à coups de hache.

— Le cinéma appartenait à ma grand-mère, dit-il. La mère de mon père. Elle l'avait racheté après la guerre. Dieu sait comment elle s'était procuré l'argent, mais elle l'a fait. Le Palace était à elle et elle s'en est occupé jusqu'au bout. Avec amour. Avec passion. Le dernier jour, c'était encore elle qui tenait la caisse. Elle avait quatre-vingt-deux ans. J'ai passé toute mon enfance, toute ma jeunesse, dans ce cinéma. Mon cher et tendre papa s'occupait de la projection. C'est lui qui m'a appris comment ça marchait. À huit ans j'étais capable de faire tourner la machine tout seul. Au début, il lançait le film et puis il me laissait dans la cabine pour surveiller et pendant ce temps il allait boire son petit coup au café du coin, chez Dédé. Il revenait juste pour le générique de fin. Et puis après il ne lançait même plus. Il me laissait faire. Il partait à la première séance en matinée et le soir, après la dernière séance, c'est moi qui allais le chercher chez Dédé et on rentrait tous les deux ensemble à la maison. Il avait confiance en moi. Il n'était même pas soûl quand j'allais le rejoindre. Il n'aimait pas tellement boire. Souvent il n'avait pris qu'un ou deux petits verres et le reste du temps il était assis là tout seul à sa table au fond du café et il attendait. Je ne sais pas ce qu'il attendait. Peut-être qu'il attendait ma putain de mère.

Le nabot marqua une pause. Il avait délaissé ce ton sarcastique et ce langage ampoulé qui étaient les siens jusque-là. Il était en train de leur conter son histoire. Zodiak l'écoutait. Zodiak l'observait et réfléchissait. Il cherchait l'issue. Il essayait d'entrevoir la trame qui reliait tout ça à son amour. Pour l'instant il n'y parvenait pas.

— Tu parles et tu parles et tu parles…, fit le polac.

Il soupira bruyamment. Il planta les mains au fond des poches de son pantalon et se mit à déambuler dans l'immense salle. Le nabot le suivit du coin de l'œil et au bout d'un moment il recommença à parler.

— J'ai passé des heures et des heures et des après-midi et des nuits entières dans cette cabine, dit-il. Et de temps en temps, comme si j'en avais pas eu assez, je me faisais ma petite séance privée. Je lançais la machine et je m'asseyais là au premier rang et j'avais toute la salle et tout l'écran pour moi tout seul. J'ai vu tous les films. Je les ai revus. J'ai tutoyé les stars du monde entier. Les plus belles femmes de la création. Elles ne regardaient que moi. Elles ne s'adressaient qu'à moi. Est-ce que vous pouvez imaginer ce que c'est qu'une paire de lèvres de cinq mètres de large ? Des lèvres rouges, juste humides ce qu'il faut et luisantes, qui s'entrouvrent devant vous, qui vous murmurent des mots. À vous. Qui vous appellent, qui vous supplient… (Le polac s'arrêta et se tourna vers lui et fronça les sourcils.) C'est quelque chose qui vous aspire, dit le nabot. Cette bouche. On s'y engouffre. On s'y perd. On peut y dormir. On peut en crever… Oh, Gina ! Oh, Sophia !… Les belles lèvres moelleuses des Italiennes…

Sans cesser de le fixer, le polac mit son poing à demi fermé devant son bas-ventre et fit mine de se masturber. Un sourire lubrique déformait ses traits. Le nabot le vit et lui répondit par un sourire de la même qualité.

— Évidemment…, souffla-t-il.

Durant quelques secondes son regard se perdit dans le vague. Puis il reprit :

— Douze ans, treize ans, à cet âge ça commence à vous démanger. J'ai vite saisi quels avantages pouvait me procurer ma situation. Les filles aiment le cinéma. Moi j'aimais le cinéma et j'aimais les filles. Nous avions certainement des choses à échanger… Les filles, les femmes, les femelles… Jésus, si tu savais. J'ai connu des petites sangsues de dix ans à peine qu'étaient prêtes à vous pomper jusqu'à la moelle pour une séance gratuite en matinée. Elles montaient là-haut dans ma cabine. Des petites sauterelles, des petites pouilleuses du quartier. Elles savaient pas faire mais elles y mettaient tout leur cœur. C'était ça ou pas de film. Pas de Cary Grant. Pas de John Wayne. Pas de Burt Lancaster. Elles se passaient le mot entre copines. Des fois, quand elles avaient été vraiment gentilles avec moi, je leur filais une photo de la vedette en noir et blanc. Cadeau. Elles la serraient contre leur poitrine. Elles me remerciaient. Elles revenaient le dimanche suivant… J'ai connu des sacrées salopes de seize ou dix-sept ans qui le faisaient parce que ça leur plaisait. Ça les excitait, ces garces. De temps en temps elles s'arrêtaient en plein turbin, elles se relevaient et jetaient un œil par la vitre et elles voyaient la gueule du jeune premier sur l'écran, sa belle gueule et ses beaux yeux, et puis elles s'accroupissaient de nouveau et elles s'y remettaient avec encore plus d'ardeur qu'avant. Pompe, pompe, tu sais pas qui te pompera… Et quand c'était terminé, hop, un petit coup de rouge sur les lèvres et puis elles allaient retrouver leur petit mac dans la salle et elles se laissaient encore tripoter et bouffer la langue jusqu'à ce que les lumières se rallument. Des chiennes gourmandes. J'ai même connu des professionnelles, des vraies putains qui venaient exprès de la basse un soir qu'elles faisaient relâche pour se taper une toile. Elles croulaient pas sous le pognon, et qu'est-ce que ça leur coûtait à elles ? Elles expédiaient ça vite fait bien fait sans même y penser et c'était rien d'autre qu'un petit extra. Du beurre dans les épinards. Y en avait deux ou trois, comme ça, des filles à pompons. Le lundi soir, souvent... Mais ma préférée, celle qui me faisait le plus d'effet, c'était madame Polienta. Une mère de famille. Elle avait un garçon et une fille, des jumeaux, ils avaient le même âge que moi. Ils n'avaient pas un rond, ces gens-là. Je ne sais pas comment elle avait appris la chose, madame Polienta, sans doute qu'elle avait dû surprendre sa gamine qui en parlait ou quelque chose comme ça. En tout cas c'était pas une pute, elle. Pas du tout du genre salope à se faire ramoner dans tous les coins. C'était une brave femme. Une bonne mère. Ses gosses, elles les aimait. Elle était prête à se sacrifier pour eux. Pour leur apporter un peu de joie. Et moi, tu comprends, si j'avais pas été là, elle aurait jamais pu leur offrir le cinéma... Je me souviens la première fois qu'elle est venue me trouver. Elle aurait pu envoyer sa fille, comme aurait fait n'importe qui, mais non. Elle est venue elle-même. En personne. Une mère exemplaire. Elle a frappé doucement à la porte de la cabine. Elle avait l'air encore plus intimidée que moi. Elle n'osait même pas me regarder... Madame Polienta, elle n'a jamais voulu se servir de sa bouche. Sa bouche, c'était pour embrasser ses chers enfants. C'est tout. Un tendre baiser avant de se coucher. Sur la joue. Sur le front. Bonne nuit, mes chéris… Moi, je n'avais droit qu'à sa main. Seulement la main. Mais ça me suffisait. Des fois, elle ne me touchait même pas. Je voulais juste qu'elle me montre. Je voulais juste qu'elle dégrafe son corsage, qu'elle soulève sa robe. Ses dessous, à madame Polienta, c'étaient pas des chichis à dentelles. Non. Elle n'avait pas le fric pour ça. Ni le goût. Ce qu'elle portait, c'était du solide. Du mastoc. Du slip de ménagère. Du slip de pauvre. Et pourtant ça me rendait complètement fou. J'aurais pu m'astiquer trois jours d'affilée tout seul devant elle rien qu'en la regardant. Elle, elle tournait la tête pour ne pas voir. Ça ne lui plaisait pas. C'était vraiment pour ses enfants qu'elle le faisait. Ils ne se rendaient même pas compte de la chance qu'ils avaient ces deux-là d'avoir une maman comme elle. Après, quand c'était fini, elle se reboutonnait et elle se lavait bien les mains à fond et puis elle allait les rejoindre dans la salle. Les mômes, ils lui avaient gardé sa place. Ils venaient tous les samedis. À la première séance. Je l'attendais. Avec elle, c'était réglé d'avance. Une véritable abonnée, madame Polienta. Ça a duré deux ans environ. Et la nuit, c'étaient ses lèvres à elle que je voyais sur l'écran. C'étaient ses lèvres à elle et je n'y ai jamais eu droit…

Le nabot se tut.

— C'est fini ? fit le polac.

Il s'était remis à fouiner à droite à gauche, à flairer, sa gueule de collet pointée en avant et parcourue d'imperceptibles frémissements. Zodiak n'avait pas bougé d'un pouce. Il n'avait rien perdu des paroles de l'homme et il avait scruté sa figure avec attention. Il fallait faire la part des choses. Celle de la réalité et celle du fantasme et celle du pur délire. La part de la folie. Chaque élément a une origine et une destination et ce n'est pas parce qu'on les ignore qu'elles n'existent pas. Il pensa que l'histoire n'était pas terminée. Il pensa qu'elle serait peut-être encore longue. Le nabot suivrait sa voie jusqu'au bout et il n'y avait pas d'autres choix que celui de lui emboîter le pas. Sans le brusquer. Sans le forcer. Car les morts ne parlent plus aux vivants, ils ne disent plus ni mensonges ni vérités. Zodiak avait su dès le début qu'il devrait faire preuve de patience.

— Qu'est-elle devenue ? demanda-t-il.

Le nabot leva des yeux surpris.

— Quoi ?

— Madame Polienta, dit Zodiak.

Le nabot hocha la tête.

— Elle est morte, dit-il. De chagrin. Ses deux gamins sont passés sous un train. Les deux en même temps. Ces petits cons. C'est ça qui l'a tuée. Elle s'est laissée mourir. Qui peut en dire autant ?

Le polac était planté sur ses jambes à l'autre bout de la salle et il regardait l'écran vierge comme un gigantesque tableau et sans se retourner il dit :

— Polienta, ça me fait penser à polenta... On n'avait pas parlé de bouffe ?

Le nabot lui lança un bref coup d'œil puis revint à Zodiak.

— Jésus, toi tu peux comprendre, pas vrai ?

— J'essaye, monsieur Pécou, dit Zodiak.

Le nabot dévoila ses dents grises.

— T'es un malin, toi…

Il claudiqua jusqu'à un large fauteuil en cuir râpé. Il le fit pivoter de manière à se trouver face à Zodiak et s'y laissa choir. Ses deux jambes s'alignaient droit devant lui et dépassaient du siège d'une vingtaine de centimètres. Il avait l'air là-dessus d'un petit monarque présomptueux sur un trône trop vaste dans un royaume trop vaste.

— Je l'ai perdue, dit-il. J'ai perdu cette brave madame Polienta. J'ai perdu un peu plus tard mon cher et tendre papa. Un jour il en a eu marre d'attendre. Assis tout seul à sa table. Alors ce qu'il a fait, c'est qu'il s'est levé et il a demandé un couteau au patron du café et il est allé s'enfermer dans les chiottes sans rien dire à personne et il s'est tranché la gorge. Il a dû s'y reprendre à trois fois parce que cette grosse feignasse de Dédé n'affûtait même pas ses couteaux. Il avait trois entailles différentes au cou. C'est le toubib qui l'a dit. On ne l'a retrouvé que le lendemain matin et il a fallu défoncer la porte. Pauvre p'tit père. J'ai toujours pensé qu'il aurait fait un beau couple avec madame Polienta… Si tu comptes bien, Jésus, ça nous en fait déjà deux de moins. Quatre avec les gosses, le fils et la fille. Et c'est pas fini. Le Palace tout entier était en train de crever. Comme tous les autres petits cinémas de quartier. Ça ne marchait plus. Les clients désertaient les uns après les autres. C'est triste une salle vide. Plus personne ne venait me voir là-haut dans ma cabine… Mais la grand-mère s'accrochait. Ce cinéma c'était tout ce qui lui restait et elle ne voulait pas le lâcher. Alors elle a eu une idée : elle s'est dit que pour sauver les meubles, il était peut-être temps de changer. Changer de films, de genre, de clientèle. On était dans les années soixante-dix, en pleine vague du porno. La grand-mère a plongé là-dedans. Du jour au lendemain. Ça lui faisait pas peur, à la vieille. N'importe quoi vaut mieux que rien du tout. Fini les cow-boys solitaires et le bon *Docteur Jivago*, fini *La Grande Vadrouille*, fini *Jules et Jim*, fini Delon et B.B., fini le temps des chabada… Maintenant, place au X ! Place à toutes les vierges en chaleur, à toutes les vicieuses et les soumises et les perverses, place à Sulfura Prêtresse du désir. T'imagines ça, Jésus ? Des lèvres de cinq mètres de large… C'est sûr que ça leur a fait drôle, dans le quartier. Les nouveaux clients, c'étaient surtout des matafs. Et puis des vieux. Des petits vieux. Certains qui tenaient à peine sur leurs guibolles. Ils venaient en solitaire, ceux-là. Parfois trois ou quatre fois dans la semaine, pour le même film. Ils se pointaient l'après-midi à la caisse, ils sortaient leur porte-monnaie et donnaient toujours l'appoint parce qu'ils l'avaient préparé à l'avance pour pas avoir à recompter. Ils faisaient tomber leur mouchoir à carreaux tout morveux qu'était dans la même poche que le porte-monnaie et ils mettaient cinq minutes à le ramasser. Et puis après ils rentraient tranquillement dans la salle en faisant bien attention de pas se casser la gueule entre les rangées. Des petits vieux, bordel. Des papys. Des types qu'avaient fait la dernière guerre et même celle d'avant… Tu suis toujours, Jésus ?

— À la trace, dit Zodiak.

— Bien, dit le nabot. Sursis. Mais ça va venir. Le coup du porno, ça nous a permis de grignoter quelques années. C'est tout. Les petits vieux finiront par crever aussi, l'un après l'autre, et à chaque fois c'est un ticket en moins, du pognon en moins, un fauteuil vide en plus. Ça en fait, des macchabées. Le Palace est un caveau. On ferme. Rideau. Et la grand-mère y passe à son tour. Elle ne lui aura pas survécu plus d'une semaine, à son cinéma. Et tu sais quoi ? Elle m'a tout légué, la vieille. Le Palace… et les dettes qui allaient avec. Merci, mémé. Le cercueil n'était pas encore refermé que tous les charognards me tombaient dessus. J'ai dû bazarder, tout, les fauteuils, les bobines, le matériel, les machines, la belle Victoria IV de mon cher papa qui tournait comme une horloge suisse, même la moquette ils l'ont prise. Il ne m'est resté que les murs et ça.

Du pouce, il indiquait l'écran derrière lui.

— Et des souvenirs, dit Zodiak.

— Et des souvenirs, répéta le nabot.

Il eut son ricanement muet puis se releva d'un seul bond en prenant appui sur les accoudoirs.

— C'est l'entracte, dit-il. Je crois que ton ami Judas attend sa pâtée.

Le nabot éteignit la plaque électrique et se saisit d'un torchon. Il retira la boîte de conserve qui cuisait au bain-marie dans une casserole d'eau bouillante. Il s'approcha de la table et versa le contenu de la boîte dans l'assiette du polac. Un amas de flageolets, quelques bouts de saucisses et quelques dés de lard et de petit-salé pris sous une sauce épaisse.

— Cassoulet, annonça-t-il. « Véritable recette à l'ancienne. » C'est écrit.

Le polac s'empara d'une cuillère à soupe et commença à manger. C'était sa seconde platée. Zodiak n'avait rien avalé et le nabot s'était contenté d'une portion de raviolis sauce tomate. Il observait le polac. Il semblait attendre son verdict sur la recette mais le polac continuait à engloutir méthodiquement et en silence. Un chien penché sur sa gamelle.

— On dit que la boulimie est le symptôme d'une profonde carence affective, dit le nabot. (Il posa avec familiarité la main sur l'épaule de Roman et sourit.)

Judas serait-il en manque d'amour ?

La cuillère s'immobilisa à mi-chemin entre l'assiette et la bouche du polac. Celui-ci tourna la tête vers le nabot. Leurs yeux se trouvaient à la même hauteur.

— Me touche pas, fit Roman d'une voix blanche.

Le sourire du nabot se crispa. Il laissa retomber sa main.

— Hou, mais c'est vrai qu'il mordrait !

En disant cela, il s'était reculé d'un pas et son ricanement caractéristique lui resta coincé en travers de la gorge. Il chercha un soutien dans le regard de Zodiak mais Zodiak laissa faire. Le polac recommença à manger.

Quand il eut terminé, le nabot reprit l'assiette sale et la plongea dans une bassine en plastique où stagnait une eau trouble et grasse. Il n'y avait pas d'évier. Il n'y avait pas de réfrigérateur. Dans ce recoin de la salle du Palace qui tenait lieu de cuisine il y avait une plaque électrique et une bassine, posée chacune sur une caisse renversée. Il y avait deux petites armoires métalliques contenant des ustensiles et une trentaine de boîtes de conserve alignées comme sur un stand de tir. Il y avait une table carrée et une chaise et deux tabourets en fer. Chaque chose à présent répertoriée dans le cerveau de Zodiak.

Le polac avait l'estomac calé et les yeux perdus dans le vague. Peut-être en train de s'enfoncer dans un quelconque souvenir, à l'écoute d'un murmure, d'une voix personnelle et chère, ou simplement débarrassé de tout et près de s'assoupir. Le nabot effectuait de courts va-et-vient le long de la table en claudiquant, les mains dans le dos comme un petit général blessé sous sa tente. Il semblait attendre la venue d'un quatrième personnage dont il n'avait plus de nouvelles. Au bout d'un moment, il s'immobilisa. Il regarda les deux hommes, puis il se dirigea vers une issue latérale et disparut sans un mot.

Il était sorti depuis moins d'une minute quand la lumière s'éteignit. Un rectangle pâle se dessina sur l'écran au fond de la salle, bientôt balayé de stries grisâtres. Puis la première image apparut.

C'était un clown, une face de clown en très gros plan, blanche avec son faux nez rouge et d'épais traits rouges ou noirs pour souligner les lèvres et les sourcils. Il fixait l'objectif avec des yeux écarquillés. Puis il entrouvrit la bouche et pointa sa langue qu'il agita frénétiquement d'une façon plus obscène que comique. Aussitôt après il fit un bond en arrière, d'un signe invita la caméra à le suivre et détala.

On retrouvait ensuite le clown devant une haute et large porte. Il attendit que la caméra se rapproche, puis il poussa d'un seul coup les deux battants et fit une pirouette et s'effaça. C'était une pièce immense, quelque chose comme une salle de bal. Il y avait là une foule extravagante composée d'hommes et de femmes masqués ou grimés à outrance et la caméra se promena quelques instants parmi ces créatures de carnaval. Certaines en jouaient et s'exhibaient volontiers devant l'objectif et d'autres au contraire s'en détournaient comme si elles craignaient qu'on pût les reconnaître malgré les postiches et le maquillage.

— J'espère que vous pardonnerez la mauvaise qualité de l'image, dit le nabot. Tournage amateur. C'étaient des vieilles bobines de Super 8 que j'ai dû restaurer et remonter, puis repiquer en vidéo. On ne peut pas faire de miracle avec ça.

Ils ne l'avaient pas entendu revenir. Il se tenait là debout près de la table comme s'il n'était jamais parti. Ils pouvaient voir les contours de sa silhouette dans la pénombre et la tache à peine plus claire de son visage. Il regardait l'écran.

Un trompettiste soufflait dans son instrument, ses joues aussi rondes et lisses que son crâne. Il y avait cinq autres musiciens autour de lui et tous portaient une sorte de livrée de couleur bleue avec des épaulettes dorées. Ils jouaient mais aucun son ne sortait. Le film était muet. On aurait dit une version colorisée des saynètes burlesques tournées au début du siècle. L'image sautait et tremblait et il y avait de nombreuses rayures et des collages approximatifs sur la pellicule d'origine.

Le polac n'avait jamais mis les pieds dans un cinéma et il regardait ça comme les tout premiers spectateurs des salles obscures avec des yeux remplis d'étonnement et d'émerveillement et aussi un peu d'effroi.

Deux caniches, un blanc et un noir, étaient sagement assis côte à côte sur leur postérieur. Ils étaient tous deux coiffés d'un petit chapeau en carton tenu par un élastique.

— C'est ce qu'ils appellent une « Soirée à thème », commenta le nabot. Une façon de pimenter la chose. Car même dans l'abomination, le plaisir s'use. Si l'on n'y prend garde, la routine s'installe. On se lasse. On s'ennuie. On bâille — quelle horreur ! Ces gens-là sont vite blasés… Alors, il faut varier. À chaque fois quelque chose de nouveau. Un nouveau spectacle. De nouvelles attractions… Regarde bien, Jésus. Regarde-moi ça, si c'est pas excitant !

Le clown était réapparu, toujours virevoltant et grimaçant et il ouvrait la voie à la caméra au milieu de la foule qui à présent s'amassait autour d'une sorte de piste circulaire aménagée sous un phénoménal lustre de cristal scintillant à plus de sept mètres au-dessus du sol. Au premier rang les spectateurs étaient assis dans de larges fauteuils trapus tapissés de velours pourpre et tous parés de leurs masques ils faisaient ainsi songer à des juges d'un tribunal occulte ou encore à d'hérétiques cardinaux tenant conciliabule. Les autres se tenaient debout derrière les fauteuils, ils se hissaient sur la pointe des pieds, ils se dévissaient le cou pour tenter de mieux voir.

La piste était recouverte sur toute sa surface d'un mélange de sable et de sciure. Se tenait là une femme au corps fin et musclé. Elle était entièrement nue. Un anneau de paillettes argentées entourait chacun de ses seins. Son ventre était blanc et glabre et laissait voir la fine coupure mauve de la chair entre ses cuisses. Les deux caniches trottinaient à ses côtés et bondissaient lorsque la femme levait une main. Ils ne portaient plus leurs chapeaux.

La voix nasillarde du nabot émergea une nouvelle fois de l'obscurité.

— « Le Cirque », dit-il. C'était le thème choisi ce soir-là.

Il dit encore autre chose mais Zodiak ne l'entendit pas. Il se concentrait sur l'image, sur tout ce qui était montré à l'écran et tout ce qui ne l'était pas.

La femme marchait et les chiens décrivaient des huit autour d'elle, se croisant entre ses jambes dans un mouvement fluide et synchrone. Au bout d'un moment, la femme s'arrêta et amorça un salut mais il y eut une coupure et l'instant d'après elle était en train d'effectuer un pont arrière au centre de la piste. Figure parfaitement maîtrisée. Tout en souplesse. Les pieds et les mains posés à plat dans la sciure. Les chiens passaient et repassaient sous la voûte de son corps. Puis le caniche blanc, d'un saut vif et précis, se posa sur le ventre de la femme. Il se mit debout sur ses pattes de derrière et se maintint quelques secondes en équilibre, puis il s'allongea les pattes en avant et en étirant le cou il se mit à laper les seins de la femme. Des petits coups de langue entre ses petits crocs blancs. Puis l'autre caniche cessa à son tour ses allées et venues. Il se présenta devant les jambes de la femme et se dressa et posa les pattes antérieures sur ses cuisses et commença à lécher la vulve offerte comme si du miel en coulait ou quelque autre humeur sucrée.

— Putain…, souffla le polac.

Sa mâchoire tombait, à demi béante. Une fugace

auréole blonde flottait parfois autour de sa tignasse suivant l'intensité des reflets de l'écran.

— Nous n'en sommes encore qu'au hors-d'œuvre, dit le nabot.

Les applaudissements crépitaient en silence.

La femme et les chiens sortirent à reculons. Une image rouge éclaboussa l'écran, puis ce fut le noir complet, puis de nouveau la piste. Cette fois elle était occupée par un homme, un colosse vêtu d'une cape et d'un slip en peau de léopard, les cheveux rejetés en arrière en une longue queue de cheval qui se balançait à chacun de ses pas.

— Raoul, dit le nabot. Le Roi de la jungle.

Le corps de l'homme était recouvert de longs poils bruns. Il en avait partout sur le torse, sur les épaules, les bras, et jusque sur les mains. Il était campé au milieu de la piste et s'adressait au public dans une attitude de défi. Il tenait un fouet dans la main droite. Il recula et le fit claquer d'un geste théâtral et aussitôt un singe fit son entrée. Un chimpanzé. L'animal marchait sur ses pattes arrière et traînait derrière lui une laisse d'environ deux mètres de long au bout de laquelle était attachée une fillette à la peau noire. Le cou passé dans un collier de cuir, les poignets liés dans le dos, elle semblait avoir une dizaine d'années, peut-être moins. Pas plus. Sa taille était ceinte d'une ficelle à laquelle pendait une rangée de bananes et c'était l'unique vêtement qu'elle portait. Elle ne se débattait pas. Elle ne criait pas. Elle avait des yeux très larges et des iris sombres et opaques, un regard halluciné où se lisait l'incompréhension plus que tout autre sentiment.

Comme si elle faisait appel à toute son intelligence et à toute sa raison et encore à son imagination pour tenter d'assimiler ce qui se passait mais en vain car c'était une chose absolument inconcevable pour elle à laquelle elle était livrée. Une étrangère en ce monde. C'était l'heure où les enfants de son âge sont plongés dans le sommeil et rêvent et elle savait juste que ce n'était pas un rêve. Ni un cauchemar.

Le singe la tenait en laisse. Il lui fit faire quelques tours de piste en trottinant. La lanière du fouet cinglait l'air et claquait sans bruit et quelques copeaux de sciure giclaient parfois telles de grosses mouches dérangées dans leur repas. Puis le singe s'arrêta. La fillette reprit son souffle. Son ventre se soulevait — la petite dune lisse et sombre de son ventre. Son regard balayait encore les masques aux grimaces figées qui l'entouraient, toute cette assemblée de bouffons et de gargouilles et le visage le plus humain était sans doute celui du chimpanzé.

À présent l'animal avait remis la poignée de la laisse à son dresseur et il réalisait des sauts et des acrobaties et à chaque fois sa récompense était une banane qu'il allait cueillir à la taille de la gamine. Il arrachait le fruit d'un coup sec, il l'épluchait puis l'engloutissait en deux grosses bouchées et sa gueule en était encore pleine lorsqu'il reprenait place pour une nouvelle cabriole. Le colosse l'encourageait, donnait de la voix et du fouet. Au bout de quelques instants, il ne resta plus qu'une seule banane pendue à la ficelle. Le colosse tira sur la laisse pour amener l'enfant sur le devant de la piste. Puis il donna un ordre au singe. L'animal arracha la dernière banane et sans la peler il tendit le bras pour la présenter devant la bouche de la gamine. Elle regarda le singe et elle regarda le fruit et elle n'eut même pas le réflexe de serrer les lèvres. D'un geste vif le singe lui enfourna la banane dans la bouche. Elle rejeta la tête sur le côté. Le colosse raccourcit la longueur de la laisse et tira sur le cou de la gamine et il aboya quelque chose. Sa figure était terrible. Il fit claquer son fouet. Le singe s'agitait, sautillait sur place. Le colosse aboya encore. La fillette entrouvrit lentement la bouche et on vit une incisive sur le devant qui n'avait qu'à moitié repoussé. Son menton tremblait. Le singe présenta de nouveau la banane et cette fois la fillette ne se détourna pas et l'animal mima maladroitement les va-et-vient obscènes et les premières larmes coulèrent des grands yeux de l'enfant. Puis il y eut une nouvelle coupure et l'instant d'après la fillette était à genoux par terre le visage écrasé dans la sciure et ce visage était celui-là même de la douleur, ravagé, souillé d'un mélange de pleurs et de morve qu'elle ne pouvait essuyer et la banane n'était plus dans sa bouche mais à l'intérieur de son ventre où le singe l'enfonçait. L'animal avait la gueule ouverte, les babines retroussées comme dans un grand rire muet. Le fruit disparut presque entièrement entre les cuisses de l'enfant. Le colosse tenait la laisse très courte et il continuait de pousser ses hurlements sans que l'on sût s'il s'agissait de menaces ou d'encouragements pour la bête ou encore d'incantations adressées au démon en personne.

— Putain…, souffla une nouvelle fois le polac.

Le chimpanzé retira la banane. Il l'épluchа. Il la mangea.

Le colosse fit un tour de piste, bras levé, torse bombé. La sueur dévalait son corps, plaquant ses longs poils noirs contre sa peau. Sa cape flottait dans son dos.

Les applaudissements crépitaient en silence.

Zodiak se leva. Il fit quelques pas dans la salle du Palace.

— Où tu vas, Jésus ? dit le nabot. Ce n'est pas le moment de fuir.

Zodiak s'arrêta. Il ne se retourna pas.

— Tu sais ce que c'est, dit le nabot. Au fond de toi, tu le sais. Depuis le début. Tu sais par quoi il faut passer. Tu as dit que tu étais prêt à tout. Tu n'es pas le seul. Pas de paroles en l'air, compagnon. Pas toi.

Zodiak ne répondit pas. Il ne pouvait pas revenir sur ses pas et crever le nabot, lui ouvrir le bide, laisser couler ses entrailles. Pas encore. Pas tout de suite. Il glissa une main dans sa poche. Il prit la pierre du maître dans le creux de son poing et la serra fort. Le fragment du Rocher de Los.

— C'est quoi ça, encore ? murmura le polac.

Le colosse, le singe et la fillette avaient disparu de l'écran. À leur place se trouvait une grosse femme affublée d'une trompe et d'immenses oreilles en peluche grise et d'une fine cordelette de chanvre effilée en guise de queue. Elle représentait une femelle éléphant. Grotesque. Elle se tenait à quatre pattes sur une petite estrade ronde. Ses mamelles pendaient ainsi que la chair flasque de son ventre.

— Ma mère, dit le nabot.

Il y eut une demi-seconde de flottement et de silence absolu puis le polac tourna la tête vers le nain mais il ne distingua rien d'autre qu'une parcelle de cornée brillant dans l'obscurité.

— Ma mère..., répéta le nabot dans un souffle.

Zodiak resta debout et s'adossa au mur et regarda de nouveau l'écran. Le clown venait de faire sa réapparition sur la piste aux côtés de l'éléphante.

— Un petit moment de détente, dit le nabot, après ce numéro quelque peu dramatique auquel nous venons d'assister.

Le clown s'était lancé dans la pantomime habituelle. Les grimaces, les mimiques, les gesticulations. Au bout d'un moment, il feignit de découvrir la présence de la femme. Il s'en approcha à pas de loup, avec ses godillots plus grands que des palmes. Il fit le tour de l'estrade. Il donna une tape sur la trompe. Il tira sur les oreilles. Tous ses gestes exagérés, ses expressions affectées, outrées. Les apartés avec le public. La grosse femme ne bronchait pas. Elle demeurait immobile à quatre pattes. Le clown passa derrière elle, il souleva la queue postiche qui pendouillait entre ses fesses et se pencha pour voir et se releva aussitôt en roulant des yeux effarés.

Le polac laissa échapper un petit rire semblable à un raclement de gorge.

Le clown retourna près de la femme et entreprit de grimper sur son dos et dégringola. Une fois, deux fois, trois fois. Des chutes de plus en plus spectaculaires. Il se frotta le crâne et les reins. Il mima la colère et le désespoir. Il se mit à pleurer et un jet d'eau gicla et éclaboussa les spectateurs.

Le polac rit encore une fois.

Puis le clown leva subitement l'index comme s'il venait d'avoir une idée. Il se dirigea vers l'arrière de la piste et siffla entre ses doigts et alors un troisième personnage fit son entrée. Le clown l'accueillit et l'accompagna jusque devant le premier rang. Le nouveau venu était un petit homme au corps maigre et sec, portant un turban blanc enroulé autour du crâne et emmailloté dans une sorte de lange également blanc. Il était censé représenter un cornac ou un fakir venu tout droit des Indes mais il faisait songer avant tout à un monstrueux nourrisson sorti d'une matrice irradiée.

— Eh… Eh…, fit soudain le polac. Mais c'est toi, ça. Putain, c'est toi !

Il s'était redressé au-dessus de son tabouret et pointait le doigt sur l'écran et en même temps il regardait vers l'emplacement du nabot dans l'obscurité. C'était pour lui quelque chose qui tenait de la magie ou du miracle.

Le nabot ne dit rien.

Il avait une vingtaine d'années de moins. Des mèches brunes dépassaient de son turban. Ses yeux étaient soulignés au crayon noir. Il ne boitait pas.

Le clown était en train de lui expliquer des choses à grand renfort de gestes et le nabot l'écoutait les bras croisés. Puis ils se retournèrent tous deux vers la femme. Le nabot s'approcha d'elle d'un pas sûr. Il conservait une expression sévère. Quand il fut près d'elle, il leva un bras et lança un ordre. L'éléphante dressa instantanément les pattes de devant et resta à genoux sur celles de derrière. Il lança un autre ordre et elle exécuta un tour sur elle-même. On apercevait son regard à la base de sa trompe et son regard était vide. Le clown applaudissait. Il chauffait la salle. Le nabot baissa le bras et l'éléphante reposa ses pattes sur l'estrade. Le nabot ne salua pas, ne sourit pas. Le clown le congratula et lui parla encore un instant. Le nabot acquiesça d'un bref hochement de tête. Il se tourna de nouveau et grimpa sur l'estrade, puis il grimpa sur le large dos de la femme et s'y assit en tailleur. Le clown bondit d'allégresse. Ensuite le nabot enserra les hanches de la femme avec ses jambes et il claqua des doigts et sa monture se mit en branle. Elle descendit de l'estrade. Elle fit le tour de la piste d'une démarche lourde et pataude. Ses genoux et ses mains s'enfonçaient dans la sciure. Ses seins et sa trompe et ses larges oreilles ballottaient au rythme de ses pas. Le cornac avait les bras croisés et le buste raide. Le clown virevoltait autour d'eux comme un énorme papillon ivre et tout cela dépassait maintenant les frontières de la comédie et de la farce et on assistait à quelque chose d'absolument irréel mais authentique à la fois, quelque chose comme une représentation théâtrale donnée par des aliénés dans la salle polyvalente d'un asile ou dans les méandres mêmes de leur esprit. Quelque chose qui faisait peur.

Zodiak fixait l'écran et il pensa qu'ils n'en resteraient pas là. Il avait raison.

La femme reprit sa place sur l'estrade. Le nabot descendit de son dos. Il retourna à l'avant de la piste et fit face aux spectateurs mais toujours comme s'il ne les voyait pas. Comme si c'étaient les eaux du Gange qui coulaient là sous ses yeux. Comme s'il avait sauté à bas de son pachyderme et venait observer le fleuve depuis la rive ainsi qu'il le faisait chaque jour. Peut-être que l'orchestre jouait un air mystique et flûté.

Le clown recommença son manège. Il félicita le nabot, il lui parla, cette fois à l'oreille, une main en paravent devant la bouche. Le nabot fit non de la tête. Le clown se pencha et insista et le nabot refusa une nouvelle fois. Le clown baissa la tête. Les coins de ses grosses lèvres peintes s'affaissèrent. Il tomba à genoux et joignit les mains et supplia le nabot. Il éclata en sanglots et l'eau gicla sur le public. Puis il y eut une nouvelle coupure et l'instant d'après le nabot se tenait debout devant l'estrade. Il était nu hormis le turban sur son crâne. Il soulevait la trompe en peluche d'une main et sa verge en érection était plantée comme un pieu dans la gueule de l'éléphante.

Zodiak ferma les yeux. Les rouvrit aussitôt.

Le clown battait des mains et trépignait comme un gamin surexcité. Au bout d'un moment le nabot se retira et claqua des doigts, la femme dressa le buste et il glissa son sexe entre les deux lourdes mamelles et se masturba ainsi. Puis il y eut une nouvelle coupure et l'instant d'après c'était le clown qui était installé à califourchon sur le dos de l'éléphante, la face tournée vers l'arrière, il tenait levée la mince queue factice et regardait de près le membre du nabot qui s'enfonçait entre les énormes cuisses. Le nabot était debout derrière la femme, les mains posées à plat sur le haut de son bassin. Il donnait de grands coups de reins à une cadence régulière et son ventre frappait les fesses tendues vers lui qui étaient comme deux vastes coussins. Sa figure présentait toujours la même expression austère. Celle de la femme avait très légèrement rosi. Leurs lèvres à tous deux étaient closes et aucun son ne semblait s'en échapper.

— Tu baises ta mère, fit le polac.

Il dit cela d'un ton neutre, comme s'il faisait simplement remarquer au nabot un détail que celui-ci aurait oublié.

— Vous aurais-je menti ? fit le nabot. Non. Je n'ai pas menti. Je ne mens jamais. (Il remua et se déplaça dans l'obscurité de la salle.) Elle aime ça, ajouta-t-il.

Le corps de la femme était à peine ébranlé malgré les coups contre sa croupe et malgré les sautillements du clown sur son dos. Le nabot accéléra le rythme. Le clown lâcha la queue de l'éléphante et se pencha et empoigna les mamelles et se mit à les pétrir avec force grimaces. Une traînée sale où se mêlaient la sueur et le maquillage était apparue sur sa joue gauche et continuait à descendre vers son cou. Il agita de nouveau la langue. La femme avait fermé les yeux. Soudain ses coudes s'écartèrent et elle parut sur le point de s'affaisser mais elle tint bon. Elle leva la tête vers le plafond. Sa trompe se balança mollement dans l'air. Ses deux oreilles postiches étaient pliées aux extrémités et pendouillaient comme des gants de toilette ou des marionnettes de chiffon abandonnées. Ses lèvres étaient toujours serrées. Cela se prolongea encore quelques instants puis le nabot se retira et éjacula en s'aidant de sa main. Sa semence giclant comme de sporadiques crachats constellant les fesses de la femme. Le clown leva les bras au ciel. Il bondit au pied de l'estrade et fit encore une galipette. Il serra la trompe de l'éléphante et la secoua comme une main inanimée. Bravo, semblait-il dire. Bravo. Il répéta le même geste avec le sexe du nabot qui était encore raide et humide, pareil à une étrange plante tropicale au bourgeon turgescent et qui semblait surdimensionné par rapport à sa taille. Le nabot croisa de nouveau les bras et fixa son regard sombre droit devant lui, sur l'assemblée ou peut-être sur l'autre rive du fleuve sacré.

Les applaudissements crépitaient en silence.

Après cela le film s'acheva dans un défilement de rayures et de chiffres et l'écran redevint vierge. Le nabot était déjà sorti de la salle. Les rangées de spots se rallumèrent bientôt. Zodiak et Roman échangèrent un long regard, puis le polac remua distinctement les lèvres et forma plusieurs mots muets à l'intention de son beau-frère. Zodiak fit non de la tête. Le polac poussa un soupir et demeura assis sur son tabouret.

Le nabot revint. Il claudiqua jusqu'à la chaise,

posa les mains sur le dossier et regarda tour à tour les deux hommes en silence. Au bout d'un moment, Zodiak se tourna vers lui.

— On avait parlé d'une fille avec un grain de beauté, dit-il.

Sa voix résonna d'une curieuse façon dans la salle du Palace. Le nabot hocha la tête et le coin droit de ses lèvres se releva.

— Un grain de beauté..., répéta-t-il.

Pour certains elle était l'Étoile du soir et pour d'autres elle était l'Étoile du matin et il y avait alors deux étoiles bien distinctes aux yeux des hommes et dans leur cœur. Mais Pythagore le Grec se pencha sur ses tablettes et affirma bientôt que ces deux astres n'en faisaient qu'un.

On parlait de Vénus. Vénus la blanche.

La septième planète était dans son périhélie la nuit qui prolongea le jour où ils s'épousèrent. Sonia entrait dans sa dix-septième année et Zodiak dans sa vingt et unième et le printemps fécondait germes et bulbes dans tous les replis de la terre de Campanie et jusque dans la moindre faille, la moindre fêlure inscrite sur la croûte aride du Vésuve, entre les écailles stratifiées du volcan la sève coulait.

L'Italie, bien sûr. Encore l'Italie. Quelque part dans la plaine entre Napoli et Mercato San Severino. Rien n'avait été confié au hasard, ni le lieu, ni la date. Au zénith le soleil inonderait les nappes multicolores déployées sur les parterres de trèfles comme des ailes de papillons démesurés et plus tard, à la nuit tombée, sur la face externe des ténèbres, la treizième constellation dévoilerait ses armoiries à qui saurait les voir. C'était écrit.

Grâce à une indiscrétion, sans doute orchestrée par monsieur Canard lui-même, les habitants du petit village d'Annunzio, distant de quelques kilomètres, avaient eu vent de la nouvelle. Ils défilèrent dès le début de la matinée, les enfants en tête, apportant leur contribution sous forme de présents et de victuailles et monsieur Canard dans sa grande générosité leur fit l'honneur d'accepter cette manne. Il permit même aux plus offrants de demeurer à l'orée du camp afin d'assister à la cérémonie. Ce furent ces rares élus qui plus tard rapportèrent l'événement.

Une heure avant midi tout était prêt. Les vingt et une pierres avait été disposées en demi-cercle au centre du campement et l'ensemble de la troupe se déploya à l'entour de ce foyer. Hommes et femmes en alternance ils se tinrent debout et attendirent dans le silence.

Ainsi qu'il était d'usage, le jeune homme apparut le premier. Il était beau. Il avançait d'un pas digne, portant son regard droit devant lui. Il fit halte au bord du foyer de pierres et se retourna comme pour considérer le chemin parcouru et il se mit à attendre à son tour dans une parfaite immobilité.

Depuis trois jours la promise restait dissimulée aux yeux de tous. Nul n'avait pu l'approcher hormis les deux vieilles femmes qui étaient chargées de la préparer et de la conseiller et de la protéger des incubes qui souvent viennent troubler le dernier sommeil des vierges à la veille de leurs noces. Durant ces trois journées, la jeune fille avait reçu les soins du corps et de l'esprit que les circonstances exigeaient. Deux heures auparavant, elle trempait encore dans un bain de lait où flottaient des pétales de lilas et de jasmin et des larmes de primevère dont le parfum s'imprégnait jusque dans sa chair. Puis sa peau fut rincée à l'eau des sept dernières rosées puis séchée puis ointe et frottée de sept essences différentes selon qu'il fallait affermir certaine partie du tissu ou au contraire l'amollir ou l'adoucir ou en exacerber la sensibilité. La jeune fille s'abandonnait sans réticence aucune aux mains expertes des apprêteuses. Quand l'une entrelaça savamment les fils de sa chevelure pour en faire sept anses tressées qui descendaient en s'étageant sur sa nuque et sur ses épaules et dans son dos comme autant de rangs d'un même collier ou autant de frises d'écume dessinées sur le sable par les vagues successives, l'autre pendant ce temps s'agenouilla et entreprit de raser la mousse blonde de son pubis et de rendre son ventre aussi blanc et doux et lisse qu'au jour de sa naissance. Et là encore, la jeune fille se laissa faire. Elle roulait sous sa langue une perle d'opium qu'on lui avait donnée afin d'épanouir la corolle de son âme et la débarrasser de ses ultimes poussières d'angoisse. Lorsque le suc fut fondu on lui briqua les dents avec un morceau d'écorce tendre. On lui passa les lèvres au pastel de sang. On l'habilla. Puis les deux vieilles prirent chacune un mètre de recul et la détaillèrent et plissèrent enfin leurs rides en signe d'assentiment et elles lâchèrent la jeune fille au seuil de la caravane.

Dans le petit village d'Annunzio, en Italie, on parle aujourd'hui encore de cette apparition. On en parle comme on parle du miracle de la Madone ressuscitée. Comme on parle de ce jour de l'été 1915 où la fontaine cracha un sang plus noir et plus épais que le goudron. Comme on parle de l'effroyable colère de ce volcan dont on aperçoit le cratère par les plus hautes fenêtres des maisons. Faits ou légendes, qu'importe. Et parce que les mots sont pauvres, on en parle avec des gestes et des soupirs et des silences éloquents et avec des yeux qui brillent et on en parlera toujours au cours des cent générations à venir.

Dans le petit village d'Annunzio, en Italie, les petits garçons jouent encore aujourd'hui à mimer les affres des suppliciés de Pompéi et les petites filles au mariage de la princesse aux tresses d'or.

Elle marchait d'un pas souple sous la douce lumière du printemps. Une simple robe de lin couvrait son corps. Oiseaux et insectes avaient cessé leurs chants comme à l'approche d'un grand bouleversement. Un indicible frisson se propagea dans les rangs des témoins, et parmi tous ceux-là il y eut une femme qui fut prise de tremblements et dont les jambes ployèrent et qui tomba à genoux. Et personne ne la releva car personne ne pouvait détacher son regard de celle qui venait vers eux ce matin-là dans la douce lumière.

Le jeune homme pensa une fois encore en la voyant qu'elle marchait quelque part sur un fil à la frontière de la terre et du ciel et que ce fil même était son amour. C'était ce qui la portait et c'était ce qui la retenait. Le souffle du jeune homme était bloqué dans sa poitrine mais son visage ne trahissait aucune de ses émotions.

Elle prit place à l'intérieur du foyer de pierres et elle tendit les bras vers lui et il y pénétra à son tour. Puis ils se baissèrent et déplacèrent les pierres une à une jusqu'à ce que soit reconstitué autour d'eux un cercle plein et parfait. Ils se relevèrent. Elle ouvrit les paumes de ses mains et il y imposa les siennes. Ils imposèrent leurs fronts. Il l'enveloppa de ses bras et ils imposèrent leurs corps l'un contre l'autre.

Quand tout cela fut accompli, les témoins se donnèrent la main et avancèrent d'un même pas de manière à former un second cercle autour du cercle de pierres, et on releva la femme qui était à genoux et on la traîna dans l'herbe car il fallait qu'aucun maillon ne manquât et que le cercle fût sans faille. Le silence était digne des plus vastes cathédrales. Le couple demeurait immobile dans son étreinte au centre du foyer et l'anneau se resserra sur lui jusqu'à ce que les corps des témoins fussent pressés les uns contre les autres et qu'aucune de ces parties ne pût plus remuer sans risquer de briser le tout.

Alors le mouvement se figea. Durant une poignée de secondes, chacun ferma les yeux et répéta en son for intérieur le vœu qu'il avait gardé de côté pour ce jour. Et quand cela fut fait, un grand cri jaillit soudain de toutes les bouches ensemble, un cri de liesse et de délivrance, et tous les bras se levèrent et les oiseaux effrayés s'envolèrent dans des claquements d'ailes et des craquements de branches.

Sonia et Zodiak étaient mariés.

La jeune épouse renversa sa gorge et laissa éclater sa joie dans un roulis de rire clair. On frappa dans les mains et on siffla et la femme qui était tombée à genoux dans l'herbe retomba une nouvelle fois car il n'y avait plus personne pour la soutenir et elle cacha son visage et pleura.

Le reste de la journée se passa à boire et à manger, à chanter et à danser. Bampi le violoniste s'acharnait sur son instrument comme s'il voulait en scier les cordes. Deux compères l'accompagnaient, qui tenaient respectivement l'accordéon et le tuba. Le trio joua tout le répertoire des mazurkas et des polkas et des valses lentes et des gigues endiablées et il ne s'interrompait que pour s'envoyer de temps à autre une timbale de vin noir derrière la glotte. Monsieur Canard lui-même venait de terminer son second tonnelet lorsqu'il se percha sur une souche de bois mort et entama sa version personnelle de *Besame mucho*. Il n'en connaissait que le premier couplet et le répéta quatre fois d'affilée d'une voix fluctuante. Les applaudissements éclatèrent avant la fin de la chanson. Monsieur Canard sourit et rota et replanta son cigarillo au coin de la bouche et tomba à la renverse comme un arbre fauché. Il sombra aussitôt dans un profond sommeil qui dura jusqu'à la nuit.

Ils furent nombreux à le suivre sur cette voie. Les hommes avaient des figures de brique rouge et s'écroulaient sans prévenir au milieu d'un rire ou d'une danse — tapies dans l'herbe tiède, ces larves d'une espèce inconnue — et ils se mettaient à ronfler. Les femmes poursuivaient seules sur leur lancée. Elles enjambaient les corps en levant haut leurs jupes et l'étoffe légère se collait à leurs cuisses luisantes de sueur. Ou bien les femmes s'arrêtaient et poussaient les corps de la plante de leurs pieds nus, elles se moquaient de ces hommes terrassés en les traitant de figues molles, d'outres pleines, de lézards sans queue, et les plus hardies empoignaient leurs mamelles et les agitaient au-dessus d'eux. Elles riaient entre elles. Elles lâchaient leurs cheveux. Elles léchaient leurs lèvres pour avoir le goût de leur propre sel. Elles avaient chaud. Les femmes transpiraient le soleil et l'amour par tous les pores de leur peau.

Le matin même ils avaient abattu tout entier un petit bosquet de chênes-lièges et ils avaient traîné les arbres jusqu'ici et le soir venu on alluma un feu dont on pouvait apercevoir la lueur à plus de trois kilomètres à la ronde. Les femmes eurent encore plus chaud. L'un après l'autre, les hommes se relevaient. Ils se frottaient le crâne et la panse. Ils essuyaient leur bave. Ils allaient pisser au large sur des jambes flageolantes puis revenaient et plongeaient la tête dans un baquet d'eau fraîche et s'ébrouaient. Puis ils réclamaient à boire.

On recommença à boire et à manger et à danser. Les hautes flammes dressées dans la plaine. Les visages rutilants et fiévreux. Les ombres dégingandées sur l'herbe jaune et leur étrange sarabande. Les frottements de l'archer. Les chauves-souris décochées comme des flèches noires par-dessus l'incendie. Les noctuelles consumées en une seule étincelle. Les gris flocons de braise qui retombent sans bruit. Tout cela. Tout cela et son amour.

Vers le milieu de la nuit, le maître Agharâ se dressa et fit un signe à l'intention de son disciple et tous deux s'éloignèrent du camp. Ils marchèrent côte à côte jusqu'à ce que les cris et les rires ne fussent plus qu'un lointain grésillement dans l'air du soir. Puis le maître s'arrêta et leva les yeux vers le ciel. Un ciel limpide, sans voile. Zodiak l'imita. Ils ne mirent pas longtemps à repérer le signe caché. La treizième constellation. Ils restèrent de longues minutes à la contempler en silence, à contempler aussi les autres fruits mûrs de la nuit. Le vaste verger noir, fertile, infini. Pour la première fois Zodiak réussit à envisager l'achèvement de sa propre existence. Il vit son apogée et son déclin et sa métamorphose. Il vit toutes ces infimes particules de matière qui le constituaient et il vit leur désagrégation. Il ressentit profondément les effets de l'apesanteur. Il se souviendrait de cet instant comme un passage d'une grande clarté et d'une grande sérénité.

Après cela il baissa la tête et tourna de nouveau les yeux vers le feu qui brûlait là-bas au centre de la prairie. Il pensa à Sonia. Son amour dans ce monde. Dans une simple robe de lin immaculée. Agharâ avait suivi son regard et peut-être ses pensées car c'est à ce moment-là qu'il se mit à parler de Vénus la blanche. Il dit qu'elle était l'Étoile du soir pour certains et pour d'autres l'Étoile du matin. Et pour Pythagore le Grec, qui se mêlait de tout, ces deux joyaux en réalité n'en faisaient qu'un. Il dit qu'arithmétiquement le Grec n'avait pas tort. Cependant l'illusion perdure, car nul homme ne peut laisser inassouvi ce besoin de symbole et de poésie qui est dans sa nature. Il dit que le premier juge et le dernier juge était le cœur de l'homme et non sa raison. Et tout dépend au fond de l'heure à laquelle on se couche.

Telle fut la conclusion du maître, qu'il exprima dans un murmure et non sans une esquisse de sourire.

« As-tu idée de combien pèse une jambe ? fit le nabot. Tout compris. Disons : du bas de la cuisse jusqu'à la plante du pied. Combien, d'après toi ? »

Il s'adressait à Zodiak. Il attendait une réponse.

— Une jambe de quoi ? fit le polac.

Le nabot l'ignora. Il se remit à arpenter la salle.

— On n'y pense pas, dit-il. On marche, on court, on saute. Depuis toujours. On peut pisser debout. Quoi de plus naturel ? Le bon Dieu nous a pourvus. On ne se pose pas de questions… On dirait pas mais c'est plein d'os là-dedans. Des petits, des gros. Mais pas seulement. Pas que des os. C'est plus compliqué que ça. Il faut tout un tas de choses pour que ça fonctionne. Les muscles, les tendons, le cartilage, les nerfs, la peau. Les ongles au bout des orteils. Tout est bon. Tout sert. Et quel poids ça peut bien faire tout ça, hein ? (Il marqua un temps d'arrêt.) Je ne compte pas le sang, dit-il. Le sang a coulé, il n'en restait pour ainsi dire rien. (Il se remit en marche.) Tu me diras que cela dépend de l'individu, de sa corpulence générale. C'est vrai. Aussi je ne parlerai que de ce que je connais… La mienne pesait trois kilos et cent quarante grammes. Ma jambe. Ma jambe droite. Je le sais, je l'ai portée dans mes bras. Un beau bébé. À l'hôpital ils l'ont pesée, mesurée. Dans un premier temps, ils ont cru qu'ils pourraient la remettre en place. Tu vois. Recoller les morceaux. Faut dire que c'était tranché net, sans bavures. Ou presque… Tu sais comment ils m'avaient fait ça ? À la scie. Une bonne vieille scie à bois. Pas besoin d'aller chercher loin. Comme pour une bûche de Noël. Ils étaient quatre à me tenir et le cinquième qui coupait. Au début, ça gicle de partout mais après, ça se calme. Il coupe, il coupe, rien ne l'arrête. Si je lève la tête je vois son bras qui va et qui vient. Régulier. Il n'a même pas l'air de forcer. On imagine mal le bruit que fait la scie sur l'os. Un bruit étrange. Ça résonne de l'intérieur, directement jusqu'à l'intérieur de ton cerveau. J'ai beau hurler, je l'entends quand même. Je l'entends tout le temps que ça dure. Je n'ai pas lâché. Je ne suis même pas tombé dans les vapes. Tenace, le petit homme. J'ai tenu jusqu'à la fin. Et puis quand la lame a entamé la table, l'autre s'est arrêté. Il a soufflé un coup. Il a posé la scie. Il est resté un moment à contempler son œuvre. Du bon boulot, il devait se dire. Satisfait. Après ça il a pris ma jambe et il l'a levée bien haut pour me la montrer. Comme ça, tu vois. Il la tenait par le tibia et j'avais l'impression de sentir sa main dessus, de sentir ses doigts serrés autour de mon mollet mais ce n'était qu'une impression, juste une putain d'impression parce qu'à ce moment-là c'était tout frais et je me souvenais encore de ce que ça faisait. C'est tout dans la tête, tu comprends ? Et puis le gars a posé ma jambe sur moi, là, sur mon ventre, comme un petit marmot. Mon bébé à moi. Prends ton pied, il a dit. Ah ! Ah ! Il était plein d'humour, le bûcheron. Fils et petit-fils et arrière-petit-fils de putes. Avec les quatre autres ils m'ont embarqué et ils m'ont largué vite fait devant l'hôpital. Ils ne voulaient pas que je crève. Ils voulaient juste que je me souvienne. Que je n'oublie pas. Ben tu vois, j'ai pas oublié…

Le nabot s'arrêta au milieu de ce qui avait dû être l'allée centrale de la salle du Palace. Les mains dans le dos. Les yeux baissés vers la dalle de ciment. Une demi-minute de silence puis le polac dit :

— Qu'est-ce que tu leur avais fait à ces types ?

Le nabot releva la tête, il lança un regard noir et farouche et fonça sur lui aussi vite qu'il le pouvait. Entre ses dents il cracha :

— T'occupe pas de ça, Judas.

Il se planta devant le polac, les ailes de son nez étaient blanches et pincées et il haletait et on voyait sa poitrine monter et descendre comme celle d'un minuscule animal.

— Qu'est-ce que tu veux savoir exactement ? fit-il. Si des fois je l'avais pas cherché ? Si je l'avais pas mérité ? Si je n'avais pas mérité ça ?

Il se tenait à cinquante centimètres de Roman et le toisait. Le polac était toujours assis sur son tabouret. Il soutenait son regard. Il aurait pu d'une seule main empoigner sa face de rongeur et la lui broyer.

— Ouais, c'est ça, dit-il au bout d'un moment.

L'expression du nabot se transforma une nouvelle fois de façon radicale. Il afficha un large sourire espiègle. Il se redressa et se détourna. Zodiak pensa qu'il attendait ce rôle depuis longtemps et qu'il le jouerait à fond.

— C'est bien possible, en effet, dit le nabot. Peut-être que je le méritais. Peut-être pas. J'ai quand même baisé ma propre mère, pour eux. J'étais en droit d'espérer un minimum de respect et d'indulgence envers l'artiste. Mais ce sont eux qui jugent…

Il parut réfléchir un instant puis regarda les deux hommes.

— Pas d'autres questions ? dit-il.

— Si, fit le polac. Où c'est qu'on pisse ici ?

Le nabot indiqua l'issue par laquelle il s'était éclipsé un peu plus tôt. Roman se leva et sortit. Le nabot secoua la tête.

— Ce gars-là me plaît, dit-il. Franchement. Je l'aime.

— Poursuivez, monsieur Pécou, dit Zodiak.

Le nabot se tourna vers lui.

— Tu as raison. Le temps passe. Où en étais-je ?

— À l'hôpital.

— Hmm, l'hôpital… (Il tourna le dos à Zodiak et marcha en direction de l'écran.) Comme je te l'ai dit, ils ont d'abord essayé de recoller tout ça. Mais ça n'a pas marché. La greffe n'a pas pris. Ils ont retenté le coup une deuxième fois. Une troisième… Six opérations au total. J'étais un excellent cobaye. En deux ans j'ai passé plus de soixante heures sur le billard. Anesthésié. Ce n'étaient pas les pires moments, remarque, c'étaient même les meilleurs. L'oubli. Le sommeil. La mort. Le pire c'est le réveil… Jésus, tu connais ça, pas vrai ? Ose dire que ce n'est pas le plus terrible. (Zodiak ne dit rien.) Bien. Nous sommes d'accord… Alors voilà, c'est quand elle n'est plus là qu'on s'aperçoit qu'elle manque. C'est toujours pareil. Trois kilos cent quarante grammes en moins. Quel vide. C'est le vide, c'est l'absence qui pèse le plus. C'est l'absence…, répéta-t-il.

Sa voix nasillarde et chuintante. Les dernières syllabes qui sifflent et se prolongent et planent encore dans l'air même après qu'il a refermé la bouche. Presque une menace à elles seules.

— Je sais, dit Zodiak pour relancer.

— Tu sais, dit le nabot. Qu'est-ce que tu sais ?… Tu vas pour te gratter mais il n'y a rien. Tu vas pour marcher mais tu t'écroules, tu dégringoles comme un pantin. Y en a autour qui rigolent. Y en a qui ont pitié. Mais ceux-là aussi je les encule. Tous. Les moqueurs et les pleureurs. C'est pas ça que je veux.

Il stoppa à cinq ou six pas de Zodiak. Il détacha les bras de son corps et dit :

— Regarde-moi, Jésus. Regarde-moi.

Zodiak le fixa un long moment.

— De quoi a-t-on besoin pour vivre ? dit le nabot. De quoi a-t-on réellement besoin, je te le demande ?

— De quoi ? fit Zodiak.

— De dignité, lâcha le nabot. C'est tout. Un peu de dignité.

Il avait vraiment l'air misérable et pathétique et on aurait pu entendre renifler dans la salle, on aurait pu sortir les mouchoirs mais ce soir il n'y avait pas d'autre spectateur que Zodiak et Zodiak ne versa pas de larmes. Le nabot laissa retomber les bras le long de ses flancs.

— Finalement, dit-il, ils m'en ont placé une fausse. Un ersatz. Du métal et du cuir. Harnaché comme à la parade. Lève-toi et marche, hé ! hé !... Note que ça n'a pas que des désavantages : on peut la virer quand on en a marre. Ou pour l'astiquer. On peut dormir avec, la serrer toute la nuit contre soi. Ça fait une compagnie. J'avoue qu'il m'arrive parfois de lui parler. Oui. Je lui parle. Je lui dis mes petits secrets... Celle-là pèse deux kilos de plus que l'originale. C'était il y a plus de vingt années de ça. La technique n'était pas encore ce qu'elle est. Guère plus avancée qu'après la guerre de quatorze. Plus tard, dix ou douze ans après, ils m'ont proposé de la changer, de m'en poser une en matériau hyperléger, de la fibre de carbone ou je sais pas quoi. Mais j'ai dit non. J'ai refusé. On prend certaines habitudes, que veux-tu. On s'y attache. Plus de vingt ans que je me la trimballe. GIC. « Grand invalide civil. » Regarde-moi, Jésus : je suis un grand invalide. J'ai la carte. Dans le bus je peux m'asseoir sur les genoux des dames. Formidable. Comment pourrais-je oublier ? Deux kilos en plus. Deux kilos supplémentaires à soulever à chacun de mes pas. Depuis vingt et un ans et vingt-six jours exactement. C'est ça ou rien.

L'absence. Comment j'oublierais ? Je marche, regarde. Tu vois ? Je marche, je marche... Mais les méchants courent toujours.

Le nabot se tut. Il avait le buste incliné vers l'avant, les talons à plat sur le sol comme si des semelles de plomb l'empêchaient seules de basculer. Zodiak n'avait pas fait le moindre mouvement depuis plus d'un quart d'heure. Il attendit encore quelques instants, puis dit :

— Alors vous voulez qu'ils meurent.

Le nabot sourit.

— Ça ne vous rendra pas votre jambe, dit Zodiak.

Le nabot fit un petit bruit avec sa langue.

— Tu voudrais que je tende la gauche ? dit-il. Pas de ça avec moi, Jésus. S'il te plaît.

— Ni votre dignité, dit Zodiak.

Le regard du nabot se durcit.

— Ni la justice, dit-il. Ni la paix, ni rien de ce genre. Me serais-je trompé sur ton compte ? Serais-tu un imbécile ?... Non. Je sais ce que tu as. Tu démarres trop vite. Tu t'emballes. Tu es un foutu romantique, mon doux Jésus. C'est une tare.... Toi et ton clébard, vous allez retrouver le putain de fils de hyène qui m'a fait ça. Le grand chef, c'est lui que je veux. Vous allez lui arracher les couilles et vous allez les lui faire bouffer. C'est tout ce que je te demande. Mettons que ce soit juste pour le plaisir. Le plaisir, petit Jésus : t'y as déjà goûté ?

Zodiak ne répondit pas. Il plia une jambe et imprima une légère poussée du talon contre le mur pour s'en décoller. Il marcha dans la salle. Il avait l'air de réfléchir. Le nabot ne le quittait pas des yeux. Zodiak passa à proximité d'un antique petit lit à une place dont les montants et les pieds étaient en fer forgé. À peine plus large qu'un berceau. Il était disposé de travers, quasiment au centre de la salle et seul objet pourtant qui paraissait véritablement à sa place. Sur le matelas il n'y avait ni oreiller ni drap, juste un énorme édredon sans taie. Comme une curieuse bête dépourvue de tête et de membres et mollement assoupie. C'était quelque chose qui pouvait étouffer l'homme dans son sommeil, sans bruit, ou pour le moins étouffer ses rêves. Zodiak se tourna de nouveau vers le nabot.

— Ça ne vous rendra pas votre mère non plus, dit-il.

Roman était parti pour uriner, mais après un bref instant de réflexion il avait baissé son pantalon et s'était assis sur la cuvette d'une des chiottes. Il avait poussé la porte dont le loquet manquait. Tout en déféquant, il avait tenté de déchiffrer les trois graffitis qui décoraient la cloison. Le premier était un dessin d'un style assez naïf représentant un pénis en érection pointé vers une vulve en forme de feuille de prunus et ça Roman l'avait parfaitement identifié. Les deux autres étaient des inscriptions. L'une disait : « *Ta chate me ren fou vient sucer ma bitte adriene ma salope.* » L'autre pouvait être considérée comme une simple signature, tracée d'une écriture élégante. C'était écrit : « *Squizz la Souris.* » Peut-être un signe, un présage, mais Zodiak n'était pas là pour le dire. Roman ne maîtrisait pas suffisamment la lecture pour venir à bout des deux inscriptions. Il ânonnait les mots entre ses lèvres. Il avait l'air d'un poisson en train de s'asphyxier. Au bout de dix minutes il avait laissé tomber. À ce moment-là, il s'était aperçu que sa verge était dure et dressée à force d'avoir joué machinalement avec. Le bout de sa queue frottait contre son ventre. Il ne l'avait pas cherché mais c'était ainsi. Ne lui restait plus qu'à finir. Ce qu'il avait fait. Sans un râle et le regard fixe. Il ne lui avait pas fallu plus de trente secondes. La porte des chiottes se rouvrait millimètre par millimètre, pivotant sur ses gonds avec un grincement presque inaudible, qui semblait venir d'ailleurs, de très loin. Roman s'était essuyé avec un rouleau de papier mauve.

Ensuite, il s'était observé longuement dans un miroir au verre fumé et piqueté, fixé au-dessus des lavabos. Du bout des doigts il avait effleuré ses sourcils et son front, ses joues, les ailes de son nez, le lobe de son oreille, caressé avec une extrême douceur la petite cicatrice pâle sur le haut de sa tempe et le grain dc beauté au-dessus de sa lèvre. Il s'était remis à bander. Il était sorti.

À eux trois ils formaient un triangle improbable dans la vaste salle du Palace. Chacun debout dans son coin sans bouger. Le polac venait d'arriver. Il se gratta le nez et dit :

— Alors ça y est, c'est fini ? On fait quoi, maintenant ?

Il parlait à Zodiak. Le nabot fit un geste à son intention.

— Approche, dit-il.

Le polac tourna les yeux vers lui, puis de nouveau vers son beau-frère.

— Zod ?

— Bientôt, dit Zodiak. Ce sera bientôt fini. Il

nous reste quelques détails à régler avec monsieur Pécou.

— Les détails, dit le nabot. Ne négligeons pas les détails… Approche.

Il réitéra son geste d'invitation et fit lui-même un pas en direction de Roman. Le polac resta à sa place.

— Accouche, le nain, dit-il. J'en ai marre d'être ici. J'en ai marre de voir ta gueule.

Igor Pécou encaissa sans broncher. Juste un spasme bref de ses pupilles, un éclat plus noir que le fond de la nuit, qui le trahit.

Nulle part que dans nos cœurs solitaires, pensa Zodiak. Il avait la main posée sur le montant du petit lit en fer. Il dit :

— Il y a longtemps que nous attendons, nous aussi.

Le nabot leur tourna le dos. Il fit une première fois le tour de la table. Puis une seconde.

— Alors, ça vient ? insista Roman.

Le nabot s'assit sur sa chaise et posa les deux coudes sur la table. Il avait l'air exactement d'un homme qui va rédiger son testament.

Il parla sur un ton monocorde et bas comme s'il ne s'adressait qu'à lui-même ou encore à des êtres dont on ne pouvait que subodorer la présence. Ils se rapprochèrent peu à peu. Zodiak et Roman. Convergeant. Ils finirent par s'asseoir à leur tour sur les tabourets. Le nabot ne les regardait pas. Il parla de longues minutes durant. Ils l'écoutèrent en silence. À trois reprises seulement Zodiak ouvrit la bouche afin d'obtenir des précisions et le nabot les lui apporta sur-le-champ, sans détour. Dehors un nouveau jour naissait, et bien que rien ne le laissât deviner de l'intérieur de la salle, ils en eurent tous les trois conscience. Cela ne changea pas grand-chose.

Quand il apparut que le récit était terminé, Zodiak se leva. Le polac l'imita. Ils se dirigèrent vers la sortie.

— C'est fermé, fit le nabot d'une voix lasse. La grille, en bas. Il faut que je vous ouvre.

Zodiak s'arrêta, se retourna.

— Inutile, dit-il.

Le polac avait déjà franchi la porte de la salle. Il le suivit. Le nabot n'entendit pas le bruit de leurs pas dans l'escalier. Il hocha la tête et demeura seul.

Il était couché sur le dos dans l'herbe haute au pied d'un cerisier. Le tronc de l'arbre était de couleur cendre avec des coulées de résine, des verrues lisses et transparentes et ambrées pareilles à du miel durci. Les fruits avaient été cueillis, quelques-uns oubliés de-ci de-là sur les branches ou tombés à terre, presque noirs et flétris, crevés par le bec des oiseaux. C'était une sorte de petit plateau surélevé où les arbres étaient disposés en rangs parfaitement rectilignes. Tout autour, des champs de vignes séparés par des haies de buissons épineux. Depuis longtemps le ciel menaçait. Bas et sans relief, comme fait d'un seul nuage. De gris clair il passa à gris foncé et l'ombre se propagea et l'herbe devint plus verte. Des détails, tout ça. Il était couché sur le dos, le torse nu, et elle était à cheval sur lui.

Ô Sonia mon amour. Mon amour, mon amour, mon amour. Ce qu'il ressentait était proche de la douleur car il n'est pas possible de tout saisir de la beauté et de la grâce qui pourtant sont là à portée de main et de regard et qui sont offertes, il n'est pas possible de refermer complètement le poing ou le cœur et de ne rien laisser échapper. Il ne bougeait pas. Ses bras étaient étendus de chaque côté de son propre corps. Il la regardait. Il se laissait faire.

Elle s'était penchée et elle effleurait sa peau, d'abord du bout des doigts puis du bout des lèvres. Il savait exactement ce qui se trouvait sous ses caresses. Elle avait commencé par le Scorpion, peut-être par hasard, peut-être pour l'apprivoiser. Elle avait posé sa bouche entrouverte sur son dard et l'avait baisé tendrement, tété, aspiré tendrement son venin et maintenant elle promenait ses lèvres sur le Centaure et le Loup. Elle relevait parfois la tête, ouvrait les yeux, comme pour faire son choix, puis les refermait et plongeait de nouveau. Sonia, ô Sonia. Il demeurait immobile mais vivant plus que jamais par le souffle ténu de son amour, par l'haleine tiède exhalée de ses narines et par la trace humide de ses lèvres sur sa peau. Elle embrassa l'Hydre femelle et la Vierge. Elle embrassa la Croix du Sud. Elle embrassa le Dragon et la Baleine et tous ces oiseaux du ciel qui sont la Colombe et le Corbeau, le Cygne et l'Aigle et le Toucan et la Grue et elle coucha sa joue entre les ailes d'Apus, l'oiseau du paradis. Sa longue chevelure flottante se mêla à celle de Bérénice. C'était doux. Il ferma les yeux à son tour. Sonia, Sonia, mon amour. Elle était accroupie sur lui et sa bouche et ses doigts allaient de l'une à l'autre des constellations, frôlant et caressant et aspirant. Puis le tonnerre gronda et il en sentit les vibrations jusque dans la terre sous son corps étendu. L'orage creva. Une pluie d'été. De lourdes gouttes. La première s'écrasa sur sa poitrine, sur un infime point lumineux, un astre sans nom aux confins de l'univers. Elle lécha la goutte. Elle la but. Elle but toutes les gouttes de pluie qui tombèrent du ciel dans son ciel à lui comme des poussières de météorites freinées dans leur chute par le feuillage dru du cerisier. Le bruit mat sur les feuilles et sur la terre et sur la peau nue. Les éclats sur son visage et sur ses paupières. Elle continuait. Elle passait sa langue comme un chat. Elle le lavait. Elle s'abreuvait. Ô Sonia, pensait-il, ma vie, mon âme. Lui aussi la figure frappée et constellée d'éclaboussures et les yeux clos. Il n'avait pas froid. Il frissonnait. Elle descendait tout doucement et sur toute la largeur de son buste. De son ventre. Elle lécha la Lyre et le Sagittaire, et les voiles du Navire et le pelage du Lynx. C'était une nuit d'exception. Et quand elle en arriva à la spirale de son nombril, au treizième signe, au signe secret, il cambra les reins et posa la main sur son crâne, sur ses longs cheveux à présent ruisselants. Pour la retenir. Pour qu'elle cesse.

Elle cessa et redressa la tête. Il releva ses paupières. La pluie coulait sur ses joues, seulement la pluie. Ses lèvres se décollèrent et il murmura : Non.

Zodiak disait toujours non.

Elle resta un long moment à sonder son regard au plus profond, à essayer de comprendre. Il caressait ses cheveux. Elle s'inclina. Elle eut un sourire qui se voulait plein d'indulgence et de compréhension, qui était triste et blessé. Elle ne dit rien. Elle se coucha sur lui. Dans son univers. Dans sa nuit. Il referma ses bras sur elle et ils demeurèrent ainsi, Zodiak et Sonia, l'un contre l'autre, sans bouger, et il se répétait sans cesse Mon amour, mon amour, mon amour, et on ne sait pas ce qu'elle se disait, et le tonnerre grondait et la pluie d'été tombait sur eux et qui sait si la foudre ne frapperait pas l'arbre sous lequel ils se tenaient.

À quelques mètres de là, derrière un entrelacs de ronces, les yeux de Roman étaient grands ouverts.

C'était un peu plus que le point du jour. L'air piquant. L'annonce d'un ciel clair et pur, débarrassé. Et déjà là-bas, au large, à l'horizon, derrière les maisons, derrière les digues de pierre et les remparts, les premiers éclats jaunes sur la mer comme des touffes d'asphodèles sous la rosée. Peut-être la fin précipitée de l'hiver.

Oui, c'était cela dont Zodiak avait besoin à cette heure. Les vastes champs. La clarté. La beauté. La pureté. Tout ce qui, dans ce monde comme dans ses plus lointains affluents, à l'extérieur comme à l'intérieur, tout ce qui constitue la part des anges. Et qui peut leur être arraché.

C'était le neuf cent vingt-huitième jour.

Sonia, Sonia, tu as pris mon cœur et mon âme avec toi. Ma maison est en flammes, Sonia.

Sonia, mon amour. Est-ce trop demander ?

Ce qui reste, tout le reste, n'étant que la part des chiens.

Ils marchèrent près d'une heure en quadrillant systématiquement le quartier, une rue après l'autre. Ils cherchaient quelque chose. Ils ne trouvèrent pas. Ils débouchèrent sur un grand cours au sol pavé où se tenait un marché et déambulèrent au milieu des étals. Roman ne savait plus où donner de la tête. Ses narines palpitaient. L'infinie variété des arômes. Il est heureux, Roman Wojtyla. Cela se voit dans ses yeux. C'est mieux qu'une fête foraine. C'est mieux que les trains dans les gares de triage. C'est tout ce qu'il aime. Ça bruisse, ça bouge, c'est vivant et il y a les couleurs et ça se mange. À cette heure ce n'était pas encore la foule. Surtout des vieux, des vieilles qui traînaient des cabas. Les maraîchers piétinaient sur place. Ils se frottaient les mains et versaient le café fumant dans le couvercle de la Thermos, buvaient et parlaient de leurs voix fortes et riaient de leurs rires sonores. Il y avait là un poissonnier avec un bonnet enfoncé sur la tête et paré sur le devant d'un tablier jaune qui lui tombait aux mollets. Il prit une huître dans un bac en polystyrène, il l'ouvrit et la tendit à la cliente qui lui faisait face. La femme portait des lunettes à larges montures et un Brides de Gala autour du cou. Elle renversa la tête et entrouvrit les lèvres comme pour recevoir l'hostie et goba l'huître d'un seul coup et referma la bouche. Elle déglutit. L'homme suivit chacun de ses gestes, debout derrière son étal, le couteau toujours à la main, la lame large et courte pointée vers elle. Le polac porta soudain les doigts à son propre crâne et constata que le bonnet à pompons ne s'y trouvait plus. Il ne savait pas depuis quand. Il avait dû le perdre ou l'oublier, ou le rêver. Un homard remuait sa pince sur un lit de glace pilée. Un jeune homme aux cheveux ras et seulement vêtu du short et du maillot de l'équipe de basket de Chicago descendit le cours à toute allure sur son fauteuil roulant en actionnant les roues à la force des bras. Il était en nage et il fonçait droit devant lui et les gens s'écartaient et le regardaient passer. Zodiak comme les autres. Les roues tressautaient sur les pavés. Chicago Bulls, nº 23. Crève, pensa Zodiak. Douze ou quinze poulets embrochés dans une rôtissoire électrique. Des œufs frais par boîtes de vingt-quatre. Des légumes, des fruits, des viandes, des poissons, toutes denrées comestibles et périssables.

Zodiak n'a rien perdu, rien laissé. Le récit du nabot est inscrit mot à mot dans un coin de son cerveau. Il n'oublie pas. Il reporte simplement le moment de s'y confronter à nouveau. De le ressasser. D'en prendre la pleine mesure. Plus tard. Plus tard, il s'est dit. Roman portait son regard à droite et à gauche et tripotait les pièces de monnaie dans la poche de son pantalon. Il hésitait. Des fruits secs. Des pots de miel ambré. Des pains énormes couchés dans des corbeilles et sur des napperons. Il y avait un homme long et maigre à la barbe hirsute et chaussé de sandales. À ses pieds un carton dans lequel reposaient six chatons pas plus gros que le poing. Il ne les vend pas, il les donne. Personne n'en veut. Zodiak s'approcha de l'étal d'un fromager et posa une question à la marchande. Elle lui répondit avec beaucoup de gestes. Zodiak la remercia. Attends, fit Roman.

Quelques instants plus tard, ils s'éloignèrent du marché par une étroite artère perpendiculaire.

Roman traînant le pas. Zodiak levant la tête. Là-haut un matelas dépassait d'une fenêtre au troisième étage. Une femme en robe de chambre frappait dessus du plat de la main. Le bruit des coups répercuté par le mur de l'immeuble d'en face, comme une double détonation mate. Zodiak suivit les indications de la marchande. Au bout de quelques minutes il trouva enfin ce qu'il cherchait.

C'était une laverie automatique. Ils entrèrent et s'assirent sur des chaises en plastique dépareillées. La salle était déserte. Une douzaine d'imposantes machines étaient alignées le long des murs ou dos à dos au milieu de la pièce avec leurs hublots entrouverts. Au plafond un des néons était grillé. Il régnait un silence de clinique.

Le polac posa un sachet bleu sur ses genoux et déballa les six fromages qu'il contenait. Des petits crottins de chèvre, gris et ronds et durs et secs. Il en saisit un entre ses doigts et le proposa à Zodiak. Zodiak fit non de la tête. Le polac mordit dedans. L'attente commença. Cela pouvait durer des heures, une journée complète. Zodiak croisa les bras et appuya l'arrière de son crâne contre le mur. Il garda les yeux ouverts mais fit le nécessaire pour mettre son esprit en veilleuse. À compter de cet instant il ne pensa à rien, absolument à rien.

Roman entamait son deuxième crottin quand une jeune femme entra. Elle jeta un coup d'œil aux deux hommes puis se dirigea vers une machine. Son visage était pâle, avec une expression de grande fatigue. Elle enfourna son linge par le hublot, pas grand-chose, quelques vêtements, des affaires de bébé. Elle avait sa propre dose de lessive qu'elle jeta à la suite du linge. La machine se mit en marche et la jeune femme sortit. Zodiak n'avait pas bronché. Le polac mastiquait son fromage.

Elle revint vingt minutes plus tard. Elle s'était maquillée. La figure un peu moins pâle mais les traits toujours tirés. Cette fatigue qui l'accable. Elle récupéra son linge encore humide. Lorsqu'elle repassa devant eux pour sortir, Roman lui adressa un sourire mais elle n'y répondit pas.

Puis ce fut le tour de deux dames âgées accompagnées d'un bâtard roux tacheté de brun. Encore un. Les deux vieilles s'assirent à l'écart, chacune sur le bord de son siège et tournée vers l'autre, genoux contre genoux, elles parlèrent à voix basse, elles étaient peut-être des sœurs ou des cousines ou des amies d'un demi-siècle, elles avaient des choses à se dire. Le bâtard observait Roman, il reniflait les fromages, les deux trous noirs de sa truffe se dilatant comme des valves de chambre à air. Les vieilles firent sécher une paire de draps dans une autre machine et elles continuèrent à parler tout le temps que cela dura, puis elles sortirent.

Et ainsi de suite les clients se succédèrent au long de la matinée et eux étaient toujours là, Zodiak et Roman, et ils attendaient. Roman avait terminé son déjeuner. Un goût de salpêtre dans la bouche. L'odeur du fromage de chèvre avait peu à peu envahi la pièce, prenant le pas sur celle de la lessive et sur toutes les autres. Sur le coup de midi, un jeune homme entra. Un gaillard en jean et blouson de cuir, rasé de près. Dans son sillage de frais effluves d'eau de toilette qui ne résistèrent pas longtemps. Zodiak refit surface d'un simple battement de cils. Se redressa sur son siège. Le type portait sur l'épaule un gros sac de toile kaki en forme de boudin pareil à ceux que se coltinent les conscrits. Quinze ou vingt kilos de linge sale, la charge maximale. Il mit deux gobelets de lessive dans la machine et les pièces de monnaie et prit place sur une chaise. Il fit glisser la fermeture Éclair de son blouson et sortit un magazine consacré aux véhicules automobiles et se plongea dans sa lecture. Le soleil dessinait une sorte d'enclume sur le carrelage, aux contours nets, une lumière blanche et froide avec au milieu l'ombre projetée des grosses lettres inscrites sur la devanture de verre. La machine ronronnait. Zodiak regardait le linge tourner à travers le hublot. Le polac allongea les jambes, puis lâcha un pet. Le jeune homme tourna brièvement la tête vers lui, revint à son magazine. Quand la machine s'arrêta, il se leva et transvasa ses affaires dans un sèche-linge. Il remit de l'argent et se rassit et reprit sa lecture. Au bout de vingt-cinq minutes le linge était sec. Le gars roula son magazine et le glissa dans la poche intérieure de son blouson dont il remonta la fermeture. Il alla jusqu'au sèche-linge et commença à remplir le sac de ses vêtements.

Zodiak se leva. Sans un mot il sortit de la laverie et referma la porte derrière lui et resta debout à l'extérieur sur le seuil comme s'il avait décidé de prendre un peu l'air. Trente secondes plus tard, le polac se dressa à son tour. Il s'étira. Il marcha jusqu'au jeune homme qui était toujours accroupi devant la machine en train d'en extraire ses habits et qui lui tournait le dos. Quand il fut à la bonne distance, il lança tout à coup la jambe et le hublot se referma sur le bras du gars. Celui-ci lâcha un cri étouffé. Il eut un mouvement pour se relever mais le polac l'avait déjà saisi derrière la nuque et il lui projeta la figure contre l'arête du sèche-linge. Le nez du type se brisa. Il leva la main, par réflexe, comme pour s'accrocher à quelque chose ou pour demander grâce. Le polac frappa une deuxième fois. Une troisième. Les coups rendaient un bruit de tambour de métal, creux et sourd. Il frappa une quatrième fois. À la cinquième, il ne sentit plus aucune résistance. Il lâcha prise et le jeune homme s'effondra sur le carrelage. Sa face était en sang et il y avait des éclats rouges aussi sur le devant de la machine. Roman se baissa et engouffra les derniers vêtements dans le sac de toile. Il traîna le corps sur le côté du sèche-linge de façon à ce qu'il ne soit pas visible de l'entrée. Il lui ôta son blouson et le passa par-dessus le sien. Le magazine resta étalé sur la poitrine du gars. Une Ford en couverture. Une petite bulle de sang se gonflait et se dégonflait devant l'une de ses narines, au bas de son nez fracassé, au rythme de sa respiration. Le polac serra les cordons du sac et le prit à l'épaule et rejoignit Zodiak à l'extérieur.

Ils descendirent sur le port. À l'heure du déjeuner, les terrasses étaient pleines. Il faisait beau, sans la chaleur étouffante de l'été. La lumière les forçait à plisser les yeux. Ils marchaient vite, Zodiak en tête. Une navette venait d'accoster le long d'un ponton et une file de passagers débarqua sur le quai. Tous ces gens, pensa-t-il. Parfois il pouvait avoir l'impression d'être parmi eux. Lorsqu'ils étaient nombreux autour de lui, lorsque leurs corps frôlaient son corps, il n'était pas impossible de croire qu'ils faisaient partie d'un même tout. Parfois.

Ils s'arrêtèrent un peu plus loin devant le magasin de pêche et chasse sous-marine. Le mannequin était toujours là sur le seuil dans sa tenue de plongée, avec ses bouteilles d'oxygène sur le dos et tous ses accessoires. Un couteau dans un étui serré par une lanière autour de sa cuisse. C'était ce couteau que Zodiak regardait.

Ils repartirent une minute plus tard et suivirent le même chemin que la veille. Longeant le bord de mer, la corniche. Le polac ne demanda pas où ils allaient. Il avait recommencé à suer avec son blouson de cuir sur le dos et son paquetage sur l'épaule. Il happait l'air par la bouche. Plus d'une heure de marche. C'était le prix à payer pour une certaine tranquillité. Zodiak n'agissait pas sans raison.

Ils arrivèrent devant le petit escalier en fer au sommet de la falaise. Roman baissa les yeux vers l'étroite bande de sable, trente mètres plus bas. Zodiak dut porter le sac pour descendre. Le polac posa le pied sur le sable comme s'il parvenait au terme d'un très long voyage. Ils se dirigèrent vers la crique minuscule qui semblait leur appartenir. Au passage, Zodiak inspecta une nouvelle fois le rocher en forme de baleine. Bien sûr la vieille dame ne s'y trouvait pas, ni aucune trace ni aucun signe d'elle. Il ne savait pas encore s'il espérait sa venue ou s'il la redoutait. Il posa le sac sur le sable gris. Ils étaient arrivés.

En portant le regard vers le large on pouvait s'imaginer sur une île déserte et solitaire. Le sort des naufragés. Ceux qui guettent. Ceux qui allument des brasiers. Ceux qui finissent par perdre la raison et par manger leur propre chair. Un jour peut-être nous rapporterons l'histoire de ces trois marins hollandais qui s'échouèrent sur un îlot perdu au milieu de nulle part et qui y vécurent trente-sept années chacun de son côté sans se rencontrer jamais et qui moururent sans le savoir. Ils avaient tous trois apprivoisé des cochons sauvages et ces cochons se retrouvaient la nuit quand leurs maîtres dormaient et ils se gaussaient d'eux, et quand ils avaient épuisé leurs rires et leurs moqueries ils les prenaient en pitié et secouaient leurs groins dans un mouvement de sincère affliction.

Le polac se laissa lourdement tomber sur le sable. Zodiak se coula dans son nid de rochers. Il ferma les yeux et s'assoupit.

Il dormit deux heures. Quand il ouvrit les yeux, le soleil était encore haut dans le ciel. Il tourna la tête. La vieille dame était debout, le bout de sa canne posé sur le rocher. Elle ne le regardait pas. Elle faisait face à l'horizon. Des mèches de son épaisse chevelure grise ondoyaient comme sous l'effet d'une légère brise mais il n'y avait pas de vent, il n'y avait pas le moindre souffle d'air.

Après un long moment, elle éleva lentement sa canne et la pointa droit devant elle. Zodiak porta son regard dans cette direction. Quiconque n'y aurait vu que l'immense étendue liquide aux reflets de métal. Un semblant de houle au grand large. Zodiak y vit autre chose. Il sut à cet instant qu'il n'avait pas à redouter sa présence. Lorsqu'il se tourna de nouveau vers le rocher, elle avait disparu. Il ne la chercha pas. Il se sentait calme, apaisé. Encore combien de temps ? pensa-t-il. Dorénavant il consacrerait un peu d'espoir à sa venue.

Zodiak referma les yeux et ses paupières se teintèrent d'un voile rouge pâle comme du sang dilué. C'était l'heure. Il se remémora les paroles du nabot. Le nabot avait parlé d'un homme.

On l'appelle monsieur Victor. Le Maître des lieux. Le Maître de cérémonie. On l'appelle aussi le Prince. Il y a plus de quarante ans de cela, il était arrivé dans cette ville, comme toi, comme vous. Personne alors ne pouvait se douter. Il a bien fait les choses, et vite. Dix ans plus tard, la ville lui appartenait. Cette ville est à lui et ceci n'est pas une image, ce n'est pas une façon de parler : il possède cette ville. Les murs, les vivants et les morts. Il en est propriétaire. On dit que ce n'est pas la seule. Monsieur Victor voyage. Il est ici et ailleurs. Il revient toujours.

Son nom n'apparaît pas. Tu sais, la vieille règle : pas de traces. Monsieur Victor n'existe pas. Il est dans chaque maison. Dans les taudis et dans les palais. Il est dans chaque navire qui quitte le port et dans chaque navire qui accoste. Il est dans le lit de chaque putain. Tout le monde le sait. Personne ne parlera. Monsieur Victor les tient. Monsieur Victor n'a qu'à ouvrir la main et les voilà qui accourent pour y manger, ils sont tous là, ils lui lèchent, ils lui baisent les doigts. Monsieur Victor a su distribuer les miettes. Ses largesses. Merci, mon Prince. Si jamais ils eurent un cœur et une âme, ils n'en ont plus. Il leur a déjà pris ça. Il les tient par les couilles. S'il referme la main, il les broie. Tous autant qu'ils sont avec le poids qu'ils pèsent. Les piliers de la cité. Les galonnés. Ils ne sont rien. Monsieur Victor connaît bien les hommes. Des misérables petites bêtes à queue.

Il y a ces fêtes somptueuses qui leur sont offertes. Les soirées de monsieur Victor. Un divertissement de grande qualité pour un public qui ne l'est pas moins. Tu as pu le voir de tes yeux : monsieur Victor ne se fout pas de leur gueule. Spectacle exceptionnel. Artistes de talent. Ce film date de vingt-cinq ans en arrière. Ça a toujours existé. Ça existe toujours. De plus en plus surprenant. De plus en plus raffiné. Bien sûr, parmi tous ces artistes il y a les professionnels, largement rétribués, c'est vrai, le Prince n'est pas chiche. Et puis il y a les autres. Ceux qui n'ont guère le choix. Ceux qui ne font pas toujours montre d'une totale compréhension... Monsieur Victor aime la jeunesse et ses invités aussi. Ils aiment la chair fraîche. La tendresse. Alors on recrute. On recrute partout. On recrute dans la rue, dans les cités, dans les centres sociaux, les centres d'accueil, les centres aérés, dans les dortoirs de la DDASS, dans les couloirs des sectes, dans les salles de sport municipales, dans les écoles. Tout est bon. Tu crois que je mens ? Tu crois que j'exagère ? J'ai travaillé pour le Prince. J'ai fait mon numéro. J'ai personnellement recruté pour lui. J'ai chassé pour lui... S'ils ne disent rien c'est que tous participent. Tous y ont goûté. Tous ont trempé leur queue et leur groin dans la même boue. Monsieur Victor a admirablement fait les choses. Mon Dieu. Putain de Dieu. J'ai vu de mes yeux un préfet à quatre pattes se faire sodomiser par un labrador. La bête n'était pas payée. J'ai vu un honorable juge d'instruction se faire lécher le corps par cinq jeunes garçons en même temps, cinq petits porcelets roses agglutinés autour du vieux verrat. Il se trémousse sur le tapis, il pousse de petits cris, il met ses doigts partout. J'ai vu une ravissante poupée asiatique à la peau translucide accroupie sur la gueule d'un amiral et qui lui pisse dessus. Elle avait onze ans et la femme de l'amiral lui caressait les cheveux et lui murmurait des mots dans sa langue pendant que le mari se faisait inonder, des mots si tendres et émouvants, qu'elle aurait dit à sa propre fille. Elle en avait les larmes aux yeux. Tu crois que je pourrais inventer ça ? J'étais moi-même le préféré de l'épouse du maire. Soixante-trois ans. Six fois grand-mère. Elle ne voulait que moi. Elle me bouffait la queue comme une ogresse, comme une chienne affamée. Elle voulait que je lui défonce la chatte. Elle voulait que je lui bourre le cul. C'étaient ses mots à elle. C'étaient ses ordres. Une furie. Elle voulait que je lui gicle entre les seins et elle étalait tout ça sur son ventre mou et elle léchait les paumes de ses mains. Le dimanche matin tu la trouvais aux côtés de son époux au premier rang de l'église Sainte-Rita. Elle chantait de tout son cœur. Jésus, tu veux d'autres détails ? Tu veux d'autres exemples ?... Voilà la cour du Prince. Tous au grand complet. Qu'est-ce que tu veux qu'ils aillent raconter ?

Les filles du port, les putains, c'était le matériel de base. Rémunérées, celles-là. Pas une soirée sans elles. Quelques-unes. À disposition, prêtes à l'emploi, prêtes à faire tout et n'importe quoi avec n'importe qui, parées à tous les désirs, les caprices. Sourire. Parfois elles ne faisaient que de la décoration, rien de plus. J'en ai vu défiler des dizaines et des dizaines dans les salons du Prince. C'était une aubaine pour elles… Je dis c'était, mais c'est toujours. Ça continue. La tradition se perpétue. Le règne de monsieur Victor n'est pas achevé.

La fille que tu cherches possède une indéniable beauté et un indéniable talent. Elle avait tout pour leur plaire. Les recruteurs écument régulièrement les bars de la ville. Ils savent où chercher. Ils repèrent les nouvelles. Ils parlent aux patrons. Les patrons les connaissent, ils ne peuvent pas dire non. C'est comme ça que ça se passe. Les filles n'ont aucun intérêt à refuser. Le Prince les respecte. Elles seront bien traitées pourvu qu'elles n'enfreignent pas les règles. Certaines ne font qu'une soirée ou deux. Certaines davantage. Le même sort que les artistes. Cela dépend de leurs prestations. Les invités jugent, ils lèvent le pouce où ils l'abaissent. Ma mère est restée à demeure deux années consécutives. C'est un record. Ma putain de mère faisait des choses que jamais aucune démone n'aurait imaginées. Le ventre de ma mère était un gouffre. Son cerveau était un gouffre hanté. Ils l'adoraient. Le Prince l'adorait. J'ai toujours pensé que c'était grâce à elle s'ils ne m'avaient ôté que la jambe. Monsieur Victor a été faible cette fois-là. Monsieur Victor a fait une erreur. Il n'aurait jamais dû me laisser la vie. Il aurait dû me trancher la tête, rien d'autre.

Ma mère avait ses appartements au palais. Elle y résidait. Il faut que tu saches qu'il y a des chambres réservées. Il y a des geôles au sous-sol et là-haut des suites royales. Et puis des loges pour les artistes d'exception. Parmi ceux-là nous comptons les putains qui se sont distinguées. Celles qui sortent du lot. Autre chose que de la viande et des dents saines. Elles ne sont pas si nombreuses. Il y avait ma mère. Aujourd'hui, il y a la fille au grain de beauté.

Tu comprends ce que je dis ? Celles-là ont le choix. Si elles restent, c'est de leur plein gré. Elles ne sont pas prisonnières. Pas elles. Elles peuvent s'affranchir quand elles le souhaitent. Mais le Prince fait en sorte qu'elles ne le souhaitent jamais. Les putains restent. Elles resteront en réalité jusqu'à ce que le Prince et sa cour en soient lassés. Tu comprends cela ?

Jésus, la fille que tu cherches est maintenant dans le cœur du Prince. Si tu veux la récupérer, il te faut arracher le cœur du Prince.

Tu sais ce qui est en jeu…

Zodiak rouvrit les yeux. Très loin là-bas un bateau blanc longeait la ligne d'horizon. Il semblait immobile mais il ne l'était pas. Illusion. Zodiak pensa que monsieur Victor n'était pas un nom de prince, c'était un nom de clown. Le nabot se trompait : si la fille était bien Sonia, elle ne pouvait qu'être prisonnière. Le nabot ignore le pouvoir des philtres et des maléfices. Il ignore beaucoup de choses. Il n'a pas prononcé le nom de son amour. S'il l'avait fait, Zodiak l'aurait crevé sur-le-champ. Le nabot se croit le plus rusé et le plus cruel parmi tous. Sur ce point aussi il se trompe.

La vieille dame ne réapparaîtrait pas. Pas ce jour. Mais Zodiak savait ce qu'il avait à faire. Il se leva et descendit de son nid et se tint quelques instants debout sur le sable. Le polac dormait toujours, la nuque calée sur le sac de vêtements. Zodiak s'éloigna et disparut un peu plus loin derrière un amoncellement de rochers. Il demeura quelques minutes hors de vue puis revint. Du bout du pied il toucha la cuisse du polac.

— Roman, appela-t-il.

Le polac ne broncha pas. Zodiak se pencha et tira sur le sac. Le crâne du polac s'écrasa sur le sable. Il grogna.

— Roman, répéta Zodiak.

Le polac entrouvrit les paupières. Il grimaça sous l'éclat de la lumière et se couvrit les yeux avec son bras pour se protéger. Il émergeait à grand peine du sommeil. Il grogna une nouvelle fois.

— Lève-toi, dit Zodiak. Viens.

Sa voix était douce, sans rudesse. Le polac risqua un coup d'œil par-dessous son bras et il vit que son beau-frère était en train d'ôter ses vêtements. Il referma les yeux.

— Putain, Zod, pas ça..., dit-il.

Zodiak ne répondit pas. Il continua de se déshabiller. Il mit au grand jour la nuit étoilée qui couvrait son torse. Il quitta ses chaussures, son pantalon. Roman émit une sorte de geignement.

— On l'a déjà fait, dit-il, y a même pas dix jours.

— Viens, dit Zodiak.

C'était toujours calme et posé et sans appel. Il attendait. Le polac poussa un long soupir. Il s'assit et commença à son tour à se dévêtir, lentement et avec réticence. Quand il fut déshabillé il se dressa, tête basse, bras ballants.

— C'est bien, dit Zodiak.

Ils marchèrent côte à côte et entrèrent dans l'eau en même temps. Aussitôt un long frisson se propagea sur toute la surface de leurs corps. Cela ne freina pas Zodiak. Il continua à avancer et on aurait pu croire qu'il allait ainsi traverser la mer à pied comme le simple bras d'une rivière et gagner la rive opposée. Il s'enfonça dans l'eau jusqu'au cou. Roman le rejoignit.

— Tourne-toi, dit Zodiak.

Le polac s'exécuta. Zodiak plongea sous la surface et ramena du fond de l'eau deux pleines poignées de sable gris et gluant. Il en frotta les épaules et le dos du polac. Il plongea plusieurs fois et lui frotta le torse et le cou, puis il lui dit de lever les bras et lui frotta les aisselles. Roman se laissait faire. Sa peau prenait une teinte rosâtre. Zodiak fit la même chose pour son propre corps. Après quoi ils se rincèrent et regagnèrent la plage.

Ils se séchèrent avec leurs vieux habits et choisirent des effets propres dans le sac. Zodiak passa des sous-vêtements blancs en coton. Roman enfila d'abord une paire de chaussettes de tennis. Il se couvrit ensuite de plusieurs tricots, les uns pardessus les autres, puis d'un sweat-shirt rouge vif sur lequel était inscrit : *We are the world*, puis d'un pantalon en toile épaisse. Avant de le passer, il portait chaque effet à son nez et en respirait l'odeur. Les vêtements sentaient la poudre à lessive. Ils étaient un peu trop justes pour lui mais malgré cela il paraissait très satisfait. Il regretta de n'avoir pas de miroir à disposition.

Lorsqu'ils furent habillés, Zodiak sortit de la poche de sa veste un couteau de plongée. Le couteau de l'homme-grenouille. Un manche ajouré en matière synthétique noire et une lame à double tranchant de quatorze centimètres de long. Zodiak s'approcha de la langue de sable où venaient mourir les vagues. Il s'accroupit et y traça une série de signes et de symboles que tout profane eût pris pour des hiéroglyphes. Il les étudia longuement, sans bouger. Adossé à un rocher brun, Roman l'observait. Zodiak se redressa.

— Alors ? fit le polac.

Zodiak se tourna vers lui mais ne répondit pas. Il essuya la lame avec soin puis remit le couteau dans sa poche. Il laissa la mer effacer peu à peu les signes qu'il avait tracés.

— Allons-y, dit-il.

Ils cachèrent le sac dans une anfractuosité des rochers et repartirent vers la ville.

En attendant la nuit ils errèrent dans les bas quartiers. Des mômes au teint mat jouaient dehors au pied des immeubles. Certains avaient improvisé un match de football au milieu de la rue avec un ballon en cuir flambant neuf. Ils commentaient la partie en même temps qu'ils la disputaient et citaient tout haut les noms de leurs idoles. Ils étaient eux-mêmes à ce moment-là des demi-dieux adulés des foules. Ils étaient riches et glorieux. Qui pouvait prétendre le contraire ? Leurs voix résonnaient dans l'étroite artère ainsi que les rebonds du ballon sur l'asphalte.

Plus tard les deux hommes se retrouvèrent devant une vaste place rectangulaire. Sur un côté, des escaliers descendaient dans une sorte de fosse où devaient naguère se tenir des vespasiennes ou des bains publics. Aujourd'hui on y trouvait une demi-douzaine de baraques à sandwiches accolées les unes aux autres. Spécialités grecques, turques, vietnamiennes, françaises, un mélange de couleurs et de fumets et beaucoup de mouvement, les gens qui vont et qui viennent, une impression de grouillement dans la fosse. Quelques hauts tabourets placés devant chaque comptoir, où prennent place les habitués. Ceux-là comblent leur solitude à ce prix. Ils sont là chaque jour, à la tombée du jour. Jusque tard dans la nuit — le plus tard possible. Des heures durant échangeant des bribes de phrases avec le serveur entre deux clients. Conversations hachées comme les steaks, les poivrons, les tomates. Qu'importe ce qui se dit. Ils boivent leurs cannettes à toutes petites gorgées. Parfois ils ne font que le geste. La boisson se tiédit mais il faut qu'elle leur dure. Le reste du temps ils se taisent et regardent simplement et se soûlent du bruit et du mouvement. Ils n'ont qu'une très vague idée de ce qu'ils sont.

Zodiak n'était pas descendu. Roman remonta, les bras chargés. Il tendit un sandwich et une boisson à son beau-frère et conserva le reste pour lui.

Ils s'assirent pour manger sur un des bancs de la place. Aussitôt, quelques pigeons et des tourterelles tombèrent du ciel et se mirent à tourner autour du banc, l'œil exorbité. Le polac lâcha des miettes de pain entre ses jambes. Deux oiseaux se présentèrent, il les laissa s'approcher puis leur décocha un coup de pied mais en vain. Les pigeons décollèrent d'un mètre au-dessus du sol puis se posèrent de nouveau. Le polac sourit et se remit à mastiquer. Au bout d'un moment il demanda :

— Tu crois vraiment que c'est elle, Zod ?

Zodiak laissa passer un certain temps avant de répondre.

— Possible, dit-il.

— À cause du grain de beauté ?

— Pas seulement, dit Zodiak. Il y a d'autres signes.

Le polac hocha la tête d'un air grave. Il mordit dans son sandwich. Il réfléchissait. Il avala sa bouchée.

— Le nain a dit qu'elle était pas prisonnière. Si elle est pas prisonnière, pourquoi elle s'en va pas ? Pourquoi elle revient pas ?

— Le nain ne sait pas tout, dit Zodiak.

Il se tut et la discussion semblait déjà close, mais un instant après il dit :

— Quand tu regardes cet oiseau, qu'est-ce que tu vois ?

Le polac regarda l'oiseau. On pouvait lire toute sa concentration dans son visage plissé.

— Je vois un pigeon, dit-il.

— Peut-être, dit Zodiak. Moi, je vois un rat.

— Un rat ?

— D'autres y verront un épervier. Ou une colombe.

Le polac observa de nouveau l'oiseau. Il pensa à tous les rats qu'il avait pourchassés et tués.

— Tu crois qu'on lui a jeté un sort ? demanda-t-il.

— Non, dit Zodiak. C'est juste qu'il y a plusieurs interprétations possibles. Une infinité d'interprétations, pour chaque chose.

Encore une fois Roman pinça les lèvres et hocha gravement la tête. Il aimait quand Zodiak lui parlait ainsi. Dieu sait quel sens il donnait à ses paroles mais il appréciait par-dessus tout d'être dans la confidence. C'était un privilège et il devait s'en montrer digne. Souvent il regrettait ce temps où son beau-frère le prenait à part et dévoilait pour lui seul quelque secret, quelque réponse aux mystères du monde caché. Dans ces moments-là, Roman aurait déchiqueté quiconque eût tenté de s'immiscer entre eux.

— Alors on va retourner chez le nabot, dit-il. C'est ça, Zod ?

— Oui, dit Zodiak.

— Ouais, fit le polac. Et on va faire comme d'habitude, hein, Zod ? Pareil.

— Oui, dit Zodiak.

— Sûr. On peut pas faire autrement, dit le polac.

Sa figure s'animait. Son regard s'éclairait. Une lueur nouvelle. Il semblait avoir oublié le sandwich entamé qu'il tenait à la main.

— Pas de problème, dit-il. Tu sais, Zod. J'suis là.

— Je sais, dit Zodiak.

— Quand j'y pense, on fait une sacrée équipe tous les deux, pas vrai ? Toi et moi, ensemble. Putain. Une super équipe. On est comme deux chevals au galop. Tu vois, c'est ça que j'me dis : deux chevals au galop. Y a rien qui peut nous arrêter.

Zodiak acquiesça. Le polac prit une brève inspiration.

— Putain de nabot, dit-il. Tous pareils, pas vrai, Zod ? Tous des fils de pute.

— C'est ça, dit Zodiak.

— Ouais, fit le polac.

Il planta ses crocs dans son sandwich. En trois

bouchées il l'eut terminé. Il fit une boule avec le sachet en papier et la lança en direction d'un gros volatile à la gorge mauve. Il le manqua.

— Cette fois je sens qu'on y est, dit-il.

Il chercha le reflet de sa propre conviction dans les yeux de Zodiak mais ceux-ci étaient enfoncés dans la pénombre et il ne put rien discerner.

Sur un autre banc, de l'autre côté de la place, un homme était couché. Il dormait ou il était évanoui. Un de ses bras pendait dans le vide. Ses doigts effleuraient le sol. L'homme portait des vêtements en loques et une tache sombre s'étalait sur son pantalon et un liquide brunâtre semblable à du sang tombait goutte à goutte sous le banc. Il s'était pissé dessus et chié dessus. Les passants bloquaient leur respiration en arrivant à sa hauteur. Bien sûr il y avait un chien qui accompagnait l'homme. Une bête allongée au pied du banc, la gueule posée sur ses pattes de devant. Indifférente à l'odeur. Son regard était un puits empli d'une grande tristesse et d'une grande sagesse.

Zodiak avait repéré l'homme et l'animal. Il s'était replongé dans le silence. À côté de lui, Roman buvait ses cannettes de bière et de temps en temps il fixait un pigeon et tentait de le transformer en rat mais sans y parvenir et la fois suivante il essayait sur un autre. Il ne se demandait pas ce qu'ils attendaient. Ils restaient là et la soirée s'avançait et les passants se faisaient plus rares. Parmi ceux-là il y eut un homme qui s'arrêta près du banc où gisait le clochard. Il était de grande taille et large d'épaules, des cheveux gris coupés en brosse, il portait un cartable en cuir. Il posa la main sur la poitrine du clochard et le secoua un peu. Il lui souleva les paupières l'une après l'autre. Le clochard ne réagit pas. L'homme saisit le bras qui pendait et lui prit le pouls. Son visage n'exprimait aucun dégoût ni aucun sentiment d'aucune sorte. Il relâcha le bras en douceur. Puis il prit un téléphone dans sa poche et composa un numéro et parla pendant moins d'une minute. Le chien avait levé la tête et le considérait d'un œil curieux. L'homme raccrocha et rangea le téléphone. Il s'accroupit devant l'animal et le caressa, de longues, de lentes caresses entre les oreilles. L'ambulance arriva quelques minutes plus tard et stationna dans une rue qui longeait la place. Le gyrophare tournait sans bruit sur le toit. Deux types descendirent du véhicule et sortirent une civière par l'arrière. L'homme était toujours accroupi près du chien mais son visage était tourné vers eux. Il les laissa venir puis se redressa. Le chien se dressa à son tour. L'homme donna des instructions et les ambulanciers acquiescèrent. Ils chargèrent le clochard sur la civière. Ils sanglèrent le corps et le transportèrent dans l'ambulance. L'homme les accompagna jusque-là et le chien aussi. La bête avait le museau tendu et humait l'air comme si elle avait pu comprendre ainsi ce qui se passait. Les ambulanciers refermèrent les portes du coffre et regagnèrent l'avant du véhicule. L'homme donna une tape du plat de la main sur la carrosserie et l'ambulance démarra, et s'éloigna, et bientôt les éclats bleus du gyrophare disparurent au coin de la rue.

Le chien l'avait suivie du regard, une patte à demi relevée, hésitant. L'homme resta un instant debout avec son cartable en cuir. L'animal leva la tête vers lui. L'homme allongea le bras et lui prodigua une dernière caresse puis il se retourna et s'éloigna à son tour. Le chien le regarda partir comme il avait regardé partir l'ambulance. Au bout d'un moment, il retourna se coucher au pied du banc et reposa sa gueule sur ses pattes.

Zodiak se leva sans un mot et se mit en route. Deux ou trois pigeons ou bien des rats s'éparpillèrent à son passage. Le polac avait fini toutes ses bières. Il se leva et prit le sillage de son beau-frère.

Il apparut cette nuit-là plus laid encore que la nuit d'avant, plus misérable et répugnant et Zodiak fut pris en le voyant d'un sentiment de compassion tel qu'il pouvait en éprouver autrefois, en un temps aujourd'hui anéanti, mais ce sentiment ne dura qu'un bref instant et ne constitua au fond qu'un argument supplémentaire pour supprimer Igor Pécou. Une raison de plus de l'éliminer.

— Venez, venez, approchez, fit le nabot.

Il venait lui-même à leur rencontre, traversant d'un bout à l'autre la salle du Palace en boitant bas, plus bas qu'à l'ordinaire. Il semblait nerveux et agité et Roman le clébard flaira immédiatement la peur qui suintait de son être et il émit un petit bruit avec la langue.

— T'affole pas comme ça, le nain, dit-il. Tu transpires. Tu vas faire rouiller ta guibolle.

Le nabot l'ignora. Il s'arrêta devant Zodiak.

— J'ai du nouveau, dit-il. Je me suis renseigné. C'est pour dans deux jours. Deux jours, Jésus. La prochaine fiesta aura lieu après-demain. Je ne sais pas si c'est une chance pour nous. Ça nous laisse peu de temps. Mais c'est jouable. J'ai déjà réfléchi à la question.

Zodiak ne dit rien. Il pouvait sentir à son tour l'aigre odeur que le nabot exhalait. L'essence de l'homme. Zodiak était déjà en mesure de lire dans ses entrailles, avant même de les avoir mises à jour.

— Parce qu'il nous faut un plan ! s'écria soudain le nabot. On n'entre pas comme ça chez le Prince. Le Prince a sa garde personnelle. Des mercenaires. Des tueurs. Je les connais, ceux-là. Je les ai vus à l'œuvre. Qui c'est qui m'a fait ça, d'après toi ?... Tu veux que je te dise, Jésus : ils en ont rien à foutre de tes conneries de tours de passe-passe. Les vrais magiciens, c'est eux. Un quart de seconde et tu passes de vie à trépas. Un autre quart de seconde et le cadavre disparaît. Pfft ! Il ne restera rien de toi, même pas dans leur mémoire.

Le nabot s'échauffait tout seul. Sa voix montait. Zodiak reçut un postillon sur le dos de la main et malgré toute la force de sa volonté et la maîtrise de cette force, il ne put réprimer à ce moment-là la formation soudaine d'un noyau dur à l'intérieur de son ventre, au niveau de son nombril, au centre exact de la spirale. Le polac rouvrit sa gueule à cet instant.

— Ça fait combien, tout ça ? fit-il.

Le nabot pivota d'un bloc dans sa direction. Le polac souriait. Montrait les dents.

— Un quart de seconde plus un quart de seconde, ça fait combien ?

Igor Pécou ne répondit pas. Car Igor Pécou ne jouait plus, cela devint tout à coup évident. Igor Pécou attend ce jour depuis plus de vingt ans. Plus de la moitié de sa vie. Ce dessein qu'il nourrit secrètement dans ses limbes personnelles, qui macère dans la fange putride de son cerveau, c'est tout ce qu'il possède. C'est tout ce qui le retient, le tient, debout, plus sûrement encore que son piédestal de ferraille dont le cliquètement fait taire jusqu'à la marmaille des vautours. Nul autre bruit que ce bruit-là sur son passage. Igor Pécou est seul. Igor Pécou a marché longtemps dans la plaine obscure. Un si long chemin. Sans compter les brusques surgissements de ces démons éthérés au détour d'une autre nuit sans sommeil, ces spectres hideux qui brinquebalent de leurs quatre membres, qui vomissent leurs grimaces, qui le narguent. Il n'a même pas de canne pour les chasser. Sans les compter il n'a personne qui l'accompagne. Quelles que fussent les apparences, Igor Pécou a marché longtemps dans le noir des abysses… Mais le jour vient. Tant attendu et maintenant si proche. Igor Pécou veut voir une fois encore la lumière, fût-ce la dernière, fût-ce la pâle lueur de son crépuscule ou fût-ce au contraire l'éclair aveuglant de sa renaissance. Qui sait ? Il veut croire encore qu'il peut mettre le géant à terre. Lui, le presque nain. Igor Pécou. Retenez mon nom, se dit-il. L'imminence de la chose le rend fébrile et plus encore, on peut dire qu'il serre les fesses pour ne pas tout lâcher dans son froc.

Non, Igor Pécou ne joue plus. Ni Zodiak, ni

Roman. Et d'ailleurs quiconque, pénétrant à l'instant dans la vieille salle de cinéma désaffectée et découvrant les trois hommes et prenant la juste mesure de leurs regards et de leur silence, quiconque aurait su d'emblée ce qui se tramait. Et quiconque serait ressorti sur-le-champ, à reculons, sur la pointe des pieds, laissant seuls ces trois hommes et sur eux se rabattre les portes de leur haine, de leur rage, de leur folie.

Le nabot fixait Roman. Il cherchait le moyen de l'atteindre à distance. Quelque chose comme une flèche invisible qui le transpercerait de part en part.

Zodiak posa sa première question.

— Et pour la fille, dit-il, vous avez des nouvelles ?

Le nabot pivota de nouveau. Le regarda d'abord comme il regardait les démons surgissant dans sa nuit. Puis le reconnut. Il se reprit. Ses lèvres s'étirèrent en un mince, cruel et fugitif sourire.

— Elle y est, dit-il. Je le confirme. Depuis deux ou trois mois. Elle a tout l'air de s'y plaire. Elle a trouvé sans doute ce qu'elle cherchait. C'est une putain, ne l'oublions pas. L'actuelle favorite du Prince… (Il baissa la tête. La releva. Son œil brillait.) Elle est, paraît-il, d'une rare souplesse. De corps et d'esprit. Du style « grand écart », si tu vois ce que je veux dire. Tout cela d'après mes sources, car bien sûr je n'ai pas eu l'honneur de l'approcher pour vérifier. Dommage. Peut-être lui aurais-je permis de se découvrir un nouveau penchant : pour les moignons. Mais mes sources sont fiables. Le Prince ne s'embarrasserait pas si longtemps d'une catin ordinaire… Te voilà rassuré, j'espère. La belle est au palais. Elle se prépare, comme tout le monde, en vue de la prochaine réception.

Le nabot se tut. Son venin distillé et que chacun s'en imprègne. Il redressa le torse et tourna les talons.

Le polac guetta un signal dans les yeux de son beau-frère. En vain.

Zodiak posa sa deuxième question.

— Où est-ce ?

Le nabot ricana.

— Qu'est-ce que tu veux exactement ? Une adresse ? Un taxi ?… Jésus, parfois tu me fais pitié. Et ta présomption m'exaspère. Tu mériterais que je te lâche au milieu des fauves.

— Dites-moi simplement où c'est, dit Zodiak.

— Ferme-la ! cracha soudain le nabot. C'est moi qui parle. Je te dirai ce que tu as besoin de savoir, et au moment où je le jugerai bon. Toi, tu ouvres grandes tes oreilles et tu continues à dire : Oui monsieur Pécou, oui monsieur Pécou, comme tu sais si bien le faire quand tu veux. Oui, monsieur Pécou. C'est tout. Putain de petit branleur de merde !… Tu sais, j'ai patienté vingt années et je peux encore patienter le double. Quelle gueule elle aura ta petite pute à ce moment-là ?

Les deux hommes se dévisagèrent. Le polac en dehors de ça, à quelques pas seulement mais comme cloisonné dans une autre sphère. Il observait Zodiak. Il guettait ce signal qui ne venait pas. Zodiak ne laissait rien paraître. Zodiak sentait le noyau dur enfler au centre de son univers, sa masse qui augmentait, sa densité, se rapprochant inexorablement du stade ultime de son évolution. Personne mieux que lui ne savait ce que cela signifiait.

Le nabot dit :

— Je suis le seul à pouvoir vous fournir les clés pour entrer.

Il regarda Zodiak, puis Roman. Et comme aucun des deux n'ouvrit la bouche il put imaginer qu'il les avait matés, et il se sentit fort et fit pénétrer un peu d'air dans ses poumons et il reprit la parole.

Plusieurs minutes durant il exposa son plan. Dans les moindres détails. Il était sans doute dans son esprit un brillant stratège à l'aube d'une bataille qui ferait date. Il marchait de long en large ainsi qu'il donnait l'impression d'aimer le faire. Les mains dans le dos. Un effort à chaque pas renouvelé pour ramener sa jambe raide. Pour se reconstituer.

Zodiak le laissa parler sans l'interrompre. Il écoutait à peine. Hormis l'adresse du palais et un ou deux renseignements pratiques qu'il pouvait en retirer, le discours du nabot ne l'intéressait plus. Il était en train de visiter son âme. De la décortiquer, d'en distiller le suc. De mettre en lumière jusque ses plus obscurs confins. Et lorsqu'il arriva au terme de cet exercice, Igor Pécou n'avait plus aucun secret pour lui. Il le connaissait. Il pouvait refaire son parcours depuis les origines. Et jusqu'à la fin.

(Extraire de la nuit autre chose que la nuit. Du néant autre chose que le néant.)

Zodiak posa sa dernière question.

— Est-ce qu'il y a des chiens ? demanda-t-il.

Le nabot se tourna vers lui, surpris.

— Des chiens ?

— S'il y en a, dit Zodiak, il faudra les nourrir.

Le couteau se trouvait déjà dans sa main droite. Il marcha vers le nabot. Celui-ci regarda le couteau puis regarda le visage de Zodiak. Il y eut dans ce regard une très brève lueur d'incrédulité qui fit place aussitôt à l'éclat noir de la fureur. Il recula d'un pas et buta contre le corps dressé du polac. Il ne se retourna pas.

— Petit enculé, fit-il. Mais c'est moi qui t'encule !

Il cracha ces mots à la face de Zodiak et ce furent les derniers qu'il prononça. Zodiak pensa Mon amour, mon amour, mon amour, avec une fulgurante douleur comprise en cette pensée et dans le même temps il lança son bras en avant à la vitesse d'un météore et la lame perfora la chair du nabot, elle lui creva le ventre et Zodiak la fit ensuite remonter jusqu'au plexus solaire et plus haut encore jusqu'à la base du sternum. Le sang coula et d'autres humeurs poisseuses s'y mêlèrent. La masse inerte du nabot commença à s'affaisser mais Zodiak le retint de sa main libre par les cheveux. Le polac ne bougeait pas. Il avait les yeux ouverts et il respirait, il respirait, c'est tout. Le corps de l'homme ne reposait plus sur lui. Zodiak le tenait. Zodiak lâcha le couteau. Il plongea le poing entre les chairs déchirées et l'y enfonça jusqu'au poignet. Jusqu'au coude. Il remontait à l'intérieur. Il se frayait un passage. Il écarta les doigts puis les referma sur le cœur du nabot et l'arracha d'un seul coup en retirant son bras. Ceci dans le plus grand silence. Ce n'était pas grand-chose que cette chose flasque et mauve et sanguinolente qu'il serrait dans le creux de sa main mais c'est seulement à cet instant qu'il se sentit enfin délivré. Apaisé. Dans son propre ventre, au centre de son propre univers, le noyau dur avait dû exploser car il n'en sentait plus le poids. Donnant naissance du même coup à des milliers et des milliers d'éclats, des millions de fragments dans le ciel nocturne et qui étaient autant de possibilités pour les temps à venir. Une nouvelle nuit étoilée. Un nouveau champ des possibles. Une fuite exponentielle. Car bien sûr il n'y avait en réalité qu'une seule et unique chance — une chance tellement infime — pour que cela cesse. Mais que faire sinon en poursuivre la quête, quel que soit le prix à payer, quel que soit le montant des sacrifices ?

Il garda le cœur du nabot dans la main. Il relâcha ses cheveux. Le corps d'Igor Pécou retomba sur le sol du Palace.

Un peu plus tard on put voir Zodiak marcher d'un pas chancelant vers le petit lit en fer forgé qui se trouvait au milieu de la salle. On put le voir soulever l'édredon et s'allonger tout habillé sur le matelas nu et rabattre l'édredon sur sa figure et se recroqueviller et fermer les yeux.

Pendant ce temps le polac débarrassa la table où le nabot avait pris son dernier repas. Une carafe d'eau y traînait encore. Une boîte de conserve à demi vide de laquelle dépassait le manche d'une spatule en bois. Une moitié de biscotte. Il fit tomber les miettes dans le creux de sa paume. Il passa une éponge humide et vérifia que la surface à présent était parfaitement propre et nette.

Ensuite il resta un moment debout à contempler le cadavre éventré d'Igor Pécou. Puis il le souleva en glissant un bras sous ses cuisses et l'autre bras sous ses épaules, il le porta comme on porte une fiancée au seuil de sa nouvelle demeure, il le déposa sur la table. Il le regarda encore un instant. Puis il ramassa le couteau et le plongea dans la bassine en plastique et le nettoya, manche et lame, avec l'eau de la vaisselle. Puis il revint vers la table et commença à déshabiller le nabot.

Zodiak ne dormait pas. Ses yeux noyés de larmes, dont certaines sourdaient par le mince interstice de ses paupières closes. Des souvenirs des jours passés. La source empoisonnée mais intarissable de sa mémoire.

Giacomo le poète ne trouvait plus les mots. Ni les noms d'oiseaux ni les noms de papillons ni même ceux des étoiles. Elle était au-dessus de ça. Elle était hors d'atteinte. Peut-être eût-il fallu puiser dans la réserve des divinités mais Giacomo avait la gorge sèche. Il avait fait beaucoup de belles phrases. Il se sentait vieux. Elle continuait à lui donner du « Maître » mais c'était par habitude et respect. Il n'y avait aucun soupçon d'ironie dans sa voix. Il lui en savait gré. Elle lui avait cloué le bec et les pieds. Elle lui avait pris le peu qu'il possédait. Il passait son temps à lever les yeux vers elle. Ce qu'il voyait était sublime. Il rêvait d'elle. Qui à ce jour aurait encore lâché quelques piécettes pour lever les yeux vers lui ? Il n'y avait pas de comparaison possible. Giacomo n'était pas un mendiant. Vieux et lourd il se sentait. Il ne s'élevait plus. Il restait à terre. Spectateur privilégié. S'il sentait venir les larmes, il en ignorait la cause : le dépit ou l'exaltation. Elle seule pouvait faire cela. Tout ce qu'il trouvait à dire, c'était son nom. Sonia.

Ils se pressaient sous la lune ou sous la toile pour la voir. Des hommes, beaucoup d'hommes et aussi des familles au complet, la femme, les enfants, les aïeux, tous extasiés et frissonnants d'angoisse et de plaisir. Elle se battait pour eux. Ils savaient cela. Ils le devinaient. Elle luttait à sa façon pour un monde meilleur. Elle allait chercher ailleurs, plus loin, plus haut — toujours plus haut à chaque fois — ce qui aurait dû leur revenir de plein droit. Aucun d'entre eux n'avait oublié. La part des anges. Elle prélevait dessus, elle le leur offrait. Elle sortait vainqueur. Elle seule pouvait le faire.

Monsieur Canard se frottait les mains. Monsieur Canard s'était pris à croire aux miracles. Les rangs des fidèles grossissaient d'une année sur l'autre, d'un soir sur l'autre. Il n'y avait plus d'affiches sur les places des villages et des bourgs, il n'y avait plus d'annonces au porte-voix. Ils s'étaient passé le mot. Ils l'attendaient. Elle était connue de tous, plus encore qu'Agharâ. C'était à croire que son aura la précédait, quelque chose comme une intense lueur annonçant de loin sa venue, une brusque trouée dans les nuages ou un changement de ciel soudain, ou bien des guetteurs étaient-ils postés aux quatre coins de la ville afin de donner l'alerte car le campement n'était pas encore installé qu'ils piétinaient déjà sur place. Pour tous les satisfaire il fallait doubler les représentations. Les tripler, les quadrupler. Certains y revenaient cinq fois de file, de la première à la dernière — ceux-là avaient érigé un autel à son nom dans leur jardin secret. On payait maintenant en espèces sonnantes, à de très rares exceptions près. Les mœurs avaient évolué. Monsieur Canard n'était pas loin d'être riche. Monsieur Canard avait des matelas bourrés et un compte personnel dans une agence bancaire de Zurich où il se rendait trois fois l'an seul au volant de sa Mercedes. Monsieur Canard était assez discret sur le sujet. Il avait en outre profité de cette période faste pour prendre une nouvelle épouse. Madame Canard sixième du nom possédait des attributs sensiblement identiques à la précédente : elle était brune de cheveux et mate de peau, opulente et généreuse, mais elle comptait trente-sept années de moins. Madame Canard sixième du nom n'avait que dix-huit ans. L'âge de Sonia.

On peut se demander quelle était la teneur des rêves de Sonia. Elle avait inventé des figures que jamais aucun funambule n'aurait osé imaginer. Ni aucune demoiselle.

Que cherches-tu à prouver ? demandait Zodiak.

Les dernières heures de la nuit leur appartenaient. Ils se prenaient la main et elle l'entraînait dans les champs, dans les forêts, parfois dans ces zones incertaines à la périphérie des villes. Elle aimait se tenir sur les ponts au-dessus des autoroutes et regarder les phares des camions. Elle était debout sur le parapet, les pieds nus, ses chaussures à la main. Elle aimait franchir les clôtures des chantiers interdits au public. Elle aimait escalader les carcasses des tours en construction, les pièces inachevées, ouvertes aux vents, le béton armé, les rails de fer, les passerelles, on aurait dit là-haut une petite luciole visitant le squelette d'un crâne de géant. Elle aimait grimper au sommet des grues et s'avancer sur les poutrelles métalliques et faire le cygne. Faire le flamant rose, faire la roue à quarante mètres au-dessus du vide. Zodiak l'attendait en bas, l'empreinte de ses pas inscrite dans la poussière de plâtre.

Que cherches-tu à prouver ?

Que je t'aime, disait-elle. Que je te mérite. Elle souriait d'un sourire grave. Elle se blottissait contre lui.

Elle parlait d'un enfant. Elle disait que son ventre était prêt et son esprit également. Elle était prête. Il n'avait qu'à dire oui. Elle le serrait plus fort. Il disait non. Il parlait en toute sincérité. Il disait qu'elle était son enfant, qu'elle était sa mère et sa sœur et sa compagne et sa vie, qu'elle était tout cela et qu'il ne pouvait ni donner ni recevoir davantage.

Ils repartaient aux prémices du jour. Leurs silhouettes maigres de grands adolescents. S'ils entendaient un bruit ou un souffle derrière eux ils ne se retournaient pas. Ils connaissaient la nature de l'ombre qui les suivait.

Ils s'endormaient sous le même toit, sur la même couche. Il semblait qu'il n'y eût jamais d'amour si vaste et si parfait.

Zodiak se tenait devant le lavabo et regardait l'eau couler sur ses mains. Le sang avait séché. Il frotta sa peau. Il restait quelques traces, des éclaboussures d'un rouge brun sur les manches de son blouson et sur le bout d'une de ses baskets mais il ne fit rien pour les effacer. L'eau était glacée. Il ferma le robinet et se retourna sans avoir jeté un regard dans le miroir.

(Tu sais que tu ne vaux pas mieux que lui. Tu sais que tu n'es pas meilleur que lui. On ne possède rien d'autre que ce que l'on détruit.)

Il longea le couloir, percevant au passage les bruits que faisait le polac dans la salle, de l'autre côté du mur. Il s'arrêta au pied du petit escalier qui donnait sur la cabine de projection. Il leva les yeux et considéra un instant la porte close et grise et sans inscription. Il gravit les marches et entra.

La pièce mesurait trois mètres de long sur quatre de large. On distinguait sur le sol par endroits de larges auréoles de crasse faite de poussière et de limaille de fer prises dans une substance oléagineuse, peut-être de la graisse ou de l'huile de vidange. Ici l'empreinte marquée du socle de l'ancienne machine. Le projecteur vidéo qui l'avait remplacée était posé sur un trépied devant la fenêtre sans vitre. En se penchant un peu, Zodiak pouvait apercevoir la presque totalité de la salle et l'écran tout au fond. Les bruits produits par le polac montaient jusqu'à lui, toutes sortes de bruits étranges.

Une étagère supportait quelques boîtes en fer rondes et cabossées ayant contenu des bobines de films. Des morceaux de pellicule 35 millimètres. traînaient par-ci par-là. Il y avait aussi un petit meuble de rangement dont les casiers contenaient papiers et documents en vrac, de vieilles revues techniques et de vieilles revues pornographiques. Sur un pan de mur étaient punaisés trois calendriers publicitaires émis par une société de production nommée Cinémax. Ils dataient des années 1976, 1977 et 1979. Sur chacun d'eux on voyait la photo d'une pin-up dans une pose lascive. Quelques dates étaient surlignées au feutre rose sur le calendrier 1976. Une quatrième photo attira le regard de Zodiak. Un cliché ancien, en noir et blanc. Il ne tenait plus que par une seule punaise plantée dans l'angle supérieur droit. Le papier avait jauni. La photo montrait une jeune femme brune éclatant de rire. Elle portait des vêtements des années cinquante et se tenait debout sur une plage, avec en arrière-plan une mer grise et deux rochers gris au large. Elle luttait joyeusement contre le vent. Des mèches de ses cheveux volaient vers l'arrière et d'une main elle retenait un béret de marin posé sur son crâne.

Elle n'était pas belle. Elle charmait par cette impression de gaieté saine et insouciante qui émanait d'elle.

Zodiak ne toucha à rien. Il observa longuement la photo de la jeune femme puis quitta la cabine et regagna la salle.

Le polac était en plein effort. Il ahanait, penché sur la table où gisait le cadavre du nabot. Il avait quitté le haut de ses habits. La sueur coulait entre ses omoplates. Du sang avait giclé sur son torse et son visage. Zodiak resta à l'écart de quelques pas.

Le corps d'Igor Pécou était nu. Il était ouvert depuis l'abdomen jusqu'au cou. Il lui manquait la tête. Il lui manquait le bras droit. Le polac s'escrimait sur le bras gauche. Il n'avait pour seuls outils que le couteau de plongée et un grand couteau à pain. Il peinait à la tâche. L'os lui donnait du fil à retordre. Il tranchait au niveau de la clavicule. Au bout d'un moment, il retourna le bras inerte et pesa dessus de tout son poids et l'os craqua. Avec le couteau de plongée il coupa les derniers liens de muscle et de chair qui le retenaient.

Le polac souffla un bon coup. Il se tourna vers son beau-frère et s'essuya le front. Le bras du nabot pendait maintenant au bout de son propre bras. Il le tenait par le poignet. Une vulgaire pièce de viande. Des gouttes épaisses et noires s'écrasaient par terre. Zodiak ne bougeait pas. Il respirait calmement. Il regardait la carcasse étêtée et démembrée étalée sur la table et il ne pensait à rien.

Le polac posa le bras gauche d'Igor Pécou sur

une caisse, parallèlement au bras droit. Puis il se dirigea vers la plaque électrique et jeta un œil dans un fait-tout où la tête du nabot était immergée et cuisait à feu doux. L'eau arrivait à ébullition et un léger nuage de vapeur commença à s'élever au-dessus du récipient.

Le polac retourna vers la table. Il considéra un instant le cadavre comme s'il prenait la mesure du boulot qu'il lui restait à accomplir. De la pointe du couteau il désigna la prothèse du nabot.

— Ça aussi ? fit-il.

Zodiak confirma d'un signe.

Le polac se pencha sur l'archaïque appareillage de ferraille et de cuir pour l'examiner de plus près ou peut-être pour le flairer. Il eut une moue dubitative.

— Tu crois que ça peut s'bouffer ?

— Oui, dit Zodiak.

Le polac hocha la tête, puis il plongea la lame du couteau dans l'aine du nabot.

Au sud il y avait la mer et au nord un massif montagneux dont le plus haut sommet pointait à six cents mètres d'altitude. Et la ville coincée au milieu. Prise à son propre piège.

On avait laissé s'entasser tout en bas les Arabes et les putes. Les hommes de peine et les filles de joie. Quelle joie ? Il fut un temps où on pouvait y chercher le frisson et l'aventure. Le quartier avait sa réputation. On l'avait affublé d'un nom de ville américaine. Un nom évocateur. Rien qu'à le prononcer on voyait défiler Al Capone et ses sbires. Ça comprenait le sexe, l'alcool et le sang, ça comprenait les tripots enfumés et les caisses de whisky et les descentes en règle et les duels au cran d'arrêt pour une poignée de figues ou les faveurs d'une belle radasse édentée. C'était une vision orgueilleuse et romanesque. C'était du folklore. On avait tenté de faire coïncider fantasme et réalité. La réalité avait pris le dessus. La réalité était plus âpre, plus rude, plus sordide. La réalité était la misère. Le fantasme avait fait long feu. Rares étaient ceux qui s'y laissaient prendre encore

— sûrement quelques marins étrangers ayant eu vent d'une lointaine légende. Le temps était passé. La basse-ville aujourd'hui était un camp de réfugiés. Un nouveau bagne. La pègre envoyait ses plus petites frappes pour relever les compteurs.

Les riches s'étaient retranchés dans la montagne. À l'opposé. Les riches avaient pris de la hauteur. On avait rogné les flancs du massif. On avait fracassé la roche pour y bâtir des villas, des piscines, des pergolas, des courts de tennis. Des garages à portail automatique. On avait érigé un rempart invisible mais d'une redoutable efficacité : le prix du terrain au mètre carré. Rares étaient ceux qui pouvaient le franchir. Vue imprenable. Les riches dominaient la ville. C'était la réalité. À chacun son exil. La pègre envoyait ses cols blancs pour promouvoir le site.

Et la pègre avait dépêché sur place un émissaire pour couronner le tout. Pour veiller au grain et le faire fructifier. Semer et récolter. L'homme avait un œil sur les taudis et les rades et les villas, sur les petites frappes et les promoteurs. Sa propre demeure était la plus haut perchée. Il les dominait tous, les pauvres et les riches. Il les écrasait. Il avait la ville à ses pieds. On l'appelait monsieur Victor.

Zodiak venait à sa rencontre,

Monsieur Victor n'avait rien d'un prince. Il n'était pas un dandy pervers. Il n'était pas un aristocrate décadent. Il n'était pas raffiné. Monsieur Victor était un voyou rusé et sans pitié qui avait fait son trou. Lui aussi avait des supérieurs. Il avait des comptes à rendre. Monsieur Victor était un excellent comptable. Son nom de naissance était Victor Maldini. Son grand-père était maçon. Il avait participé à la construction des studios de la Victorine à Nice. Des studios de cinéma. Son père était maçon. Il avait participé à la défiguration systématique du front de mer sur toute la Riviera. Le petit Victor Maldini avait choisi une autre voie. Il avait traîné dans les rues. Il avait fait des connaissances. Il avait observé et enregistré et appris. Il avait compris des choses. Il avait su obéir et fermer sa gueule. Il avait su l'ouvrir et montrer les crocs. Aboyer. Commander. Dicter des ordres, des lois, des sentences. Il avait peu de sang sur les mains. Il en avait sur la conscience. Il s'en était accommodé.

Le petit Victor Maldini avait grandi. Il était devenu monsieur Victor.

Zodiak marchait vers lui à une heure avancée de la nuit. Un air froid lui cinglait le visage. Il ne le sentait pas. De la buée sortait par ses narines en frêle filet blême aussitôt dissipé. Il marchait le long d'une route à deux voies au revêtement impeccable. Il n'avait croisé aucun véhicule depuis un bon moment. Il n'y avait aucun bruit sinon celui ténu de sa respiration et celui de ses semelles sur l'asphalte. Les deux pouvaient se confondre. La route tournait sans cesse et s'élevait sans cesse. La pente était assez raide par endroits. Zodiak ne ralentissait pas. C'est à peine s'il jetait un œil sur les maisons accrochées aux flancs du rocher. Différents styles d'architecture s'y côtoyaient. Il y avait des villas affichant une modernité déjà dépassée, de grands polyèdres de béton et de verre, aux angles vifs, aux toits plats. Il y avait de classiques imitations de mas et de bastides. Il y avait des rampes d'accès en ciment et des jardins en terrasses. Il y avait de la caillasse brute. Le gros de la végétation était constitué de pins et de broussailles. Des lauriers roses ou blancs. Quelques oliviers esseulés. Quelques citronniers et orangers en pots. Des dattiers. Des glycines sur les auvents. Du lierre rampant sur les piliers. De hauts murs de pierre faisaient office de clôture et de mur de soutènement. Tout ça assoupi dans l'obscurité. Zodiak ne distinguait que des formes, des contours et une palette d'ombres plus ou moins prononcées, et parfois un fugace confetti de couleur accroché au vaste rideau noir de la nuit. Ainsi cette petite fenêtre ovale obstruée par une tenture qui rendait une faible lueur rose tamisée. Comme une paupière retournée. Ce carré de céramique bleu turquoise luisant sous un spot oublié dans une piscine vide. De temps en temps aussi il scrutait le ciel. La lune était invisible. Le vent d'est s'était levé. Il devinait au loin la masse sombre des nuages arrivant par ce côté-là. Le vent de la pluie. Le vent de la tempête. Il se déplaçait plus vite que les nuages. Son esprit travaillait.

Il avait recommandé à Roman de ne pas sortir. Sous aucun prétexte. Le polac avait une tâche à accomplir. Il devait rester au Palace. Il devait finir son boulot et attendre. Le temps qu'il faudrait. Zodiak avait dit qu'il reviendrait le chercher. Roman avait confiance.

Zodiak montait. Il gravissait la pente et son

cœur était plein de lourdes espérances et plein d'incertitudes. Il n'éprouvait aucune espèce de sentiment à l'égard de monsieur Victor. Il pensait à son amour. Il était déterminé. Il était en marche.

Le mur d'enceinte faisait près de deux fois sa taille et s'étirait sur plusieurs centaines de mètres en dessinant un arc de cercle sur le devant de la propriété. La montagne elle-même formait rempart à l'arrière de la maison. Un à-pic de cent cinquante mètres au-dessus du toit. La roche sauvage et presque nue au sommet.

C'était la dernière habitation. D'ici, la vue s'étendait sur toute l'agglomération et sur la rade et bien au-delà. Par temps clair on pouvait apercevoir au large des îles pas plus grosses que des œufs de tortue. Zodiak leur tournait le dos.

Il avait fait halte à quinze pas de distance du portail de l'entrée. Un lourd portail en fer hérissé de piques. Il se tenait debout dans l'ombre et seuls ses yeux remuaient. Il observait. Le mur. Le portail. Les deux caméras de surveillance fichées à l'angle des piliers. Il écoutait. Il n'y avait aucun bruit. Aucune lueur. Il ne distinguait rien de la maison.

Au bout d'un moment, il s'accroupit et ramassa un petit caillou et le lança au pied du portail. Il attendit mais rien ne se produisit. Il prit un caillou un peu plus gros et le lança. Une lumière blanche électrique tomba soudain du haut des piliers comme la douche des projecteurs pour marquer l'entrée en scène d'un artiste. Mais il n'y avait ni chanteur ni acrobate sur le seuil, il n'y avait personne. La lumière s'éteignit toute seule au bout d'une minute ou deux. Zodiak laissa passer encore un moment puis il se remit en marche. Il traversa la route et longea la propriété jusqu'à ce qu'il eût trouvé ce qu'il cherchait.

Il était à présent juché à la crête du mur, accroupi et assez semblable à un condor solitaire. Tout près, le feuillage d'un mimosa qui remuait en silence sous l'haleine du vent. Il scrutait l'obscurité du parc. Puis il ferma les yeux et écouta encore. Longtemps. Il respirait à peine. Il rouvrit les yeux.

Il les appela doucement et ils vinrent à lui. Il entendit leur galop dans la nuit, leur course souple et puissante. Ils s'arrêtèrent tous trois au même instant à quelques pas du mur et il se mit aussitôt à leur parler. Sa voix n'était qu'un murmure mais il y avait de la rudesse dans sa voix et il y avait aussi un très grand respect et peut-être de la tendresse. Ils ne sentaient pas la peur chez celui qui leur parlait ainsi. Ils étaient deux femelles et un mâle. Le mâle mesurait près d'un mètre au garrot et devait peser soixante-dix ou quatre-vingts kilos. C'était à lui que Zodiak s'adressait en particulier, c'était lui qu'il regardait dans le fond des yeux. Ils avaient tous les trois un pelage noir sans tache. Il voyait luire leur regard et luire la salive dans les plis de leurs babines et sur l'émail de leurs crocs et il voyait les petites fleurs de buée s'échapper de leur gueule et s'évanouir l'instant d'après. Ils étaient immobiles. Ils écoutaient sa voix. Il leur parlait dans une langue inconnue mais qu'ils semblaient connaître. Une des femelles grondait en sourdine. Il ne voulait pas les endormir ni les vaincre d'aucune façon. Il ne voulait pas leur mentir. Il ne serait pas leur maître. Zodiak regardait le mâle et lui parlait d'égal à égal.

Quand il se laissa choir au pied du mur la femelle gronda un peu plus fort et elle se tassa sur ses pattes arrière comme prête à bondir. Elle retroussa ses lèvres. Il resta accroupi et continua à faire entendre sa voix. Puis il se redressa sans hâte. Il ouvrit son blouson et saisit à l'intérieur une grosse boule de papier journal. Le papier était humide et poisseux. Il s'avança vers eux à pas très lents. Ils le regardaient faire. Quand il fut à deux mètres environ il se baissa et déposa le paquet sur le sol et le déplia. Il y avait là le cœur du nabot. Ses entrailles. Un magma informe et visqueux. Il les laissa humer l'air un moment, humer l'odeur du sang. La femelle cessa de gronder. Il reprit sa place à reculons et attendit.

Le mâle avança le premier. Il se pencha sur cette offrande et renifla, après quoi il releva la tête et regarda de nouveau Zodiak. Une femelle apparut à ses côtés, puis l'autre. Elles se penchèrent à leur tour et humèrent et piochèrent chacune dans le tas. Elles ne mâchaient pas. Elles engloutissaient ces restes non comme des créatures affamées mais comme des créatures avides et peut-être conscientes et honteuses de l'être. Des pillards. Il ne leur fallut que quelques secondes pour tout avaler. Cela faisait un très léger bruit de clapotis. Elles léchèrent le papier. Elles se léchèrent les babines. Elles posèrent de nouveau leur regard sur lui.

Zodiak referma son blouson et au bout d'un moment se remit en marche.

Ils l'accompagnèrent partout, vigilante escorte dont il pouvait être le prisonnier ou au contraire le trésor gardé, comment savoir ? Ils trottaient autour de lui sans jamais s'approcher trop ni trop s'éloigner. Les femelles allaient d'une allure plus légère, elles faisaient songer à des biches dans la forêt ou des antilopes courtes sur pattes. Elles laissaient traîner leurs museaux et furetaient et semblaient parfois l'avoir oublié mais ce n'était qu'une impression. Lorsqu'il s'arrêtait elles s'arrêtaient aussi, une patte en suspens, elles attendaient. Quel que soit le moment où il se retournait, le mâle avait toujours les yeux fixés sur lui. Zodiak ne le prit jamais en défaut. De temps en temps il leur lançait un mot dans cette langue étrange qu'ils comprenaient.

Le parc semblait avoir été laissé à son état virginal hormis quelques aménagements hâtifs et grossiers, des semblants de terrasses, des bouts de murets dont les pierres s'écroulaient. Par terre, des feuilles mortes et des aiguilles et des pommes de pin. Des arbrisseaux maigres et dépouillés dans le froid de l'hiver. Personne ne se promenait dans ce parc et aucun enfant n'y avait jamais joué. Une allée de dalles large et droite le scindait en deux depuis le portail jusqu'au perron. Monsieur Victor était un homme pressé.

Zodiak arriva à la limite de la zone de végétation. Devant la maison, l'aire était dégagée. Cela faisait comme une place circulaire sans fontaine ni monument. Il appuya son épaule contre le tronc d'un arbre et se remit à observer. La bâtisse était moins grande que ce qu'il imaginait. Le corps principal s'élevait sur trois niveaux, avec au sommet une curieuse tour semblable à un minaret. Chaque étage avait son balcon et sa balustrade. Au rez-de-chaussée, deux ailes se déployaient de chaque côté et elles étaient longées par une sorte de galerie découverte qui partait du perron. L'aile gauche donnait sur une vaste piscine bâchée délimitée par quatre bornes lumineuses de faible intensité. Il y avait en annexe un large appentis au toit en treillis couvert de vigne vierge. Deux voitures de grosse cylindrée y étaient garées.

C'est ici, pensa-t-il. C'est ici ou ailleurs. Il ne savait pas encore. Il était là cette nuit en quête d'un message, un signe, quelque chose d'imperceptible certainement pour quelque autre que lui. Tous ses sens étaient en alerte. Un degré de sensibilité qui confine à la douleur. Le cœur comme un trou noir, d'une extraordinaire densité et d'où aucun rayonnement ne peut s'échapper et par là même indécelable dans l'immensité sinon par l'attraction, l'irrésistible attraction qu'il exerce sur la matière des astres qui l'entourent. Il appelait son amour par ces voies. Il pensait Sonia, Sonia. Elle ne lui répondait pas. Tous les volets étaient fermés et la façade plongée dans le noir. Le silence des tombeaux. Mais il y avait les deux véhicules garés. Il y avait les chiens. Il y avait quelqu'un dans la maison. Sonia, Sonia, il pensait et il appelait à sa façon. Il voulait qu'elle le devine. Il voulait qu'elle sache qu'il était là dans la nuit, qu'il était là si près, qu'il était là et qu'il ne l'avait jamais trahie. Son cœur comme un trou noir.

Il délaissa soudain toute prudence et s'avança à découvert sur l'esplanade et la traversa. Il gravit les marches du perron et s'arrêta sur le seuil de la demeure. Le mâle qui s'était couché se redressa sur ses pattes et le suivit et les femelles arrivèrent aussi et ils stoppèrent tous trois au pied de l'escalier. Ils n'allèrent pas plus loin. Ils le regardaient comme s'il était en train de faire une chose qu'ils n'auraient jamais osé faire ni à laquelle ils n'auraient même songé, comme on regarde un précurseur, un brave et un éclairé, ou bien un pauvre fou qui n'a plus son jugement.

Zodiak se tenait devant la porte. Il tendit le bras et saisit la poignée et poussa. La porte résista. Il relâcha la poignée. Il marcha le long de la galerie jusqu'à l'extrémité de l'aile droite. Il passa devant d'autres portes et d'autres fenêtres closes qu'il ne tenta pas d'ouvrir. On aurait dit les chambres alignées d'un motel. Il tendait l'oreille. Il continuait d'appeler en silence. Il revint sur ses pas et parcourut l'autre aile. Les chiens suivaient son cheminement de l'autre côté de la balustrade. Il ne reçut aucune réponse. Il se prit à douter.

Tout était conforme aux descriptions d'Igor Pécou. Mais souvenez-vous que chaque parole du nabot était soufflée par l'esprit de la haine et de la vengeance. Il ne parlait pas le même langage que Zodiak. Il n'entendait pas la même voix. Zodiak s'en souvient. Tout ce qu'il voulait, lui, c'était retrouver son amour et l'emporter avec lui et qu'il fût à jamais son unique demeure.

Au bout d'un moment, il enjamba la balustrade et entreprit de contourner la maison. Il fit halte à l'angle du bâtiment et jeta un œil sur l'arrière. Il leva la tête. La masse montagneuse constituait de ce côté-là le seul horizon possible. Si haute et si imposante qu'on pouvait la prendre de prime abord pour la nuit elle-même. Elle était en réalité plus noire que la nuit. Elle tombait comme une falaise. On avait déployé à vingt mètres au-dessus du sol des filets aux mailles d'acier pour parer aux éboulis. Une soixantaine de mètres séparaient la base de la montagne de l'arrière de la maison. Un jardin en friche. Le domaine de l'ombre. Et bientôt parmi toute cette ombre Zodiak discerna quelque chose de tout à fait insolite et presque irréel auquel pourtant il ne demandait qu'à croire. Il aiguisa mieux son regard. Il quitta son poste et s'approcha.

C'était une sorte de petit kiosque, ou encore un minuscule carrousel immobile qui semblait avoir été subtilisé à quelque nostalgique jardin de paradis dans ce monde ou dans un autre pour être ensuite déposé là tel quel, puis oublié là. Un magnifique caprice d'enfant roi. Un don fait à une infante pucelle. Son socle était de forme hexagonale. Trois piliers soutenaient un toit composé de fluettes poutrelles métalliques et d'une mosaïque de petits carreaux de verre dépoli et coloré tels des fragments choisis de vitraux. Quelques-uns étaient brisés mais la nuit préservait ce secret. Là-dessous trônait un banc monumental taillé d'une seule pièce dans la pierre il pouvait y avoir de cela un millénaire ou davantage tant cette pierre à présent était lisse et érodée.

C'est ici, pensa encore une fois Zodiak — et cette fois-ci il n'en doutait pas. Il prit place sur le banc et s'appuya au dossier et attendit. C'est ici qu'il avait rendez-vous.

Les chiens l'avaient rejoint non sans une certaine réticence. Leur rôle de cerbère un peu déjoué. Ils étaient plantés là, noirs sur fond noir et absolument sans bouger. Il fallait le savoir qu'ils étaient là. Zodiak ne leur parlait plus. Le mâle prit le parti de s'allonger. Il garda la tête droite. Les femelles restèrent debout sur leurs pattes.

Ils restèrent là un long moment et puis à l'heure où ils auraient pu commencer à désespérer le chant s'éleva tout doucement dans la nuit et leurs trois paires d'oreilles se dressèrent au même instant.

Zodiak ferma les yeux et inspira profondément et recracha l'air en un long et lent soupir. Ensuite il releva les paupières. Ses lèvres esquissaient un sourire pour la première fois depuis très longtemps. Il porta son regard vers la maison. Là-haut, à l'une des fenêtres du deuxième étage, était apparue une lueur parcimonieuse, distillée entre les étroits interstices d'un store. Avec le recul cela pouvait passer pour une congrégation stellaire au fin fond de l'univers. Là était la source du chant.

Ce n'était guère qu'un souffle, vibrations d'élytres sur l'air, c'était un harmonieux bourdonnement fluctuant entre les courbes du silence. Tantôt si délayé qu'il perdait toute consistance, tantôt se recomposant. Comme venu de très loin dans l'espace et le temps. C'était une berceuse pour vagabonds.

Bien sûr, Zodiak la reconnut. Bien sûr le trou noir de son cœur qui captait tout et absorbait tout même les creux en apparence vides des vagues et son âme qui en tirait sa substance. Il était pour lui, ce chant. Cet appel à lui seul destiné car il n'y avait pas d'autre errant en ces lieux. Les bêtes elles-mêmes ne pouvaient le comprendre. Elles avaient un maître et une maison où se reposer. Elles avaient une main à lécher. Elles avaient quelque chose à protéger. Les bêtes savaient où répandre leur affection.

Je suis là, répondit Zodiak. Je suis là. Ses pupilles luisaient dans le noir.

Longtemps après que la voix se fut tue il était encore là, assis sur le banc de pierre. L'aube était sur le point de naître lorsqu'il se leva. Il repartit par où il était venu. Les chiens l'accompagnèrent. Il leur dit au revoir et disparut.

Il ne retourna pas tout de suite au Palace. Il marcha jusqu'à la mer et suivit la corniche et descendit sur la plage. Il foula le sable humide et rejoignit la petite crique qu'il avait choisie. Il faisait jour. Il demeura une bonne partie de la matinée debout, le regard tourné vers le large. Il faisait jour mais le soleil ne s'était pas montré. Une épaisse écume grise couvrait le ciel et d'autres nuages arrivaient sans cesse de l'est et ils étaient toujours plus bas et plus sombres et plus nombreux. Il ne s'étonna pas ni ne s'effraya lorsqu'il vit surgir de nulle part une bordée de mouettes au ventre blanc lancées à contre-vent, mânes furieuses un instant réincarnées pour annoncer à grands cris acérés les noirs desseins du démon, l'apocalypse qui nous guette. Zodiak avait en lui un autre chant. Elles retournèrent dans leur néant sans laisser la moindre trace dans son esprit.

Aux environs de midi, il se nicha dans ce qu'on pouvait désormais considérer comme sa place parmi les rochers. Quelques minutes plus tard il se releva. Il alla chercher le sac en toile à l'endroit où il l'avait dissimulé puis revint s'asseoir. Il cala le sac sur ses cuisses et croisa les bras pardessus. Il posa le menton sur ses bras.

De temps en temps, il jetait un œil vers le rocher en forme de baleine. Il avait espoir que la vieille dame y apparaîtrait. Il aurait aimé aujourd'hui échanger quelques paroles avec elle. Lui dire son amour. Peut-être lui fredonner à son tour quelques mesures de cette berceuse qu'il avait dans la région du cœur. Mais la vieille dame ne vint pas.

Les heures passèrent et le vent souffla toujours plus fort et la mer se fit grosse. Elle prit la couleur de l'acier puis celle de la vase. La ligne d'horizon bouillonnait. Il voyait les vagues arriver de loin, l'échine dressée, il les voyait rouler vers lui et prendre du volume, se gorgeant de leur propre force et de leur propre rage, la surface verdâtre soulevée comme sous la progression d'un monstrueux reptile aquatique. Avec elles montaient de puissants relents d'iode et de quelque chose de pourri là-dessous. Elles frappèrent les premiers rochers. Elles engloutirent le banc de sable. Mufle fumant d'embruns. Elles se retiraient et recommençaient et gagnaient un peu plus à chaque assaut. Le vacarme, le grand vacarme des sourds. Il assistait à cela sans bouger. Une gerbe d'éclaboussures lui fouetta le visage. Il eut le goût salé dans la bouche. Il ne bougea pas.

Car de cela comme de toute chose il ne restera rien. De nous il ne restera rien. Quel que soit le temps que cela prendra.

Alors quoi ? pensa-t-il.

La pluie ne venait pas. L'orage ne voulait pas crever.

Chacun sait qu'on ne peut reculer de toute façon car derrière aussi est le néant. Et quelle poussière ? Peut-être seulement une infime molécule de poison dans les gonades du diable. Enfin quelque chose d'achevé.

Seuls sur la grève, pensa-t-il. Seuls sur la grève nous attendrons la fin des jours.

On le vit de nouveau sourire vers le milieu de l'après-midi. Tristement, mais il souriait.

C'était en cette année où une singulière tempête souffla sur les braises du désert quelque part entre la mer Rouge et le golfe Persique. Un territoire connu pour ses mirages. D'étranges quasars en effet apparurent dans le ciel au-dessus des vastes étendues de sable et de rocaille. Une pluie redoublée de novae ayant perdu tout caractère aléatoire puisque explosant à la commande. Des astres domptés. Des astres au sang froid. Furtifs et précis. Mesquins, pourrait-on dire. Fusant par les airs à travers les plaines arides en même temps qu'à travers toutes les fenêtres cathodiques de la planète. Quelques éclairs bien calibrés entre deux spots. De fumeuses comètes d'une taille somme toute insignifiante au regard de l'immensité et qui ne présageaient rien sinon un funeste destin à celui qui les prendrait sur le coin de la gueule — mais nul besoin d'avoir recours aux sciences divinatoires pour prévoir cela. Des breloques cosmiques en fin de compte. Notre coquetterie nous perdra.

À terre non plus le spectacle ne manquait pas

d'attrait. Était-ce des lézards camouflés, était-ce des monstres de gila qui rampaient par colonnes entières dans la fournaise ? Était-ce des fourmilions qui creusaient des pièges dans le sol desséché et s'y enfouissaient dans l'attente de leur proie ? Était-ce des boulettes d'excréments roulées poussivement par des bousiers qui soulevaient cette poussière ?

Non. La seule nature ne fait pas si bien les choses. Toute cette agitation était d'une autre espèce. La démence calculée.

Des tornades noires s'élevaient soudain au milieu de nulle part. Dans les villes blanches on étouffait. Un peu partout les spectateurs stockaient les vivres. De l'huile et du sucre et des pâtes. Qu'on nous permette après ça de rire de tout. Ici ou là des oasis de décombres, des puits de douleur et de larmes. Et bientôt, sur les ruines encore fumantes, une nouvelle saison en enfer commencerait. Juste le temps de pointer les pulsars de l'autre côté, quelque part entre l'Adriatique et la mer Noire. Juste le temps d'aller pisser un coup et d'ajouter, dans les placards, des chips aux pâtes.

C'est de ce monde qu'on parle.

Les jumeaux eurent vingt ans cette année-là. Sonia et Roman. Oh, comme ils étaient loin de tous ces désordres, de ces chaotiques soubresauts dont ils ne perçurent que de vagues échos à travers l'antique transistor de Boban Tsze Boban. La troupe faisait route vers le sud de l'Europe. Dans les premiers jours de l'année, ils franchirent les Pyrénées et entamèrent un lent périple le long de la côte espagnole dont les grandes lignes étaient San Sebastián, Bilbao, Santander, Oviedo, La Corogne, mais toujours un peu en retrait à l'intérieur des terres, par les routes secondaires, par les chemins de campagne, au gré des villages et des bourgs à l'orée desquels ils montaient le camp pour un jour ou une semaine. Car les gens des grandes métropoles ne croient plus à la féerie des voyageurs.

Ils virent fleurir le printemps dans les plaines de la Galice, et c'est ici que s'extirpaient parfois des dernières ombres de la nuit finissante les vaporeuses silhouettes de quelques authentiques pèlerins, si flottantes et silencieuses qu'on eût dit de simples esprits déambulant un bâton à la main. Louisa la cuisinière était la première levée et l'unique témoin de ces apparitions. Elle lâchait tout à leur passage. Elle fermait les yeux et joignait les mains et remontait alors à ses lèvres un flot de bribes sonores, un fervent fatras de vœux et de prières et de conjurations émergeant tout droit de sa plus tendre enfance calabraise. Lorsqu'elle rouvrait les yeux, il n'y avait plus trace d'eux. Les blancs fantômes de Compostelle. Elle se crut folle. Elle était muette de naissance. Elle ne put s'ouvrir à personne de ses tourments. Au bout de quelque temps elle se mit à cracher dans la soupe commune, à y verser de mystérieux ingrédients qui lui donnaient un goût de soufre et une odeur de merde. Elle se levait la nuit. On l'entendait marcher entre les caravanes. On la trouva un matin étendue sur le dos les bras en croix et le visage maculé du sang de cinq poules qu'elle avait décapitées. Elle respirait encore. Elle fixait le ciel sans ciller. Un sixième volatile se traînait près d'elle, une patte à demi arrachée. On mit ces étranges agissements sur le compte de ses quatre-vingt-treize printemps. Maître Agharâ lui donna quelque chose à boire. Elle dormit trois jours d'affilée et mourut au soir du quatrième et chacun en ressentit une grande peine. Sa dépouille fut brûlée, ses cendres rassemblées dans l'ancestral mortier en bois dont elle se servait pour broyer l'ail et les épices, on y ajouta l'indispensable pilon et le tout fut déposé au pied d'un chêne en tant que monument funéraire. Dans l'écorce de l'arbre Zodiak grava les trois signes d'usage. Il fut dit que son souvenir perdurerait. Il fut dit que l'on reviendrait souvent se recueillir en ces lieux. Aussi souvent que possible. On fit silence une minute. On jeûna une journée.

Quelque temps plus tard, monsieur Canard débaucha dans les parages de Pontevedra une fille de ferme qui répondait au prénom de Carmen. Elle était borgne et souffrait d'une légère débilité mais elle préparait le gaspacho comme personne. Elle croyait au destin. Elle se joignit à la troupe sans l'ombre d'une hésitation.

Ils prirent plein sud. Le soleil cette année-là fit son entrée dans le signe des Gémeaux le 21 mai, à 13 heures, 21 minutes et 14 secondes. Zodiak et son maître le notèrent dans leurs carnets. Ils franchirent une nouvelle frontière au solstice d'été et passèrent la saison chaude dans les lumineuses contrées du Portugal. Ils avançaient au pas. Après la mort de Louisa, un second événement se préparait, heureux celui-là. En effet, le ventre de madame Canard sixième du nom s'arrondissait au fil des mois et pour la première fois monsieur Canard allait être père. Sa joie, sa fierté n'étaient pas feintes. Ni son anxiété. N'y tenant plus il implora un jour Agharâ de se pencher sur le sort de l'enfant à venir. Avec tes mains, lui dit-il. Tu poses tes mains. Tu peux le faire. De toute évidence monsieur Canard voulait des choses douces à entendre. Le maître considérait ces pratiques comme de la pure sorcellerie de charlatan, néanmoins il fit cette fois-là une exception et accepta de se prêter au jeu. Tout le monde fut réuni en plein midi sur l'aire où se prenaient les repas. Le maître avait revêtu sa plus belle robe. Dans un silence solennel il s'avança vers la future mère. Il posa les mains sur son ventre plein et longuement et délicatement le palpa. Puis il décréta que l'enfant serait un petit Canard. Un garçon. Un mâle pourvu de tous les attributs nécessaires pour perpétuer son nom. D'allégresse monsieur Canard coupa net son cigare entre ses dents. Le maître dit qu'il serait grand et beau et fort comme son père. Il dit qu'il hériterait aussi de son intelligence et de son sens aigu des affaires et probablement de sa Mercedes. Il dit qu'il serait juste et bon. Il dit qu'il serait franc et avisé, craint et respecté, sage et savant. Il dit qu'il aurait la main verte et les yeux en face des trous. Il dit que la liste des dons et qualités qui lui seraient donnés ne tiendrait pas tout entière sur le mur des lamentations. Il dit qu'il ne posséderait que deux bras et deux jambes et une tête mais qu'il en userait comme peu de mortels avant lui et après lui dans le long cours de l'humanité. Monsieur Canard était à genoux dans la poussière. En extase. Chaque révélation à présent accueillie par une salve de hourras. Zodiak souriait intérieurement aux regards complices que son maître lui lançait. Mais lorsqu'il se tourna et chercha à son tour le regard de Sonia, il ne le trouva pas. Quelque chose en lui se déchira. Le maître conclut son dithyrambe par quelques maximes latines qui impressionnèrent fortement la foule. Madame Canard sixième du nom lui baisa le bout des doigts. Monsieur Canard fit ouvrir deux caisses de vin de la Loire récupérées naguère dans les caves d'un charmant manoir laissé vacant par ses propriétaires. On fêta dignement et par avance l'événement.

Sonia ne prit pas part aux libations. Elle n'était plus là. Zodiak fit le tour des caravanes. Puis il envoya Roman faire le tour de cette vaste pinède où le campement était établi et il lui commanda de fouiller chaque bosquet et chaque fourré et chaque trou d'ombre et de lever aussi les yeux vers la cime des arbres. Le polac cracha par terre et partit dans l'instant. Zodiak le regarda s'éloigner.

Zodiak parlait treize langues. Il pouvait lire et retranscrire dans leurs dialectes d'origine les écrits des Grecs Proclus d'Athènes et Eudoxe de Cnide et Hipparque de Nicée et des Tchèques Hajek de Hajek et Gryll de Gryllov et des Italiens Campanus et Cecco d'Ascoli et de l'Égyptien Chéremon et de l'Iranien Albumasar et du Croate Grisogono et du Syrien Lucien de Samosate et du Babylonien Samuel de Nahardeia et du Hollandais William de Bergum et du Polonais Prinke et du Persan Nizami et le traité *Des phénomènes célestes* du Byzantin Joannes Laurentios Lydos et le *Tetrabiblos* de Ptolémée et les vingt-six volumes de l'*Astrologica gallica* du Français Jean-Baptiste Morin et le remarquable *Brhat Djataka* de l'Indien Varâha Mihira. Il avait ingurgité et digéré les travaux de Regiomontanus et de Sepharial et de Placide de Titis et de Lvovicky de Lvovice et de Tycho Brahe et des Allemands Kühr et Koch et Kepler et ceux des Britanniques Robert Fludd et John Gadbury et ceux de cet érudit juif de Tolède nommé Abraham Ben Meir ibn Ezra, dit Avenarius. Il avait étudié et étudiait encore avec un maître dont les ancêtres dressaient le thème natal des rois de Bohême ou d'Espagne ou des califes de Bagdad. Il tutoyait les cieux. Il appelait les astres par leur nom. Il connaissait les aspects et les maisons et la précession des équinoxes. Il pouvait calculer à la seconde près l'éphéméride des dix siècles à venir. Il pouvait lire dans le noir, il pouvait voir dans les entrailles de la nuit, aux confins des ténèbres il pouvait trouver un chemin. Il pouvait montrer la voie. On venait le consulter de loin. On le payait pour ça. On le louait. Zodiak l'oracle. Zodiak le guide et le flambeau.

Mais rien, absolument rien, ne lui avait jamais laissé présager cela.

Nulle part, ni dans les traités, les précis, les manuels, les grimoires, ni sur la carte sans cesse renouvelée du ciel, nulle part n'était décrit cet élément à l'incommensurable puissance qui introduit la dissonance ou l'harmonie, qui engendre le chaos ou la paix, la souffrance ou la joie, qui crée le néant ou la plénitude, qui absorbe tout entière la matière d'une existence, qui la fait voler en éclats ou qui la comble au contraire, la parachève et la maintient dans son sens et son intégrité — selon qu'il vienne ou non à manquer.

Nulle part il n'était question de son amour.

Zodiak s'assit par terre à l'écart. Il gratta la terre avec un bout de bois. C'est ce jour-là qu'il prit conscience de son dénuement. Il comprit dans le même temps la raison essentielle qui les poussait tous à venir vers lui, hommes, femmes, vieillards, enfants, pauvres, riches, ce que tous cherchaient, ce que tous attendaient de lui lorsqu'ils lui présentaient leurs mains tendues paume renversée. Que disent les sillons dans ma chair ? Que distillent les constellations ?... En réalité ils n'avaient en tête qu'une seule question. Informulée.

Il n'était pas différent d'eux. Il n'était qu'un mendiant parmi les mendiants. Il grattait la terre.

Sonia était partie depuis deux heures. Roman s'en revint seul. La sueur coulait sur son front. Il ne dit rien. Il s'assit à côté de son beau-frère et allongea les jambes et se mit bientôt à gratter la terre. Et la nuit tomba sur eux comme sur toute chose en cette partie du monde.

Ils avaient bu le vin de la Loire et ils avaient fini de le cuver et maintenant tous étaient au courant. On discuta un moment et on prit la décision d'envoyer les hommes. Ils furent une vingtaine qui se déployèrent aux alentours du camp et Giacomo, comme Zodiak un peu plus tôt, leur conseilla de regarder également en l'air vers le faîte des arbres. On les vit s'éloigner dans toutes les directions. Les faisceaux livides de leurs torches électriques louvoyant entre les troncs et s'amenuisant et rappelant bientôt la danse approximative et incertaine de phalènes phosphorescentes.

Roman était reparti avec les volontaires. Zodiak n'avait pas bougé. Monsieur Canard, d'un signe discret, invita deux femmes à rester à ses côtés. Mais au bout d'un moment, Zodiak se leva sans un mot et s'enferma dans sa caravane et les deux femmes se regardèrent sans savoir que faire. Zodiak s'étendit sur sa couche. De loin en loin lui parvenaient les appels de ceux qui cherchaient. De faibles échos, étouffés, tels les cris d'insolites animaux lancés à travers la nuit. Un seul nom un seul, toujours le même. Celui de son amour. Tout le monde appelait son amour.

Ils s'en retournèrent au camp l'un après l'autre la tête basse et les piles usées. Un ultime rougeoiement incandescent au filament de leurs torches. Roman arriva le dernier. Il était près de quatre heures du matin. Ils étaient assis ou debout autour d'un petit foyer où de faméliques flammèches éclairaient à grand-peine leurs visages. Ils avaient des mines épuisées et soucieuses. Ils ne discutaient plus. Dans le silence la voix d'une vieille femme s'éleva timidement et elle prononça le mot police et monsieur Canard lui dit d'aller se coucher parce qu'elle était vieille et qu'il était tard et la femme suivit son conseil. Il n'y eut point d'autres paroles prononcées pendant longtemps. Monsieur Canard avait mâché et recraché les trois quarts de son cigarillo. L'aurore approchait.

Certains avaient fini par s'endormir sur place, le menton sur la poitrine. Personne ne s'était avancé vers la caravane de Zodiak.

Au bout de la nuit, monsieur Canard leva les yeux et regarda encore une fois tout autour de lui et il rencontra les yeux d'Agharâ et ils échangèrent tous deux un très long regard. Puis monsieur Canard désigna un des hommes pour maintenir le peu de feu agonisant entre les pierres plates et il envoya tous les autres se coucher, même ceux qui dormaient déjà et qu'il dut pousser du pied. Il retourna lui aussi dans sa caravane. Il se déshabilla et s'assit en caleçon et tricot de corps au bord de sa couche et il soupira. Puis il posa une main ornée de trois chevalières en or sur le ventre rond de madame Canard sixième du nom et il soupira encore. Le soleil était déjà haut lorsqu'il trouva le sommeil.

Ce fut la toute première absence de Sonia.

Elle reparut quelques heures plus tard. Au crépuscule. Elle alla droit jusqu'à la caravane de Zodiak et s'allongea près de lui. Elle se serra contre lui. Elle l'enlaça avec une grande force et une grande douceur et à l'oreille lui murmura : Je suis là. Elle ne dit pas où elle était allée ni ce qu'elle avait fait. Elle ne donna aucune explication et nul ne lui en demanda. Il en serait ainsi à chaque fois.

Au fil du temps, la durée de ses absences se prolongerait, mais ce serait toujours au crépuscule qu'elle réapparaîtrait. Invariablement. Comme si la nuit qui s'annonçait risquait d'être une nuit de trop, une frontière au-delà de laquelle il n'y aurait plus de retour possible. Et toujours à ce moment-là elle irait tout droit vers Zodiak et le prendrait dans ses bras et lui dirait ces mots à l'oreille : Je suis là. Et alors Zodiak serait à même de lire sur son visage, dans son pâle sourire et dans son regard, tout ce qu'il était capable de lui offrir et tout ce qu'il ne pourrait pas.

Son amour partirait de nouveau. Son amour reviendrait.

Plus tard, il s'en trouverait quelques-uns parmi la troupe pour exhumer d'anciennes légendes. On parlerait de ces créatures qui se transforment sous le joug de la lune. De ces poils qui leur poussent sur tout le corps et ces griffes et ces crocs acérés et cette inextinguible soif de sang qui les rend fous. On parlerait de la femme-louve qui s'enfuit pour ne pas dévorer sa propre engeance. Terreur et pitié dans les yeux de ceux qui murmurent ces choses. Mais plus tard, plus tard.

Le petit Canard naquit cette année-là. Il avait dû être conçu vers Bayonne aux alentours de Noël et vit le jour aux vendanges du côté de Lisbonne. C'était bien un garçon. Le bec reconnaissable entre tous. Monsieur Canard insista pour que Sonia en fût la marraine. Elle accepta. Elle se pencha sur le berceau. Ses longs cheveux dorés comme un voile au-dessus du nouveau-né. Elle le prit dans ses bras. Quiconque l'aurait vue en cet instant aurait juré de bonne foi qu'elle était heureuse.

Et le soir, quelquefois, celui qui était couché à ses côtés pouvait l'entendre fredonner cette berceuse — *Vagario... Vagario perdilino...* — la seule qu'elle connaissait.

Ils passèrent la soirée et toute la nuit et encore le jour d'après à l'abri dans la grande salle du Palace. C'est le temps qu'il fallut au polac pour faire disparaître les restes. Il mangeait et dormait et c'était tout ce qu'il faisait. Avec beaucoup d'application.

Zodiak se chargea en personne du ménage. Il frotta la table et le sol autour de la table et les rinça à grande eau. Un tricot lui tint lieu de chiffon qu'il passa sur toute chose qu'ils avaient pu toucher. Il rangea chaque objet à la place qui était la sienne.

Roman l'observait entre ses paupières mi-closes. Il était assis dans le vieux fauteuil en cuir, les bras relâchés sur ses cuisses, l'estomac un peu lourd. À ses pieds était posé un sac-poubelle en plastique bleu. Il contenait des débris d'os et une paire de globes oculaires et une langue raidie par le froid et divers morceaux de viscères indéterminés. Le polac était secoué parfois de faibles hoquets et rotait en silence. Il aurait aimé s'assoupir encore une fois mais il n'en avait plus le temps. Il luttait sans lutter vraiment.

Il ferma les yeux un instant et lorsqu'il les rouvrit Zodiak était debout devant lui qui le regardait. Il tenait le gros sac en toile à la main. Roman lui sourit sans bien savoir pourquoi.

Ils se changèrent de nouveau et glissèrent à l'intérieur du sac en toile leurs habits ensanglantés et ceux du nabot. Zodiak récupéra le couteau de plongée.

— On y va, dit-il.

Avant de sortir il se retourna et jeta un dernier regard sur la salle. C'était un lieu où il ne reviendrait pas. Où nul, sans doute, ne reviendrait. Il chercha un signe quelconque sur la toile blanche de l'écran, sur le petit lit en fer forgé. Il n'en trouva pas.

En bas, il referma la grille et le cadenas. Dans un container à ordures il se débarrassa du sac en toile et de la clé. Le polac portait le sac en plastique.

Il était dix heures du soir. Le vent n'avait pas faibli. Tournoyant et lourd et gorgé d'humidité, et cette espèce de hurlement sourd qu'on entendait c'était peut-être lui ou l'écho de la mer au loin ou quelque chose d'autre. Le ciel était d'une noirceur sans failles. Le cœur même de l'obscurité.

— Ça va tomber, dit le polac.

Sans doute l'espérait-il.

Les rues par ce temps étaient désertes. Ils étaient les seuls à s'y mouvoir et ils semblaient si peu compter. C'était une vision assez plausible d'une ville ravagée de l'intérieur par l'épidémie ou par quelque mystérieux fléau. Un corps préservé mais vide.

Le polac marchait le nez levé en humant l'air. Inquiet. À maintes reprises il renifla également ses doigts et ses doigts sentaient la résine. Il n'avait pas d'explication à ça. Il fronçait les sourcils. Comme le matin de leur arrivée ils suivirent le large boulevard qui scindait la ville en son centre. Il y eut quelques phares, le bruit étouffé des moteurs. Les feux clignotants orange et leur reflet sur le bitume. La lumière blafarde des Abribus. Derrière la façade vitrée du Quick un homme seul attablé qui mordait dans un sandwich, qui s'essuyait la bouche, qui buvait à la paille, sans un regard vers l'extérieur, sans un regard vers la fille en chemise rayée qui passait le balai dans la salle, sans une pensée non plus car cet homme-là sans doute n'avait rien à craindre ni à espérer.

Ils traversèrent le boulevard. Ils passèrent devant la gare dont l'horloge à présent indiquait dix heures trente. Les palmes des palmiers s'affolant dans la tourmente, sans plus de poids que des aigrettes de paon. Roman les regardait défiler du coin de l'œil. Il se mit à fredonner en silence sous la voûte de son crâne un air qu'il ne connaissait pas. Encore une quinzaine de minutes et la route commença à s'élever. Zodiak ne modifia aucunement son allure. Le polac suivait, le sac-poubelle balançant au bout de son bras.

Il n'était pas loin de minuit lorsqu'ils arrivèrent. Le grand portail était toujours fermé et rien ne bougeait. Selon les dires du nabot c'était le soir où la réception devait avoir lieu. Soit les convives étaient déjà tous arrivés, soit le nabot était mal informé. Il n'aurait eu aucun intérêt à mentir.

— C'est là ? demanda le polac.

Zodiak ne répondit pas. Par-dessus le mur on pouvait apercevoir au fond une lueur diffuse, un halo pareil à un très léger voile de brume stagnante. Le vent ne le dissipait pas. Zodiak se remit en marche.

Il n'eut pas besoin de les appeler car ils étaient déjà là, ayant flairé sa présence ou l'attendant peut-être chaque nuit au même endroit — cette nuit et celles d'après jusqu'à la dernière. Leurs trois paires d'yeux luisaient comme des billes d'acajou. Ils étaient tout à fait immobiles. Un sourire éclaira la face du polac.

— Hé-hé, fit-il. Mes mignons…

Il n'y avait pas d'ironie dans sa voix ni aucune espèce de défi. Il était content de les voir. Les deux hommes se laissèrent glisser au pied du mur. Zodiak désigna le sac en plastique.

— C'est pour eux, dit-il.

— Je sais, dit Roman.

Il s'avança vers les chiens en courbant l'échine comme s'il craignait de se cogner à un invisible plafond. Il souriait toujours. Il s'accroupit et éventra le sac et en versa le contenu sur le parterre d'aiguilles et de feuilles mortes. Il recula à peine d'un pas. Il leur fit signe avec la main.

— Venez, chuchota-t-il. Venez. C'est pour vous, tout ça.

Au milieu de ce magma d'os et d'abats l'œil

blanc du nabot le fixait mais il ne s'en souciait guère. Il regardait les chiens. Il leur parlait. Zodiak laissait faire.

Cette fois le mâle ne broncha pas. Les deux chiennes approchèrent, la truffe au ras du sol. Elles se hâtèrent de tout dévorer. Les os craquaient entre leurs mâchoires. Le polac allongea le bras et frôla leur poil du bout des doigts. Il leur murmurait des mots, si bas qu'elles seules pouvaient les entendre.

Quand le festin fut terminé les deux hommes se remirent en route dans la pénombre entre les troncs maigres et tordus des arbres et les chiens les suivirent. On aurait dit d'étranges pasteurs sans troupeau. Ils s'arrêtèrent à la lisière du parc et observèrent la maison.

— C'est là ? demanda à nouveau le polac.

Il ne pouvait pas s'en empêcher. Il voulait entendre le son d'une voix. Certaines fois, lorsqu'il était seul, il se parlait sans interruption jusqu'à ce que sa bouche fût sèche. Il imitait la voix de son beau-frère et se soûlait de noms d'étoiles inventés. Zodiak ignorait cela.

Ils ne percevaient aucun bruit ni aucune musique mais la façade au premier étage était tout illuminée. Les feux des lustres à travers les grandes baies vitrées jetaient des éclats jusque sur la tôle des voitures. Elles étaient plusieurs dizaines garées à la diable sur le terre-plein central et devant les ailes du bâtiment et quelques-unes encore débordant dans l'allée.

— Z'ont l'air d'être un paquet là-dedans, dit le polac.

D'ici, ils pouvaient entendre le souffle du vent mais ne le sentaient presque pas. Les aiguilles de pin s'agitaient et tombaient sans bruit.

— Et les tueurs ? dit encore Roman.

— Les tueurs…, murmura Zodiak.

— Ouais. Ceux que nous a parlé le nain. Ceux qui surveillent la baraque.

Il n'avait pas peur. Il voulait juste savoir exactement ce qu'il devait faire. Il ne voulait pas commettre d'erreur.

— Que veux-tu qu'ils nous fassent ? dit Zodiak. (Il laissa passer un temps puis ajouta :) Qu'est-ce que nous sommes, Roman ?

Le polac posa sur lui un regard perdu, fautif. Il avala sa salive.

— Je sais pas, Zod.

Zodiak inspira puis expira tout doucement. Il n'en dit pas plus. Il laissa ses yeux errer sur la façade de la maison et sur les toits des voitures, toutes ces luxueuses épaves échouées là par une nuit de grand vent.

Le polac aurait aimé ajouter quelque chose mais il ne sut pas quoi. Il pinça les lèvres et hocha la tête comme pour montrer qu'il comprenait. Qu'il approuvait. Il se vit tel un quatrième chien ajouté à la meute. Ils étaient ses frères plus que Zodiak. Il était triste à cette idée. Il pensa que lui aussi pouvait changer les oiseaux en rats.

— Zod…, souffla-t-il d'une voix hésitante, tu l'as vraiment vue ?

Zodiak se tourna vers lui.

— Sonia, fit le polac, tu l'as vraiment vue, ici, dans cette maison ?

Malgré l'obscurité il put distinguer les yeux de son beau-frère. Ses paupières qui se plissent. Ses pupilles qui se rétractent.

— Viens, dit Zodiak.

Il émergea sur la place et la longea par le flanc droit. Il marchait d'un pas vif sans tenter de se dissimuler. Le polac le rattrapa et adopta la même allure. Les chiens se faufilaient entre les voitures et en humaient les pneus au passage et lâchaient parfois un jet d'urine sur la gomme presque sans s'arrêter.

Ils contournèrent la maison. Zodiak fila tout droit jusqu'au petit kiosque et s'immobilisa.

— C'est quoi ce truc ? fit Roman dans son dos.

— Un présent, dit Zodiak.

— Quoi ?

— Un cadeau, dit Zodiak. C'est pour elle.

Roman fit un ou deux pas de plus et dépassa Zodiak. Il regarda le kiosque, puis son beau-frère.

— Pour elle ?

Zodiak acquiesça. Le polac observa de nouveau l'édifice. Il demeura un moment silencieux puis il grimpa les deux degrés en pierre et il fit avec circonspection le tour du banc et finalement s'arrêta debout sur le côté.

— Et qui c'est qui lui aurait offert ça ? fit-il.

Zodiak pensa : c'est moi. Il ne dit rien. Il savait que ce n'était pas la réalité telle qu'on se la représente. Il pivota sur lui-même et pointa un doigt vers le haut de la maison.

— C'est là qu'elle était, dit-il.

Le polac leva les yeux et le chien aussi. Il y

avait quatre fenêtres dans la direction qu'indiquait Zodiak, elles étaient toutes les quatre plongées dans le noir.

— T'es sûr que c'était elle, Zod? insista le polac.

Zodiak laissa retomber son bras.

— Je l'ai entendue, dit-il.

— Entendue ? fit le polac. Tu veux dire qu'elle t'a parlé ? Elle t'a dit quelque chose ?

— Elle m'a répondu, dit Zodiak.

— Quoi, répondu ? Parce que tu l'as appelée ? C'est toi qui l'as appelée et elle t'a répondu ? C'est ça, Zod ?

— C'est ça, dit Zodiak.

Il était toujours tourné vers la fenêtre et le polac regardait son dos, la découpe sombre de sa silhouette comme la poupe d'un bateau s'enfonçant sans bruit dans la nuit.

— Putain..., souffla le polac.

Il s'assit au milieu du banc et posa les coudes sur ses cuisses écartées et se prit le crâne entre les mains comme un être profondément accablé. Le vent produisait une sorte de ululement en s'engouffrant sous le toit du kiosque.

Un peu après, le polac releva la tête. Il était sur le point de parler mais un coup de sifflet retentit, bref et perçant, et il resta la bouche ouverte. Quelqu'un sifflait entre ses dents. Les chiens dressèrent l'oreille et demeurèrent un instant pétrifiés, puis le mâle se tourna vers Zodiak. Il y eut un second coup de sifflet et l'une des femelles laissa échapper un faible gémissement. Le mâle regardait Zodiak. Zodiak ouvrit sa main, dépliа ses doigts, un geste à peine perceptible, et les trois chiens détalèrent de concert. Il y eut leur course dans l'obscurité, de vagues ombres mouvantes parmi les herbes rases et puis plus rien.

— On les appelle, ils viennent…, murmura Zodiak.

— Quoi ? fit Roman.

Zodiak renversa la tête en arrière comme s'il allait boire cette pluie qui ne venait pas. Puis il rabaissa la tête.

— C'est à nous, dit-il. Il est temps.

— Zod…, fit le polac.

Il se tut. Zodiak se remit en marche.

— Putain, souffla le polac.

Il secouait la tête. Il le regardait s'éloigner. Puis d'un seul mouvement il se remit sur pied et sauta par-dessus les marches et rejoignit son beau-frère.

Ils entrèrent par la cave. Une galerie creusée à même la roche sous la maison. Il y avait là probablement plus d'un millier de bouteilles, chacune couchée dans son petit casier personnel et les rangées s'étalant de part et d'autre de la travée centrale, les goulots dans un alignement parfait.

— C'est le trésor ! souffla Roman. Le trésor, putain... On est tombés pile dessus.

Le polac parlait bas comme dans un lieu de culte mais la joie et déjà l'ivresse transparaissaient dans sa voix. Là-dessus la douleur le surprit, passa comme l'ombre d'une griffure sur sa face radieuse. L'allumette qu'il tenait lui brûlait les doigts. Il la jeta au sol en entamant un curieux pas de danse aussitôt interrompu. Une minuscule fumerolle s'éleva dans le noir. Le polac frotta une autre allumette et s'approcha des bouteilles et regarda en transparence à travers le verre.

— C'est pas beau, ça ? fit-il.

Il effleura une bouteille. Une autre. Il frotta la poussière entre ses doigts.

— On s'en ouvre une ? Qu'est-ce que t'en dis, Zod ? Rien qu'une. Une petite pour la route…

— Il y a quelqu'un, dit Zodiak.

Le polac tourna la tête. Zodiak dressa l'index vers le plafond. Le polac leva les yeux comme s'il pouvait voir à travers la voûte de pierre. Il ne souriait plus. Il lâcha l'allumette et resta sans bouger dans le noir à écouter. Des sons étouffés comme dans les dédales des rêves, proches et lointains à la fois. Des frottements, des pas.

— Ils sont deux, chuchota Roman.

— Oui, dit Zodiak.

— On fait quoi si y descendent ?

— Ils ne descendront pas, dit Zodiak.

Peu à peu les bruits cessèrent et le silence revint et ils demeurèrent encore une bonne minute à l'affût sans parler. Après quoi Roman craqua une autre allumette. Zodiak s'accroupit et ramassa les petits morceaux calcinés semés sur le sol et les glissa dans la poche de son blouson.

— Par là, fit-il en se redressant.

Il dépassa Roman et se dirigea vers l'extrémité de la cave où une volée de marches en ciment remontait vers une porte close.

Le polac lui emboîta le pas. Sur la troisième marche de l'escalier il s'immobilisa. Il fit demi-tour et repartit vers les casiers et y piocha au hasard. Il ramena une bouteille qu'il tenait à l'envers par le col comme une matraque ou comme le manche d'un outil. Zodiak passait ses doigts sur la serrure de la porte. Le polac souffla la dernière allumette et attendit.

Ils avaient déjà marché sous des villes endormies, dans des parkings souterrains démesurés, déserts, solitaires plus que jamais à cette heure de la nuit où rien ne bouge, marché dans ces champs de béton où rien ne peut pousser, où rien ne se peut soustraire à l'intraitable clarté des tubes de néon, ils avaient les membres livides des cadavres et les seuls infimes liserés d'ombre étaient cousus sous leurs paupières au creux de leurs visages émaciés. Ils entendaient l'écho de leurs pas. Ils avaient déjà puisé. Roman aimait le bruit étoilé des pare-brise. Il passait le bras à travers les éclats et prenait ce qu'il y avait à prendre, une pochette, une torche, un briquet, un parapluie, un tube de rouge, des clés, pas grand-chose souvent. Parfois ils se posaient là et s'endormaient, un sur la banquette arrière recroquevillé et un à la place du mort, ils passaient ainsi les dernières heures avant le jour, ils attendaient peut-être que quelqu'un mette le contact et les emporte.

C'est à ça que la salle faisait penser. Elle occupait une bonne partie du sous-sol de la maison. Elle était nue et couverte de crépi blanc et cimentée au sol. Dans un recoin on avait aménagé une douche de fortune constituée d'un tuyau de plomb fixé le long du mur et terminé par une pomme d'arrosoir en fer-blanc. Des gouttes se formaient là-haut avec une extrême lenteur et s'étiraient et s'écrasaient par terre sans faire aucun bruit. Quelque part le ronflement à peine audible d'une chaudière ou de tout autre appareil électrique.

Il y avait six portes blanches en fer, sans poignée. Trois de chaque côté.

Les deux hommes avançaient sous la lumière

crue et ils s'arrêtèrent simultanément en plein milieu de la salle. Le polac tendit le bras sur le côté comme s'il s'apprêtait à saisir l'épaule de Zodiak. Une fraction de seconde après ils perçurent un bruit confus qui s'avéra être un mélange de sanglots et de gémissements. Le polac regarda son beau-frère. Zodiak fixait l'une des portes closes.

Ils s'approchèrent avec précaution, le polac serrant le goulot de la bouteille dans son poing. Il colla une oreille à la porte. La décolla au bout d'un moment.

— On dirait un gamin, chuchota-t-il.

Zodiak fit oui de la tête. Roman colla de nouveau son oreille, ferma les yeux pour mieux se concentrer. Entre les pleurs et les geignements il y avait la douloureuse psalmodie d'une voix. L'enfant parlait une langue étrangère.

— Du russe ? souffla Roman.

Zodiak fit non de la tête.

— Polonais, dit-il.

— Polonais ? répéta le polac.

Sa bouche demeura quelques secondes entrouverte. Il regarda la porte de haut en bas et posa la main à plat dessus. Le fer était glacé. Il imprima une légère pression. À ce moment-là, il y eut un coup frappé de l'autre côté du panneau et il sursauta.

— C'est le môme, dit-il. Il nous a entendus.

La voix de l'enfant était maintenant toute proche. Il lança une phrase et la répéta et donna encore deux coups contre la porte.

— Qu'est-ce qu'y dit, Zod ?

Zodiak se tenait immobile et son visage était fermé.

— Il dit : J'ai mal au ventre.

Il y eut un instant de silence comme si l'enfant écoutait à son tour. Puis il recommença à frapper et lâcha un flot de mots qui étaient pour le polac incompréhensibles et familiers. C'était une voix de petit garçon.

— Qu'est-ce qu'y dit ? demanda de nouveau Roman.

— Ouvrez-moi, dit Zodiak. J'ai mal au ventre. J'ai mal. Je veux aller aux cabinets. Ouvrez. Ouvrez-moi.

Il récitait cela d'un ton neutre. Il se tut.

— Putain, fit le polac.

Il passa sa paume sur la porte comme pour dénicher un nœud ou quelque défaut dans le métal. Il croyait entendre le souffle du gamin de l'autre côté.

— Qu'est-ce qu'on fait, Zod ?

— J'aimerais mieux qu'il se taise, dit Zodiak. (Son visage était toujours fermé, sans faille, et sa voix était froide.) Ils vont finir par l'entendre, dit-il.

— Faut qu'on le sorte de là, dit le polac.

— Nous n'avons pas la clé, Roman.

L'enfant répétait inlassablement les mêmes paroles que Zodiak ne traduisait plus.

— On a qu'à la défoncer, cette putain de porte ! fit le polac.

Il avait un air hagard et affolé à la fois. Il commençait à s'agiter.

— Cela fera encore plus de bruit, dit Zodiak.

— Mais on peut pas…

— Si, on peut, coupa Zodiak.

Le polac se figea. Son beau-frère le fixait et il connaissait ce regard. Il tenait le litre de vin renversé à la main. Il n'avait pas conscience de ne plus respirer.

— Est-ce que c'est ton enfant ? fit Zodiak.

Roman bougea très lentement et presque imperceptiblement la tête.

— Ce n'est pas le mien non plus, dit Zodiak.

Il se tut. L'enfant se tut et cessa de taper. Le polac décolla ses lèvres et aspira un peu d'air. Puis Zodiak prononça une phrase à voix haute. Deux phrases. Il regardait Roman droit dans les yeux mais ce n'était pas à lui qu'il s'adressait. Il parlait la langue étrangère. Après ça, il tourna les talons et repartit d'un pas vif. Le polac le rattrapa en quelques foulées.

— Qu'est-ce que tu lui as dit, Zod ?

— Qu'on reviendrait, fit Zodiak. Bientôt.

— C'est vrai ? C'est vrai, Zod, on va revenir ?

Zodiak ne répondit pas. Il ne se retourna pas. Il continuait d'avancer. Le polac s'arrêta de nouveau et jeta un œil par-dessus son épaule. La porte blanche et muette à présent. Ses yeux revinrent se poser sur le dos de Zodiak. Il considéra un instant la distance qui se creusait entre eux. Qui les séparait. Cet espace auquel il ne pouvait donner un nom. Il cligna deux fois des paupières.

— Et il t'a cru ? lança-t-il.

Mais sa voix dut se perdre quelque part entre les murs.

Il y avait un ascenseur dont la porte était couverte d'une couche de peinture beige sale qui commençait à s'écailler par endroits. Ils se tenaient tous deux devant, leurs faméliques silhouettes prises dans la poignée de chrome comme des poissons dans une flaque. Il n'y avait pas d'autre issue. Zodiak appuya sur le bouton d'appel et ils attendirent.

La cabine se posa à leur niveau et ils attendirent encore. Mais rien ni personne ne se manifesta. Zodiak ouvrit la porte. Il entra et le polac le suivit à l'intérieur et ses narines frémirent aussitôt car il y avait là des remugles aisément identifiables, des effluves de métal froid et de merde et d'urine qui sourdaient sous une vague de produit antiseptique. En se concentrant un peu Zodiak aurait pu percevoir les cris d'effroi et les pleurs et les entrailles qui se vident et se répandent le long de cuisses aussi fluettes que des pattes de poulets. Il s'y refusa. Il évita le regard de Roman. La porte se referma sur eux. La cabine était large et profonde et tenait plus du monte-charge que de l'ascenseur. Pas de miroir. Un unique bouton, rouge, que Zodiak pressa. La machine se mit en branle et s'éleva poussivement et ils virent défiler les parois sur les côtés. Le polac exhiba un sourire propre aux gosses dans les manèges.

La cabine s'immobilisa au bout de quelques secondes avec un dernier hoquet et un bruit de ferraille qui faisaient songer à une vieille machine agricole. Le polac cessa de sourire et tourna la tête vers son beau-frère. Zodiak l'Initié. Zodiak le Mage. (J'ai écorché pour toi des pipistrelles et des agneaux.) Deux chevaux au galop dans un monte-charge. L'un toujours plus beau, toujours devant.

Au moment précis où Zodiak poussa la porte la musique démarra et d'une certaine façon les libéra du poids du silence. C'était un air enlevé, exotique, vaguement arabisant. Qui sonnait creux et faux comme un collier de pacotille. La mélodie venait d'une autre pièce et filtrait à travers les cloisons et pendant quelques instants ils se tinrent à l'arrêt et écoutèrent. Puis Zodiak fit un signe et ils avancèrent. Ils débouchèrent dans une vaste cuisine-réfectoire où sans doute devaient se prendre les repas des domestiques et des figurants et des hommes de main. Deux grandes tables rectangulaires flanquées de bancs de bois donnaient à la salle un air rustique. Des murs et un sol carrelés, de larges fourneaux, un plan de travail en Inox, tout cela nettoyé et astiqué, sans une miette qui traîne, sans l'ombre d'une tache de gras, squelette après le passage des insectes. Un lieu qu'on pouvait imaginer grouillant à certaines heures mais qui là était absolument désert. Leurs semelles crissaient sur le sol.

Ils sortirent par une porte étroite et voûtée et Roman dut courber l'échine pour passer. Il n'y avait toujours personne pour les accueillir. Zodiak se laissait guider par la musique. Ils se retrouvèrent bientôt sous les marches d'un escalier, au fond d'un vaste hall. Un second escalier s'élevait en parallèle le long de l'autre cloison. Zodiak s'arrêta sous cet abri. Avant de s'engager il allongea le cou et jeta un regard. Il vit un oiseau noir et blanc et bleu qui le fixait. Un ara dans la jungle.

Râââââ, fit l'oiseau.

Un cri agressif et rugueux comme la corne de ses serres. Il avait l'air de défier l'homme ou de l'insulter.

— Putain, c'est quoi ça ? chuchota le polac.

Zodiak ne répondit pas et Roman passa la tête à son tour pour voir. À l'autre extrémité du hall, entre le départ des deux escaliers, il y avait cette portion de forêt tropicale qui occupait toute la largeur du pan de mur. Sous une immense cloche de verre oblongue. Des faisceaux de lumière éclairant par en dessous des plantes démesurées et d'une verdeur spectrale. Et il y avait l'oiseau au plumage noir et blanc et bleu qui dardait sur eux son œil noir cerné de traits noirs en pointillé. Et un autre oiseau sur le côté pourvu des mêmes coloris mais d'une taille inférieure et qui laissait pendre sa tête, le bec sur son poitrail, le regard morne. Compagnon ou compagne, peut-être blessé, peut-être simplement résigné.

Râââ crââo, fit l'oiseau.

C'était à chaque fois un coup de griffe, ce cri, une déchirure, un arrachement.

— Qu'est-ce qu'y dit, Zod ? souffla le polac.

Zodiak regarda son beau-frère et tenta de déceler sur son visage une quelconque trace d'humour ou d'ironie, mais il n'y en avait pas.

— Je ne sais pas, Roman, dit-il.

Le polac hocha la tête. Puis il pointa le menton vers l'escalier.

— Qu'est-ce qu'on fait ? On monte ?

Zodiak acquiesça. L'ara ne les quittait pas des yeux et sa colère semblait enfler à mesure que les deux hommes approchaient de sa cage de verre. Piétinant sur place dans une sorte de frugale danse de combat. Il bégayait des petits bruits secs comme des coques de noix avec sa langue. On croyait l'affaire terminée pour le polac mais au pied de l'escalier il fit brusquement volte-face et fonça sur l'oiseau avec un feulement de félin et il s'arrêta à deux doigts de la paroi transparente. La face figée dans un rictus guerrier, nez et lèvres retroussés et montrant ses crocs jaunes tels certains masques des tribus primitives destinés à impressionner l'ennemi. L'oiseau eut un soubresaut. Il frissonna. Ses ailes s'ébrouèrent.

Zodiak attendait sur la première marche de l'escalier. Le polac se retourna avec lenteur et le rejoignit et ils gravirent côte à côte les degrés de marbre blanc veiné de gris. L'oiseau lança un dernier cri dans leur dos mais plus personne n'y croyait.

Ils montaient et la musique montait aussi et Roman ne pouvait s'empêcher d'écouter la petite voix nichée dans un recoin de son cerveau qui lui disait que cette baraque avait été désertée par les êtres de chair et livrée aux seuls esprits. Il ne les connaissait pas. On ne les voyait pas avec les yeux. C'étaient eux qui jouaient la musique et c'étaient eux qui probablement dansaient. C'étaient eux qui nourrissaient les oiseaux et les chiens. Il se souvenait des paroles de la vieille Louisa dans cette contrée de lumière et de ce qu'il était advenu d'elle. Il n'avait pas été le seul à l'époque à y croire mais chacun avait gardé pour soi ses pensées. Avec Zodiak il ne craignait rien. Zodiak parlait le langage des tiers. Roman portait sur lui trois tricots et un pull-over et un blouson de cuir. Il avait chaud.

Les deux escaliers se rejoignaient sur un vaste palier. Au centre, un petit tapis de sol rouge, usé. Ils évitèrent tous deux de poser les pieds dessus. Ils s'arrêtèrent devant une large porte à deux panneaux et Zodiak instantanément revit l'image d'un homme au visage grimé qui frétillait de la langue et qui ouvrait cette même porte et s'effaçait dans une pirouette.

Le clown, pensa-t-il.

La salle de bal.

Le sable et la sciure.

Le lustre de cristal.

L'Étoile du matin et du soir.

Mon amour, pensa-t-il.

La musique provenait de là-derrière. Le polac imaginait les archets flottant tout seuls dans l'air, les flûtes, les clarinettes, les cymbales. Comme en apesanteur. Zodiak lui avait dit un jour que cela était possible. Pas ici, ailleurs. On peut s'arracher à la terre et se retourner et contempler l'ombre qui reste sur la croûte sèche, contempler sans regret ce que l'on a laissé. Il n'y a pas que les libellules et les morts, avait dit Zodiak. Certains êtres peuvent accomplir cela.

La mélodie cessa et ses derniers harmoniques n'étaient pas encore retombés qu'une autre lui succédait, dans la même veine, parodie d'Orient dénaturée farcie des mêmes mielleuses arabesques jusqu'à l'écœurement.

Les deux hommes se tenaient sur le seuil devant la porte close. Deux visiteurs de moindre marque dans une antichambre. Deux personnages secondaires dans les coulisses d'un théâtre. Roman interrogeait Zodiak du regard. Qu'est-ce qu'on fait, Zod ? Qu'est-ce qu'on f…

La porte s'entrouvrit. Une jeune femme apparut qui tenait sous son nez un mouchoir en papier imbibé de sang. Elle portait une sorte de tunique blanche et courte serrée à la taille par une ceinture en corde. Ses bras étaient nus. Ses genoux, ses mollets, ses pieds étaient nus. Sa peau très pâle. Le sang avait imprimé sur l'étoffe entre ses seins une ancre rouge presque parfaite. Elle s'avança, la tête à demi relevée pour empêcher l'épanchement. Les deux hommes ne bougèrent pas. Elle passa entre eux sans leur prêter le moindre regard. Puis un bras surgit derrière elle et la saisit au-dessus du coude. La fille s'arrêta, docile. Un type s'avança à son tour sur le palier. Il était vêtu d'une robe plus longue que celle de la fille et chaussé de sandales en cuir. Il vit Zodiak et marqua un temps d'arrêt. Puis il tourna la tête vers le polac. L'orchestre continuait de jouer quelque part derrière lui et la fille continuait de saigner. Le type la tenait toujours par le bras. Il avait l'âge d'être son père. Il regardait Zodiak et Roman et les deux hommes le regardaient. Ses sourcils se froncèrent peu à peu et soudain ses lèvres se décollèrent.

— Hé ! fit-il simplement.

Zodiak put voir le geste du polac avant qu'il fût exécuté mais cela ne servit à rien. Un geste de faucheur. La bouteille de vin traça une courbe dans l'air et frappa le type en pleine tempe. Sans bruit. Le verre ne se brisa pas. La tête de l'homme partit sur le côté puis se repositionna. Ses paupières tombèrent sur ses yeux révulsés. Durant un laps de temps infime il demeura immobile, puis son corps commença à flancher, ses doigts glissèrent sur le bras de la fille, se détachèrent en laissant des traînées roses sur la peau. Il bascula en heurtant au passage le battant de la porte qui s'ouvrit en grand. L'arrière de son crâne s'écrasa au sol. La corolle de sa robe se gonfla un bref instant puis se referma doucement sur ses cuisses. La fille n'avait pas bronché.

Le polac regardait Zodiak avec une expression de grand étonnement. La bouteille de nouveau ballant au bout de son bras. Le liquide presque noir avec une très légère écume mauve qui déjà s'évanouissait. Zodiak ne fit pas un geste. Par la porte ouverte il eut le temps d'apercevoir l'immense lustre suspendu au plafond et dessous une foule de gens, certains parmi eux portant ces mêmes tuniques blanches et certains affublés de curieuses coiffes en tissu bigarré. Ils lui tournaient le dos. Ils regardaient vers le fond de la salle. Par-dessus leurs têtes Zodiak vit six hautes colonnes dressées et une toile peinte tendue sur le mur qui représentait un paysage aride éclaboussé d'une lumière ocre avec au centre une pyramide.

Quatre gardes formaient un rang près de l'entrée. Ils avaient tous des lances à la main. L'un d'entre eux s'était retourné. Il avait vu l'homme gisant par terre à ses pieds. Il avait levé les yeux vers Zodiak. Il n'avait pas utilisé sa lance. Sa main libre avait disparu prestement entre les plis de sa tunique et elle était réapparue alourdie par le poids d'un revolver Smith & Wesson de calibre 45. Un engin à creuser des tunnels. Disproportionné. Il tenait les deux intrus en joue. D'un sifflement discret il appela ses compagnons d'armes. Les autres se retournèrent. Ils virent la même chose que lui et ils firent la même chose que lui. Zodiak et Roman eurent une batterie de quatre canons pointée sur eux. Un peloton d'exécution. Les types ne parlaient pas. L'orchestre continuait à jouer. Les convives dans la salle ne s'étaient aperçus de rien.

Alors, très lentement, la fille se retourna. On ignore si elle prit conscience de la situation car son expression demeura absolument la même. Son regard était voilé. Son regard était celui d'une bête qui sait la mort qui vient et qui l'accepte. La boule de papier chiffonnée sous son nez comme une fleur qu'elle hume, flétrie et d'un rouge passé. Au parfum délétère. Une larme brune s'en échappa et traça une ligne délicate en travers de ses lèvres et sur son menton, puis tomba et explosa mollement sur l'ongle de son orteil. Le polac baissa la tête et fixa les minuscules éclats sombres sur le marbre à côté du tapis. La fille posa la main sur le haut de son propre front et dans un geste empreint d'une extrême lassitude elle s'arracha les cheveux. Puis elle laissa retomber son bras avec au bout la perruque noire comme le pelage de cette petite bête inconnue et enfin morte.

Raconte-moi encore, disait-elle en lui présentant sa main. Comme si les lignes tracées de son propre destin étaient une de ces histoires qu'on dit le soir au coucher. Un conte. Et c'était exactement cela. Les récits, les fameux poèmes qu'il allait puiser pour elle à la source de la Terre et du Ciel. Des myriades de vocables interstellaires tressés entre eux comme des fils de lin ou de pure soie. Embrasser l'univers. Souffler dessus. Essaimer les vieilles poussières, les cendres froides de plusieurs milliers de millénaires ou les braises ardentes de l'archée. Tout recommencer. Défaire, faire, refaire un monde qui ne porterait que ton nom, mon amour, qui serait le seul reflet de ton visage.

Il n'avait pas besoin de regarder sa main. Oiseau-lyre à cinq branches. Il ne lui avait jamais dit la vérité pour la bonne raison qu'il n'avait jamais voulu la connaître. Pas pour elle. Son amour n'aurait ni temps ni fin. Elle le savait. Elle n'y avait jamais cru. Elle aimait entendre sa voix, le son de sa voix, elle aimait les mensonges qu'il tissait, elle aimait les motifs qui les lui inspiraient.

Elle avait refermé sa main et emporté tout cela comme le reste. Il était resté muet.

Il y avait un type gras et brun à la face ronde et à l'oreille décollée. Peut-être à cause de cette oreille Zodiak le nomma Taureau. Peut-être pas. Le type était avachi sur une chaise, le coude posé sur une petite table à côté de son flingue et de la bouteille de vin. Il avait les jambes allongées. Des poils noirs et frisés à l'intérieur des cuisses. Il fumait et secouait la cendre par terre. Il observait l'autre. Quelque chose l'amusait.

L'autre était totalement chauve. Son crâne poli avait la teinte du bois de sycomore et se dressait à plus de deux mètres de hauteur. Saturne, pensa Zodiak. La Grande Infortune. Il remuait sa longue carcasse, il la faisait aller et venir sous le nez du polac, il n'avait d'yeux que pour lui. Pour Roman. De temps en temps il s'arrêtait juste en face et penchait la tête et le pénétrait d'un regard intense et exaspéré et pour tout dire un peu dément. Mais il se pouvait que ce fût sa façon d'exprimer autre chose. Un attachement précoce. Un désir. Après quoi il se redressait et recommençait son manège.

Saturne était le seul en mouvement dans la

pièce. Il portait la même robe que le gros, retenue par une simple bretelle passée sur l'épaule gauche. La partie droite de son torse était à moitié découverte et laissait voir le renflement de son sein, l'aréole violacée, plissée, comme un œil unique aux paupières cousues. Le vêtement lui tombait au ras des fesses, ses jambes étaient aussi glabres que son crâne.

Taureau accentua son sourire.

— Eh, Alex, fit-il. Y t'inspire ?

Il gloussa. Un peu de cendre dégringola de sa cigarette et un flocon grisâtre se prit dans la broussaille de son mollet. Le chauve ne desserra pas les lèvres.

— Tu sais que t'es mignon comme tout avec ta p'tite jupette, fit encore le gros. Continue à l'agiter comme ça sous son nez, j'suis sûr que ça va l'exciter à force.

Zodiak et Roman étaient acculés contre le mur du fond, à trois mètres de distance l'un de l'autre. Les types jusqu'à présent ne leur avaient rien demandé. Ils ne leur avaient pas adressé la parole. Ils les avaient fouillés, délestés du couteau de plongée et de la bouteille, les grandes mains du chauve palpant avec insistance pour ne rien laisser passer, puis ils les avaient ramenés en bas dans cette pièce. Ils leur avaient entravé les poignets et les chevilles avec des menottes de flics. Ils étaient quatre au départ. Deux d'entre eux étaient repartis. Les deux autres étaient là et ils attendaient. Leurs lances étaient alignées contre le mur près de la porte.

— Tu le veux ? recommença le gros. Hein,

Alex ?... Ben t'as qu'à demander au boss. Peut-être qu'y te le laisserait. Un p'tit quart d'heure. Ça te suffirait, un petit quart d'heure, Alex ?

Il souffla un jet dru de fumée puis lâcha son mégot et l'écrasa sous sa sandale. Face hilare. Quand il se taisait, seul le bruit des pas du chauve subsistait. Les volutes sonores de l'orchestre n'arrivaient pas jusqu'ici. Ni les prémices de la tempête. C'est dans un de ces moments creux que s'éleva la voix de Zodiak. Il fixait le gros vautré sur sa chaise. Il dit :

— Tu veux connaître l'avenir ?

Saturne s'immobilisa. Taureau détourna à peine les yeux.

— Toi, ta gueule, dit-il.

— Le tien, précisa Zodiak. Je peux t'éclairer si tu le souhaites.

Le gros ramena ses jambes vers l'arrière, pencha le buste et prit appui des coudes sur ses cuisses. Sa figure s'assombrit et soudain il ressembla effectivement à un taureau d'une race ancienne aujourd'hui éteinte.

— Je te l'ai dit, ce que j'souhaite : que tu fermes ta gueule.

— Lui parle pas comme ça, fit le polac.

D'un mouvement synchrone les têtes des deux gardes pivotèrent dans sa direction. Il y eut un bref instant de silence, puis le gros se leva. Il fit un pas vers le polac mais s'arrêta aussitôt et se retourna car la porte venait de s'ouvrir dans son dos.

Un homme entra dans la pièce. Seul. Zodiak savait le nom qu'il portait et ne lui en donna pas d'autre. Le gros lâcha un son étouffé comme s'il venait d'encaisser un coup à l'estomac. Il fit deux pas en arrière pour s'effacer.

Monsieur Victor était un homme petit et maigre. Il pouvait avoir soixante-dix ans ou plus mais son pas était alerte. Il ne portait pas de tunique blanche. Il était vêtu d'un pantalon et d'une veste de costume de couleur sombre, sans cravate, la chemise boutonnée jusqu'en haut du col. L'ensemble lui conférait un air assez crédible de serviteur de l'Église. Il s'avança jusqu'à la table et dévisagea Zodiak, puis Roman, puis il dit :

— Qui sont-ils ?

— On sait pas, répondit Taureau. Inconnus au bataillon.

— Pas de papiers ?

— Non. Rien.

— Vous les avez interrogés ?

— Pas encore. On s'est dit que c'était mieux que vous les voyiez avant. On a pensé que peut-être vous les connaissiez, vous.

Monsieur Victor se tenait immobile, ses yeux seuls bougeaient dans leurs orbites, passant tour à tour de Roman à Zodiak. Au bout d'un moment, il dit :

— Non, je ne les connais pas.

Taureau remua sur place.

— Ils sont passés par la cave. Ils ont pris ça au passage.

Il désignait la bouteille sur la table mais monsieur Victor ne fit pas l'ombre d'un geste pour regarder.

— Des voleurs ? fit-il.

— Ils avaient juste un couteau sur eux, dit le gros. Un pour deux. Rien d'autre. C'est Alex qui les a fouillés.

En disant cela il jeta un regard au chauve pardessus le crâne du vieil homme et sa bouille s'enlumina.

— Et les chiens ? fit soudain monsieur Victor.

— Les chiens ?

— Ces foutus clébards me coûtent une fortune. Vous pouvez me dire à quoi ils servent ? Ils sont censés garder cette maison. Ils sont censés bouffer la couenne à tout inconnu qui en franchit la grille. Alors ?

Le gros fixa ses orteils.

— Je sais pas, m'sieur. C'est pas moi qui m'en occupe, des chiens.

— Bien sûr, siffla monsieur Victor.

Il fit le tour de la table et s'approcha du polac. Il se planta devant lui et l'examina de plus près, à la façon d'un expert jaugeant une sculpture ou un tableau. Un faux. Ensuite il se dirigea vers Zodiak.

— Çui-là, y voulait nous dire l'avenir ! ricana le gros.

Monsieur Victor hocha la tête.

— C'est peut-être un genre de Manouche ou un truc comme, ça, fit le gros. Ça m'étonnerait pas.

Le vieil homme s'arrêta devant Zodiak. Les coins de ses lèvres s'affaissèrent et il dit :

— J'aimerais pas avoir le tien, d'avenir.

Puis il recula un peu et se plaça à égale distance des deux hommes.

— Avez-vous conscience de ce que vous avez fait ? dit-il.

Il les regardait l'un et l'autre et aucun ne répondit.

— Vous êtes entrés par effraction dans une propriété privée. Vous avez frappé un de mes invités. Un ami. Vous l'avez blessé. C'est grave. C'est très grave. On ne peut pas laisser passer ça.

— Ce n'est pas un ami, dit Zodiak.

Monsieur Victor se tourna vers lui. Deux sillons profonds marquaient son front.

— Vous n'avez pas d'amis, dit Zodiak. Seuls les chiens auraient pu l'être.

Sa voix n'était ni forte ni agressive. Elle était presque triste. Elle flotta un instant dans le silence de la pièce puis lentement se dissipa. Taureau secoua sa graisse. Il s'avança vers Zodiak, mâchoires en avant.

— Toi, j't'avais bien dit de fermer ta grande gueule, dit-il.

Au moment où il leva la main pour frapper, Zodiak plongea les yeux dans les siens et le gros eut une seconde d'hésitation et monsieur Victor dit :

— Laisse. Attends.

L'autre se figea. Le bras en suspens dans une position qui pouvait être celle d'un escrimeur. La Grande Infortune insensiblement s'était reculée dans un coin de la pièce et elle avait l'air de surveiller les débats de ses yeux caves et de toute sa hauteur. Zodiak porta de nouveau son regard sur le vieil homme.

— Il manque encore quelqu'un, dit-il.

Monsieur Victor se tourna vers le gros. Il se racla la gorge et dit :

— Où est Serguei ? Est-ce qu'il est prévenu ?

— Oui, m'sieur. On est allé le chercher.

Monsieur Victor avait des lèvres très minces et lorsqu'il les pinçait il semblait ne plus en avoir du tout.

— Je perds mon temps, lâcha-t-il.

Il soupira, puis il mit les mains dans son dos et fit quelques pas.

— On ne peut pas tout saisir, dit Zodiak. C'est la première loi. Celle qui engendre toutes les autres.

Monsieur Victor lui lança un regard noir et il revint vers lui et dit :

— Les lois, ici, c'est moi qui les fais. C'est ça la première loi.

— Mais parmi tous ces éléments qui fatalement nous échappent, poursuivit Zodiak, il faut savoir reconnaître l'essentiel. Appelle-le comme bon te semble : c'est la lumière pour l'ombre, c'est l'air pour le feu. C'est la partie manquante. C'est celle qui reconstitue le tout. Celle-là il faut la prendre pour ce qu'elle est et la préserver. Trouve-la et garde-la… Et ceci n'est pas une loi, ajouta Zodiak. Ceci peut être l'unique justification d'une existence.

Il se tut. Monsieur Victor avait eu un léger mouvement de recul comme pour se mettre hors de portée de son haleine ou de ses paroles. Le polac remua à son tour et on entendit le bref cliquetis de ses menottes telle une souris mécanique lâchée et tout de suite rattrapée.

— Très bien, fit monsieur Victor. Qu'est-ce que tu cherches ? Qu'est-ce ce que vous êtes venus chercher ici, tous les deux ?

— Ma femme, dit Zodiak.

Le polac baissa la tête.

— Ta femme..., répéta monsieur Victor.

Ils disent tous ça. Ils font tous ça. Ils répètent.

(Et alors le noyau se reforme en lui, au creux de son ventre, au centre de son univers, le noyau enfle et se durcit, comment pourrait-il en être autrement ?)

Troublant le silence il y eut un bruit semblable à celui d'un moteur noyé et quelques secondes après le rire de Taureau. Il se tourna vers le chauve et le prit à témoin et à son tour répéta « Sa femme » et il rit encore. L'ombre d'un sourire passa sur la face anguleuse de Saturne.

— Ce type est carrément dingue, dit le gros. Vous fatiguez pas, m'sieur. Laissez-nous-le, on va s'occuper de lui.

Monsieur Victor l'ignora. Il ne quittait pas Zodiak des yeux.

— Et qu'est-ce que ta femme serait venue faire dans cette maison ? dit-il.

— Elle s'est perdue, dit Zodiak. Elle se cherche et elle s'est perdue.

— La pauvre, lâcha Taureau.

Le polac gardait la tête et les yeux baissés à la façon d'un homme en croix.

— Il y a quatre positions possibles, dit Zodiak.

(Sa voix ne présentait aucune altération.) Il y a le domicilc ou l'exil. Il y a l'exaltation ou la chute.

— Moi j'en connais d'autres, des positions, fit le gros.

— Mais ce qui est le plus terrible, dit Zodiak, c'est de ne plus se trouver dans aucune des quatre. Créature pérégrine. Sur la route. Nous ne sommes pas aptes à supporter cela.

Monsieur Victor secoua la tête comme pour dire non et il recommença à marcher dans la pièce.

— Il a raison, dit-il. Tu es fou. Seulement tu t'es trompé d'adresse. Ici, ce n'est pas un asile. Ici, c'est chez moi. Vous ne savez pas qui je suis. Vous êtes des étrangers dans cette ville.

— Comme ailleurs, dit Zodiak.

— Ça, c'est pas mon problème ! dit monsieur Victor. À l'heure qu'il est, je devrais être auprès de mes invités. Par votre faute je les délaisse. Je perds mon temps à écouter tes… tes…

— Il arrive, dit Zodiak.

Monsieur Victor demeura la mâchoire à demi béante et flottante et il parut réellement vieux à cet instant. Dans les secondes qui suivirent la porte s'ouvrit et deux hommes firent leur entrée. Le premier était un autre garde, l'air d'une nouvelle recrue, un bleu, tout juste sorti de sa misère adolescente et pas bien sûr encore de ce qu'on attendait de lui. Il s'écarta pour laisser passer un type sans âge dont le regard immédiatement trouva celui de Zodiak et s'y attacha. L'homme était fin et son visage présentait un harmonieux métissage de traits asiatiques et européens. Ses yeux étaient noirs. La coupe de son costume était parfaite.

— Serguei, fit monsieur Victor.

— Je suis là, monsieur, dit l'homme.

— Je suppose que tu es au courant.

— Oui, monsieur.

— Quelqu'un d'autre, parmi les invités ?

— Non. Personne. Le docteur a donné les premiers soins à la victime, mais nous lui avons dit qu'il s'agissait d'un accident. Une chute malencontreuse.

— Bien. Et comment va-t-il, au fait, notre ami ?

— Il s'en sortira. Il a le crâne solide. C'est une tête de liste, ne l'oublions pas.

L'homme eut un sourire de chat, bref et effilé, et monsieur Victor laissa échapper un petit rire sec. Le gros était placé entre eux et suivait leur échange d'un air incrédule.

— Et la fille ? reprit monsieur Victor. On m'a dit qu'il y avait aussi une fille au moment où ça s'est passé.

— En effet, monsieur. Cette jeune femme était présente, mais son « esprit » ne l'était pas. Son esprit était ailleurs. Je doute qu'elle ait conservé le moindre souvenir de ce qu'elle aurait pu voir. À cette heure, elle se repose.

— Bien, répéta monsieur Victor.

Il se retourna et fit de nouveau quelques pas dans la pièce, puis il dit :

— Alors, Serguei, que proposes-tu pour ces deux-là ?

L'homme regarda Zodiak. Il prit le temps de

réfléchir ou de faire semblant. Zodiak ne dit rien. Il leur avait dit tout ce qu'il y avait à dire. Il leur avait dit la vérité mais il semblait que ce fût un territoire inabordable pour eux. Il n'avait rien à ajouter. Il ne ressentait ni pitié ni crainte. Il soutenait le regard de cet homme dénommé Serguei et il entra un court instant dans son monde et il put voir un enfant solitaire dans une belle et vaste demeure. La maison du silence. Un enfant propre sur lui oublié parmi les meubles, invisible, oublié parmi les plantes rares d'un vaste et beau jardin. Parfaitement soigné. Il écoute aux portes. Il apprend à ne pas rire. Il garde pour lui. Il sectionne avec un sécateur la patte antérieure d'un petit lapin blanc qu'il aime profondément. Il sectionne les trois autres pattes. Il sectionne les oreilles et la queue. Il l'aime de tout son cœur. Il dépose le petit lapin rouge et blanc à l'entrée de l'enclos des chiens du jardinier. Les larmes coulent lorsqu'ils le déchirent entre leurs dents comme un chiffon. Ses joues sont humides. Il sait maintenant qu'il peut pleurer et que ce n'est pas désagréable. Que c'est mieux que rien du tout.

— Puisqu'ils semblaient tenir absolument à se joindre à nous, dit l'homme, pourquoi ne pas leur laisser ce plaisir ?

Monsieur Victor fronça les sourcils.

— Comment ça ?

— Invitez-les, monsieur. Officiellement. Qu'ils prennent part à votre réception. Je pense qu'elle n'en sera que plus réussie.

Monsieur Victor garda les sourcils froncés et resta un moment silencieux, puis il dit :

— Explique-toi, Serguei, s'il te plaît.

— Nous disions que nos dieux allaient manquer cruellement de sacrifices..., dit l'homme.

Il eut de nouveau sur le fil des lèvres ce sourire fugitif et glacial. Et peu à peu les traits de monsieur Victor se détendirent et pour finir il secoua la tête et soupira :

— Ah, Serguei... Serguei...

Mon fils, mon fils, pensa Zodiak. La chair de sa chair, le sang de son sang.

Serguei eut un geste vague en direction des gardes.

— Mais avant cela, dit-il, je crois qu'il serait juste de récompenser ces messieurs, pour leur efficacité et leur discrétion.

Monsieur Victor considéra les trois hommes, le gros et le jeune et Saturne à la gueule en saillies et en creux.

— Ils sont payés pour ça, dit-il.

Serguei inclina la tête de côté et souffla :

— Monsieur...

— Très bien, dit monsieur Victor. Règle ça comme tu l'entends. Mais faites vite. J'y retourne.

Il traversa la pièce de son pas vif et franchit la porte et disparut sans jeter un dernier regard à quiconque. Le jeune garde avait ouvert de grands yeux et les reporta sur Serguei. Il ouvrit la bouche mais c'était sans doute simplement pour respirer car il ne dit rien.

De nouveau Serguei observa Zodiak. Hors la présence de monsieur Victor il apparaissait tel le chef d'une vulgaire petite bande de quartier. Il aimait sentir son emprise sur sa meute. Il se pensait cruel et raffiné dans sa cruauté. Ses lèvres produisirent un imperceptible bruit de clapotis en se décollant.

— Alex, dit-il. Tu n'as droit qu'à l'un des deux. Choisis.

La longue carcasse du chauve s'ébranla. Il marcha comme s'il avait une incommensurable distance à parcourir. Il se planta face au polac.

— Tu vois, j't'avais dit, fit le gros.

C'était un constat. Il ne plaisantait plus. Il était peut-être jaloux.

Zodiak vit un lapin nain sanguinolent et il accepta cette vision. Ce n'est qu'à ce moment-là que le polac releva la tête. Devant lui se tenait la Grande Infortune. La poitrine à demi dénudée. Le poids du désir sur les bronches.

Roman se tourna vers Zodiak.

— Zod ? fit-il.

Sa voix ne trahissait pas la peur. Il voulait juste savoir ce qu'il devait faire.

Zodiak ne répondit pas.

Dehors l'orage éclate enfin. Le grand orage. Deux éclairs se déploient semblables à d'incandescentes et démesurées serres de rapaces griffant la surface de la Terre et ils sont aussitôt suivis de deux détonations qui portent jusque dans la poitrine des hommes. Qu'importe à présent ceux qui l'ont souhaité et ceux qui l'ont redouté. Les nuages crèvent, les cieux se déchirent et il pleut. Une pluie violente et furieuse qui nous fait dire que l'heure des comptes a sonné et qu'il n'y a rien que nous puissions invoquer pour notre défense. De toutes les mémoires resurgissent les antiques croyances, l'ire des dieux, les châtiments annoncés — Qu'avons-nous fait ? Qu'avons-nous fait ?…

Aucune réponse.

Dehors les chiens hument la poudre dans l'air et une plainte tragique sourd de leur poitrail. Ils reculent à tâtons. Ils cherchent désespérément un abri. Ils ne le trouveront pas.

— Déshabille-toi, fit le gros. À poil.

Il était à nouveau vautré sur la chaise. D'une main il jouait avec les menottes, il les faisait tourner au bout de son index, de l'autre il tenait le revolver pointé sur Zodiak. Ils étaient seuls dans la pièce à cet instant. Il y avait près de trois quarts d'heure qu'ils avaient embarqué le polac. Ailleurs.

Zodiak ôta sa veste et son pull et les laissa choir à ses pieds. Il ôta ses baskets et ses chaussettes et son pantalon. Il s'arrêta.

— À poil, j'ai dit, fit le gros.

Zodiak fit glisser son slip. Puis il découvrit son torse et à ce moment-là l'index du gros cessa de remuer, les menottes lui échappèrent et tournoyèrent une dernière fois dans le vide et s'écrasèrent au sol. Le gros n'eut pas l'air de s'en rendre compte.

— Putain, c'est quoi ce truc ? dit-il.

Zodiak ne répondit pas. Il tenait la pierre du maître dans le creux de sa main. Le fragment de rocher de Los. Il le posa sur sa langue et l'avala.

La porte s'ouvrit et le jeune garde entra en tendant un morceau d'étoffe blanche devant lui.

— C'est tout ce que j'ai pu trou…

Il n'acheva pas sa phrase. Ses yeux s'étaient posés sur la poitrine de Zodiak. Il referma la bouche et jeta un regard affolé à Taureau.

— Pas mal, hein ? souffla le gros.

Il se leva et s'approcha sans hâte de Zodiak. Il plissa les yeux et l'examina en silence et au bout d'un moment la voix du jeune dans son dos fit :

— C'est… C'est…

Taureau hocha la tête.

— Ouais, dit-il.

Il allongea le bras avec l'arme au bout et en

pointa doucement le canon vers la nuit étalée devant lui comme s'il visait le centre de l'univers, comme s'il s'apprêtait à le trouer d'une balle de 11,43.

— Ne touche pas, dit Zodiak.

Le gros s'immobilisa et le regarda par en dessous. La gueule de son flingue à deux doigts d'une constellation. Sa main fut prise alors d'un infime tremblement. Le gros resta un court instant ainsi puis il recula pas à pas. Son talon heurta les menottes qui glissèrent sur le carrelage. Il ne se baissa pas pour les ramasser.

— Ça, je sens que ça va leur plaire, dit-il.

Il s'adressait peut-être au gars derrière ou à Zodiak ou à lui-même. Il se rassit. Il prit une cigarette et l'alluma, souffla la fumée au plafond.

— C'est tout ce que j'ai trouvé, reprit le jeune.

La pièce de tissu blanc tenue entre deux doigts comme l'aile d'un oiseau mort. Le gros lui jeta un bref coup d'œil.

— O.K., dit-il. (Puis son regard revint sur Zodiak et avec beaucoup de sérieux il ajouta :) Ça ira ?

Ils repassèrent devant la cage de verre et l'oiseau lança son cri de guerre. Ses petits yeux noirs trahissant la peur et la haine qui l'habitaient. Tout est ennemi. L'oiseau ne reconnaît pas les siens. Ta gueule, cracha le gros en retour.

Ils grimpèrent les marches de l'escalier, le jeune garde et Taureau et Zodiak. Taureau tenait sa lance qui était de la même taille que lui. Il tenait également l'extrémité d'une corde qui était passée autour du cou de Zodiak et autour de ses poignets. Le flingue du gros faisait une bosse à peine visible sur le haut de sa cuisse, sous les plis de sa robe. Il avait dit à Zodiak de se souvenir qu'il était là. N'oublie pas, il avait dit.

Ils attendaient à présent tous les trois sur le palier. L'orchestre jouait dans le salon derrière la porte close. Zodiak ne portait rien sur lui hormis l'espèce de cache-sexe que le jeunot avait rapporté. Il sentait les regards du gars sur son corps, furtifs, craintifs, il ne s'en souciait pas. Il sentait la fraîcheur du marbre sous la plante de ses pieds. Ici, un peu de sang avait coulé il n'y avait pas si longtemps de ça. Mais il n'y a guère d'endroits où le sang n'a pas coulé.

Le gros se pencha par-dessus la rampe.

— Qu'est-ce qu'y foutent, bordel ? lâcha-t-il entre ses dents.

Ils arrivèrent quelques instants plus tard. Le polac et son escorte, maigre convoi sans grâce. Comment ne pas songer en les voyant aux ultimes survivants d'une bataille d'un autre âge ? Les voilà qui se relèvent au milieu du champ boueux gorgé de charognes et de charognards et qui le traversent en silence, d'un pas lourd, dans les franges de la lumière grise de l'aube. Ils marchent. Ils savent qu'il n'y a pas de vainqueurs parmi eux.

Le polac avait la lèvre inférieure éclatée. Il avait une joue et une tempe tuméfiées et son œil gauche disparaissait sous une boursouflure de chair aussi grosse qu'un œuf. Les traces de sang avaient disparu. On lui avait lavé le visage. Ses cheveux étaient encore mouillés. Il portait la même tenue que Zodiak, la même corde serrée autour du cou et des poignets. Il monta les marches sans relever la tête. Pas une seule fois il ne jeta un regard à Zodiak. Celui qui tirait la corde était le quatrième garde, un type court sur pattes aux épaules larges et carrées. Saturne fermait la marche. Il n'avait pas l'air d'avoir transpiré. Ils rejoignirent l'autre groupe sur le palier et se tinrent debout à côté d'eux et nul ne dit mot.

Lorsque la musique cessa, le gros se tourna et jeta un coup d'œil à ses troupes. Il prit une brève inspiration.

— Fais chier, souffla-t-il.

C'était sans doute la formule adéquate car les deux lourds battants de la porte s'écartèrent à ce moment-là dans son dos.

Traverser, pensa Zodiak. Seulement ça. Passer à travers.

Le grand salon. Le temple. Les colonnes. Les torchères. Le désert en perspective. La vallée des rois… Un décor fait de carton et de contreplaqué et de draps et de voiles déployées et de toiles peintes. Rien n'est vrai. Ils ont pillé les images. Ils ne se sont pas donné la peine de fouiller. Ils n'ont jamais cherché à comprendre. Ils consomment. Ils ont tout mélangé : l'ancienne Égypte, la Grèce antique, Rome. Hollywood et Cinecittà. Un péplum. Ce qui les a frappés c'est les cils et les seins de Liz Taylor. Ce qu'ils ont retenu. Ce qu'il en reste. Le glaive de Charlton Heston. Le goût de la fête et du déguisement. Ces gens-là s'amusent, pensa Zodiak.

Il voyait leurs figures et leurs costumes, tous ces hommes et toutes ces femmes, les jeunes, les vieux, les vieilles, les putes réquisitionnées muées en petites reines, panoplie de Cléopâtre, perruque noire et raide et brillante posée sur le crâne, toutes à l'identique, multipliées comme des reflets en abîme, des souris, des abeilles, des danseuses de revue demi-nues qui vont et qui viennent, qui étalent, qui gagnent leur croûte. Il voyait des mains puiser dans des corbeilles de fruits aussi vastes que des barques. Il voyait des esclaves sillonner les rangs en portant des jarres remplies de vin et de bière. Il voyait sur les pans de murs et sur les piliers ces dessins stylisés obscènes, substituts de hiéroglyphes, sacrilèges. Il voyait tout cela. Il ne leur pardonnait pas. L'histoire, des millénaires d'histoire, les fondements d'une immense civilisation et ses croyances et son savoir, tout cela ignoré et bafoué, tout cela réduit ce soir à un misérable bal de province.

Il y avait là-haut, perchés au balcon, monsieur Victor et Serguei et un autre couple dont la femme serrait entre ses doigts un fume-cigarette d'où montait un fil de fumée incolore. Ces gens-là s'amusent. Ces gens-là existent. Bien sûr que l'orage éclate.

Mais quelque part sous le vacarme du tonnerre, au milieu des traînées de foudre apparaîtra son éblouissant amour et lui seul le reconnaîtra.

Ils avançaient sur deux files de front. Roman et Zodiak chacun entre deux gardes, un devant, un derrière. La foule s'ouvrait devant eux et ne se refermait pas après leur passage. L'orchestre jouait un air pompeux, sur un tempo lent auquel d'instinct ils accordèrent leur pas. Les gardes étaient mal à l'aise. Le gros tirait sur la corde comme s'il avait le cadavre d'un âne à traîner dans le sable. Zodiak gardait la tête droite malgré la chair de son cou cisaillée, malgré la douleur cuisante. Il affrontait les regards. Il absorbait tout ce qui s'y trouvait, la surprise et la curiosité, le mépris, une sourde terreur parfois. La concupiscence aussi. Il y eut cette femme-jument qui se détacha de la foule et s'avança vers lui avec des yeux luisants de convoitise, entre ses mâchoires une langue rouge et gonflée. Elle voulait le toucher. Toucher sa poitrine. Elle écarta les doigts. Zodiak accentua son regard et avant même de l'avoir effleuré la femelle retira vivement sa main. Elle poussa un petit cri et sa bouche se tordit. Elle bouscula des corps derrière elle. Elle le regarda s'éloigner avec des yeux maintenant remplis de stupeur et les battements précipités de son cœur Zodiak pouvait les entendre. Tous les battements de tous les cœurs ici présents. Et aussi les voix, les souffles, les soupirs, les chuchotements, il pouvait entendre le bruit des gouttes de pluie par delà les baies vitrées, le bruit distinct de chaque goutte s'écrasant sur les dalles de la terrasse. Il eut mal et il repoussa encore une fois la douleur. Il pensa qu'il ne les reverrait pas. Jamais. Aucun d'entre eux. Ni ce qu'ils étaient ni ce qu'ils seront. Les gargouillis de leurs panses il ne devait jamais les réentendre.

Viens. Viens, maintenant, pensa-t-il. Il appela de toute son âme.

À côté de lui marchait Roman et leurs épaules se frôlaient. Le polac se traînait en fixant ses pieds nus dont le squelette saillait à travers la peau. Son œil encore valide était sans éclat comme celui de l'animal capturé et à présent résigné, étranger à tout. Si quelque chose, pensée ou prière, se tramait à l'intérieur de son crâne, nul n'était en mesure de le percevoir. Pas même Zodiak.

Ils furent conduits à l'extrémité de la salle. Les gardes firent halte au pied d'une large estrade au fond de laquelle se dressait une pyramide. Vague et grotesque reconstitution dépouillée de toute noblesse et de toute signification. L'entrée du monument était obstruée par un simple rideau noir et trois colonnes alignées de chaque côté en délimitaient l'accès. C'était tout ce qu'il leur fallait. Zodiak eut mal jusqu'aux plus obscures abîmes de sa nuit et de ces profondeurs monta une plainte rauque qui brièvement lui échappa. Le gros l'entendit. Il se retourna et posa sur lui un regard inquiet. Il ne dit rien.

Viens, viens, viens, pensa Zodiak.

Insensiblement la foule se ramassait dans leur dos. Durant quelques instants il ne se passa rien, puis un homme apparut sur le côté de la scène. Un homme ou autre chose. Une créature hybride, un croisement. Il se tenait debout sur deux pattes mais il portait un masque d'hippopotame et son corps était celui de cet animal. Il se déplaça jusqu'au centre de l'estrade et les planches de bois ployaient sous son poids. Une manière de sabre était coincé dans sa ceinture entre les replis de ses hanches. Zodiak pensa que c'était là le bourreau qu'ils avaient choisi. Il pensa au nabot. Il pensa à la mère du nabot. Femme-éléphante qui avait mis son enfant au monde et qui l'avait repris à sa manière. Pourquoi les mères agissent-elles ainsi ? Viens, mon amour. Viens, pensa-t-il.

Deux garçons accompagnaient l'hippopotame.

Deux fluets esclaves porteurs de flambeaux. Ils n'avaient pas quinze ans et leur pâleur et leur maigreur avaient quelque chose de maladif. Ils tenaient les torches éloignées de leurs visages. Ils avaient peur. Du feu, des hommes, de tout. Les flammes jetaient des éclats roux sur le fourreau du sabre.

Le bourreau leva un bras et l'orchestre cessa de jouer. Il y eut un grand silence, puis la foule se transforma en une vague murmurante et chuintante, puis de nouveau il y eut le silence. Là-haut au balcon monsieur Victor et Serguei échangèrent un sourire en coin. La cigarette de la femme n'était plus qu'un mégot froid. Elle continuait de sucer le tube d'ambre et d'aspirer à vide et elle recracha une bouffée d'air vicié. Qu'est-ce que nous sommes ? pensa Zodiak. Il se tourna vers Roman et comme la première fois le polac ne lui donna pas de réponse.

L'hippopotame ne parlait pas. Il s'exprimait par gestes à la façon de certains illusionnistes de cabaret. Il fit un signe à l'intention des gardes et ces derniers grimpèrent sur l'estrade avec leurs prisonniers. Il fit un autre signe et les gardes tirèrent violemment les cordes vers le bas.

— À genoux, souffla le gros.

Zodiak croisa son regard. Il vit que lui aussi avait peur. Il s'agenouilla. Roman s'agenouilla. L'hippopotame les observa l'un après l'autre par-dessus la masse informe de son ventre. Puis d'un seul coup il écarta les bras comme s'il avait espoir de décoller du sol ou comme s'il prenait son élan pour leur sauter dessus. Après quoi il pivota sur le côté dans un très éphémère état de grâce et de légèreté. Derrière lui, au fond de la scène, le rideau s'ouvrit. Viens, viens, viens, pensa Zodiak. Il appelait. Il disait son nom. Il disait le nom de son amour.

Elles émergèrent de la bouche du monument. Elles étaient au nombre de six et toutes pareillement affublées d'une gueule postiche. Des masques faits de poils et de plumes de couleurs vives collés sur du carton. Il y avait le bélier, le chat, le crocodile, il y avait la grenouille et le singe et le lion. Puisés dans le bestiaire symbolique et sacré, mais leurs tenues étaient taillées dans une mousseline transparente qui ne laissait aucun doute quant à leur véritable nature. Femmes terrestres. Femmes de chair. L'honneur leur revenait de transporter la dépouille d'une reine ou d'un roi mort. Chacune d'entre elles supportant sur l'épaule un sixième du poids du sarcophage. Elles prenaient leur rôle à cœur. Elles marchaient d'un pas solennel.

Zodiak ferma les yeux. Il perçut le murmure croissant de la foule. Hyènes et vautours. Les affamés. Ce qui se libérait en eux comme un gaz. Il fit appel à de rares et lointaines ressources. Il put rouvrir les yeux.

Les deux premières femmes s'accroupirent et posèrent le pied du cercueil sur le sol. Les autres le dressèrent avec précaution à la verticale. Lorsqu'il fut stable, elles se retirèrent à reculons et le cercueil demeura debout au milieu de l'estrade tel un unique monolithe sur un plateau désert. Il était peint en rouge et or. À certains endroits la peinture avait coulé et formé de grossières traînées qui brillaient à la lueur des torches.

Le bourreau recommença à gigoter. Il exécuta quelques figures d'un rituel apparemment connu de lui seul, puis il fit face au sarcophage. Il imposa ses énormes pattes dessus. Il l'ouvrit et s'effaça sur le côté en faisant pivoter le couvercle avec lui.

Viens, appela Zodiak. Viens, viens, viens, viens, viens. C'était un chant, c'était un hurlement.

Dans un mouvement d'une extrême lenteur, Roman Wojtyla releva enfin la tête.

Elle apparut enveloppée de bandelettes depuis le haut du crâne jusqu'à la plante des pieds comme une grande blessée. Accidentée de la route (mais quelle route ?) ou tombée, jetée à bas d'une grue, d'un toit, d'une montagne, d'un chariot céleste. Elle montait à de telles hauteurs parfois.

Vénus, on a dit. Étoile du matin et du soir. Compagne du Soleil. Lorsqu'à l'aube elle le précédait, les Sages la nommaient douaou. Son Neter était l'oiseau Phénix. Son rôle était de transporter vers la lumière les âmes prêtes à sortir des ténèbres. (Mon âme, notre âme, pensa Zodiak.) Mais lorsqu'elle se montrait au crépuscule, son nom était ouâti et elle apportait au Soleil sa nourriture, le viatique pour son voyage de nuit.

Qui sait cela ? Qui s'en souvient ? Qui s'en soucie ?

Ils ont dévoré ce qu'il y avait de plus sacré. Ils ont broyé entre leurs crocs ce qui était magie, ce qui était beauté et pureté. L'indicible amour. Ils ont tout pris.

Elle apparut en momie d'opérette, ses yeux seuls demeurés libres et découverts. Agenouillés par terre devant elle, il y avait ces deux hommes. L'un portait la nuit de sa naissance inscrite dans sa chair, le treizième signe, le signe caché, un versant du cosmos. Un fragment du rocher de Los au fond de son estomac. L'autre gardait les traces du combat sur sa face.

La foule avait cessé de bruire et de saliver. Zodiak cessa de penser et d'appeler et de souffrir. Il regardait la reine. Il regardait ses yeux. Et ses yeux étaient verts et ils se posèrent sur lui.

Dehors la pluie redouble. Les bêtes sont inquiètes. Toutes les bêtes.

Sans oublier ces deux jeunes garçons porteurs de flambeaux qui encadraient le sarcophage, quelque chose comme d'insolites enfants de chœur ou des anges injustement reniés. C'est sur l'un d'eux que le regard de Roman s'était posé. Le plus proche de lui. Si frêle dans sa robe blanche. Si démuni. Son bras qui tremble sous le poids de la torche. Le feu, la peur qui rongent son visage — cet enfant qu'il semble connaître depuis la nuit des temps et reconnaître.

On dit qu'à ce moment-là Roman le clébard était encore à genoux et que de son œil ouvert comme un cratère une larme coula et on dit qu'elle était claire et brûlante.

Qu'est-ce que nous sommes, putain de Dieu ?

L'hippopotame remua. De sa démarche pesante il s'avança vers les prisonniers. Le sabre gicla de son fourreau avec un feulement de ferraille et il le saisit à deux mains et le dressa au-dessus de lui et il suspendit son geste. Il était peut-être le seul à y croire. Peut-être pas. Dans la foule des visages se détournèrent. Le bourreau leva son masque vers le balcon. Monsieur Victor ne broncha pas. Serguei lui adressa un signe de tête, infime mais réel. La lame scintillait comme une source de montagne.

Ce fut le dernier instant de relative quiétude. Tout se passa ensuite dans la fulgurance et la brutalité des grands bouleversements qui nous ont façonnés.

Le polac se dressa. Il se propulsa sur ses jambes et dans le même temps il saisit la corde qui le retenait et tira d'un seul coup dessus pour ramener le garde vers lui. Son crâne heurta l'homme sous le menton et on entendit le claquement net des mâchoires qui se referment. Le garde bascula d'un bloc en arrière, entraînant dans sa chute le jeune esclave et l'écrasant sous son poids. La torche roula sur l'estrade jusqu'au pied du cercueil.

— Zod ! cria le polac.

Son cri résonna dans la salle comme dans les vastes solitudes du désert. La coupure de sa lèvre inférieure se rouvrit et une petite pulpe de sang rouge en jaillit. Au même instant il sentit dans son dos quelque chose de froid qui lui perforait la chair. Il se retourna. Il vit face à lui le chauve, Saturne, la lance encore tendue et dans l'œil un éclat insolent. Le polac balança le pied de toutes ses forces et l'atteignit au bas-ventre. Il se rua sur lui et souleva sa tunique et saisit la poignée du revolver entre ses deux mains liées. Puis il prit un pas de recul et arma et pressa sur la détente. L'espace d'une seconde ou deux le bruit de la détonation annihila tous les autres sons autour. La balle pénétra dans le corps de Saturne par la base du cou. Elle le traversa de part en part et termina sa course quelques mètres plus loin dans l'épaule d'un spectateur. Le chauve fit trois petits pas en arrière en agitant les bras comme pour conserver son équilibre mais il n'y parvint pas et s'écroula sur le sol. L'homme qui était touché le regarda d'un air incrédule, puis il regarda sa propre épaule perforée, puis il se mit à hurler. Et tout le monde alors se mit à hurler. Chacun dans sa langue, notables, putains, les cris des hyènes et des vautours et ceux des animaux sacrés, le singe et le bélier, la grenouille et le lion. Tous pris de panique et entrant soudain dans une danse étrange et frénétique qui ne correspond à rien de connu sinon à un lâcher de volailles ou un ballet de feuilles mortes dans les bourrasques d'automne. On les vit s'éclater. On les vit s'éparpiller et se bousculer et se marcher dessus aux portes du grand salon. Cernés par leurs propres ombres à peu près transparentes qui glissaient et gesticulaient le long des tentures tels de fantomatiques gardiens de troupeaux dépassés par les événements.

— Zod ! cria encore une fois le polac.

De nouveau il fit volte-face. Il vit Zodiak à genoux qui n'avait pas bougé. Il vit le jeune garde détaler. Il vit le gros tout inondé de sueur et grommelant, la main empêtrée dans les plis de sa robe sous laquelle était coincé son flingue.

Le polac tira une deuxième fois. Le gros tomba sur le côté, la jambe fauchée net sous l'impact, le fémur brisé en deux. Il se trémoussa un instant par terre en se tenant la cuisse, la gueule retroussée par un rictus et un cri ou un râle enfoncé dans la poitrine et qui ne pouvait s'en échapper. Le polac tira une troisième fois. Le corps du gros tressauta et s'immobilisa. Taureau mort. Taureau qui fume.

— Zod, putain de merde, on se casse ! hurla le polac.

Mais Zodiak ne l'entendait pas. Son être tout entier absorbé par les yeux verts qui le fixaient. À l'affût des signes. Des ondes. Quelque chose à comprendre dans l'immensité de ces yeux. Peut-être quelque chose à pardonner.

Le feu avait pris au bas du cercueil. Les flammes montaient et cela semblait une chose facile et joyeuse. Il y avait les craquements du bois. Les cloques rouge et or de la peinture. La fumée. Déjà les petites mouches de cendre grise. Et la fille à l'intérieur qui commençait à sentir la chaleur le long de ses jambes. Telle qu'elle était dans son cocon elle ne pouvait ni crier ni fuir. Et l'on vit alors ses yeux rouler dans leurs orbites, ses beaux yeux verts tout à coup semblables à ceux des autres bêtes, ici et ailleurs, partout, de tout temps. Le même effarement. La même terreur.

Le polac pointa son arme droit sur la face de l'hippopotame qui se tenait à deux mètres de lui les bras en l'air ainsi qu'il avait dû le voir faire. Il avait lâché son sabre dès le premier coup de feu. Il restait planté là sur l'estrade comme prématurément naturalisé, sa demi-tonne de graisse luisant sous les diverses sources de lumière. Il bavait de trouille sous son masque.

— Ramasse ! cria le polac. Ramasse ce truc, magne-toi !

Le bourreau se pencha pour saisir le sabre.

— Allez, coupe ! cria le polac. Coupe cette putain de corde ! Allez !

Sa lèvre s'ouvrait un peu plus à chacune de ses paroles et le sang coulait et il s'était mis à couler aussi dans son dos à l'endroit où la lance l'avait frappé mais il ne sentait pas la douleur. Il présentait ses deux bras tendus et ses poignets entravés et il tenait l'hippopotame en joue avec le flingue et celui-ci commença à trancher la corde avec la lame du sabre. L'œil du polac clignait sans cesse et pendant tout le temps que dura l'opération il répéta entre ses dents : Magne-toi, magne-toi, magne-toi… Quand il fut délivré il donna un grand coup avec la plante du pied dans le bide du bourreau qui dégringola de l'estrade.

— Zod, on y va ! lança-t-il.

Le sarcophage brûlait. Les flammes rampaient maintenant le long du corps de la fille en arrachant des lambeaux de tissu racornis et noircis. Le coton et la peau. Au milieu de la fumée ses yeux verts démesurément ouverts et suppliants. Au milieu des cris ses geignements étouffés.

Zodiak était à genoux et il ne bougeait pas. Dans ses propres yeux se reflétaient les langues de feu comme naguère lorsqu'ils étaient assis tous autour du foyer au centre d'une prairie ou sur la croûte d'un terrain vague. Là son amour, à ses côtés. Là maître Agharâ. Là Roman. Là monsieur Canard et madame et tous les autres. Et l'obscurité au-delà du cercle qu'ils formaient, la nuit épaisse et noire où tout se perd.

— Zod. C'est fini, Zod. Viens, lève-toi. On s'en va.

Roman ne criait plus. Il était penché sur Zodiak et lui parlait tout près du visage et il coupait à son tour la corde qui lui liait le cou et les mains. Puis il le souleva avec douceur et fermeté comme il aurait pu le faire avec un vieillard et Zodiak se laissa faire.

Le grand salon se vidait. Par terre les vestiges de la fête, des fruits et des jarres et des piliers renversés et de menus accessoires abandonnés dans la fuite.

— On s'en va, répéta le polac.

À cet instant, le corps embrasé de la reine se détacha du cercueil. Il bascula en avant et tomba sur les planches avec un bruit mat. La fille continua à se tortiller entre ses draps de flammes et elle parvint à rouler sur le dos. Zodiak plongea une dernière fois son regard dans les yeux verts révulsés.

Tu l'arracheras aux griffes de l'ombre... Tu l'arracheras aux griffes de l'ombre, et elle resurgira dans un spasme de lumière.

Le maître ne s'était jamais trompé.

Roman tenait le bras de Zodiak et il l'entraîna avec lui. Zodiak se détourna et le suivit sans résistance.

Ils se retrouvèrent dehors devant la maison sous le vent et la pluie. Les gens s'étaient rués dans les voitures. Les portières claquaient. Les moteurs démarraient et s'emballaient et les véhicules se bloquaient les uns les autres et les hommes frappaient du poing sur les volants. La file n'avançait pas. Il y eut des coups de Klaxon et les éclats rouges des feux stop embrasant les gouttes et les panaches de fumée blanche soufflés des pots d'échappement.

Roman ne lâchait pas Zodiak. Ils descendirent ensemble les marches du perron et traversèrent l'embouteillage et s'enfoncèrent dans le parc sans que personne ne semblât leur prêter attention. Ils marchaient. Leurs pieds nus sur le sol détrempé. Le polac écartait les branches devant eux. Ils atteignirent bientôt le mur de la propriété et le longèrent jusqu'à un petit chêne aux membres noirs. Ici il n'y avait pas d'autres bruits que les bruits de la tempête.

— Prends ça, dit le polac.

Il saisit la main de Zodiak et y déposa le revolver et referma ses doigts par-dessus. Puis il s'agrippa à la première branche de l'arbre et entama son ascension. Quand il eut atteint le sommet il s'assit sur l'arête du mur et se pencha.

— À toi, Zod, dit-il. Grimpe. Allez.

Il était essoufflé. Son corps ruisselait et il s'était mis à trembler et son œil clignait sous les piqûres des gouttes. Il tendit la main vers Zodiak. Un geste d'encouragement ou une muette supplique.

Zodiak leva la tête vers lui. Puis il rabaissa la tête et se retourna.

Il n'eut pas longtemps à attendre. Quelques secondes après, il perçut le martèlement régulier de leurs pas. Au galop dans le chaos et l'obscurité du parc comme s'il s'agissait d'un banal champ de courses. Il ne put les distinguer avant qu'ils fussent là devant lui, déjà à l'arrêt, le fixant tous trois de leurs yeux pareils à de minuscules répliques de lune rousse. Dans l'attente sans doute d'une réponse sûre et définitive, quelle qu'elle fût.

Zodiak les contempla un long moment sans rien dire. Après quoi il leva le bras et pointa le revolver sur la première femelle et fit feu et dans le même mouvement il fit feu sur la seconde femelle. Puis il dirigea l'arme vers le mâle. Le mâle le regardait. Il n'y avait ni crainte ni rage dans son regard. Ni regret. Seulement quelque chose qu'il ne comprenait pas.

Zodiak pressa sur la détente une dernière fois et la détonation se fondit dans un formidable roulement de tonnerre, si bien que le chien parut succomber à la colère des cieux.

Le revolver retomba sans bruit dans le magma de boue et d'aiguilles et de feuilles décomposées. Zodiak se tourna vers le mur. Roman avait toujours la main tendue, pour une raison peut-être plus obscure qu'il n'y paraissait.

Ils avaient parcouru quelques centaines de mètres quand ils entendirent au loin sous le vent le ululement des sirènes. Ils continuèrent. Quittant la route principale et descendant par un chemin que nul sans doute n'emprunta jamais avant eux ni après. Au milieu d'arbres épars et décharnés agrippés à la rocaille. Des touffes de buissons sans nom, vivaces et farouches. Ceints de leurs seuls pagnes ils ne semblaient pas déplacés en ces lieux. Sorte d'éclaireurs d'une peuplade nomade des steppes ou bien suiveurs, chassés comme des brebis galeuses et volontairement tenus à l'écart.

Ils marchèrent une vingtaine de minutes ou davantage. Puis Roman commença à ralentir. Zodiak poursuivit sur sa lancée et prit de l'avance. Deux mètres, cinq mètres, dix mètres. Roman s'arrêta. Il resta debout chancelant sur ses jambes. Il avait le crâne en feu et le corps glacé. Il porta la main dans son dos, puis il la porta devant son œil mais il faisait trop sombre pour qu'il pût distinguer le sang de l'eau. Il fit encore un pas puis s'assit, et au bout d'un moment il se laissa glisser sur le côté, la joue par terre dans quelque chose d'humide et mou. Il ferma l'œil avec soulagement.

Zodiak se trouvait soixante mètres en aval lorsqu'il fit halte à son tour. Il se retourna mais ne vit personne. Il revint sur ses pas. Il dut presque marcher dessus pour le voir, la voir, forme recroquevillée juste un soupçon plus pâle que les ténèbres qui la contiennent. Le noir dessus, le noir dessous, le noir autour. Comme dans la matrice même de la nuit. À vrai dire cela ne ressemblait plus à grand-chose.

Zodiak demeura longtemps dressé à ses côtés sans bouger. Longtemps. Ç'aurait pu être l'histoire de cet homme venu se recueillir sur la dépouille de son frère tombé sous la mitraille. Et qui finalement s'éloigne parce qu'il n'y a rien d'autre qu'il puisse faire, qui le laisse à la terre et l'emporte dans sa mémoire.

Mais Zodiak au terme de ce très long moment se baissa. Il souleva le corps du polac et le bascula sur son épaule et se releva. Ainsi chargé il se remit en route, s'enfonçant toujours plus avant dans l'obscurité et disparaissant bientôt aux yeux de tous et nulle part à cet instant il n'était écrit qu'il pouvait un jour réapparaître.

Assise sur le marchepied de la caravane elle semblait absorbée dans la contemplation du feu au centre du campement. Un feu éteint. C'était une fin de matinée sur les terres de Dordogne. Le ciel était gris et transparent, l'air était doux. L'odeur un peu âcre des cendres. Elle avait jeté un châle mauve sur ses épaules.

Giacomo se tenait de l'autre côté de la place et l'observait en suçotant l'intérieur de ses joues. Au bout d'un moment, il pinça les lèvres et secoua la tête et soupira. Ô toi, toi..., pensa-t-il. Rester debout sans bouger lui faisait mal. Il se détourna et s'éloigna en se frottant les reins. C'était la dernière fois lui aussi qu'il la voyait.

Le petit Canard émergea de sous la Mercedes de son père en rampant. Sa face était ronde et plate, hérissée d'épais sourcils, sa tignasse déjà noire et bouclée. Il se dandina jusqu'au bord du foyer. Il plongea la main dans l'épaisseur de cendres froides et en retira une pleine poignée et ouvrit grande la bouche et l'engouffra. Il toussota un peu. Un jus noirâtre coula sur son menton et jusque dans les bourrelets de son cou. Il l'aperçut à ce moment-là. Il lança son nom avec une joie primaire et se précipita vers elle. Il l'aimait bien. Elle était sa marraine. Pour son troisième anniversaire elle était allée lui cueillir un nid de martinets à la cime d'une abbaye. Elle l'avait orné d'un ruban bleu. Tapis au creux du nid il y avait trois œufs blancs pas plus gros que des globes oculaires. Elle s'était dit qu'une fois éclos, une fois grandis, les oiseaux seraient les plus fidèles compagnons de l'enfant. Ils exécuteraient pour lui de prodigieuses voltiges dans le ciel, piqués, vrilles et arabesques, il n'aurait qu'à siffler pour qu'ils reviennent se poser sur l'anse de son index, voilà ce qu'elle s'était dit.

Le petit Canard avait broyé la première coquille entre ses doigts malhabiles et le résultat l'avait beaucoup intéressé si bien qu'il avait recommencé aussi sec avec la deuxième coquille. La troisième s'était écrasée par terre en tombant. À ce jour le nid était toujours suspendu au-dessus de son lit, madame Canard sixième du nom y glissait parfois, au gré des saisons, quelques brins de spic ou de chèvrefeuille.

Le gamin se vautra un instant sur elle pour lui témoigner son affection puis il s'assit à ses pieds et se mit à jouer avec des cailloux. De temps en temps il en gobait un. Elle lui passait machinalement les doigts dans les cheveux, tirait avec douceur sur les boucles. Sous la voûte de son palais le mélancolique bourdonnement de la berceuse. Les yeux sur le feu éteint.

Où était-il ? Celui qui lui disait non et qui lui

disait mon amour et qui le pensait vraiment, où était-il à cette heure ?

Il étudiait. Comme chaque jour. Dans l'antre du maître. Il voulait tout connaître, absolument tout. Ce qui avait été dit et écrit et ce qui avait été réalisé. Ce qui nous attend. Visiter chaque chambre de la vaste maison des morts. La moindre embrasure de porte céleste et le moindre rai de lumière, la moindre fenêtre, la moindre lucarne et la perspective qu'elle offre. La moindre faille dans les murs. Les meubles, les tapis, les lustres. Ce qui peut être retenu. Il y a tant à craindre et tant à espérer. Il voulait être en mesure de faire la juste part des choses. Sur ces bases bâtir enfin leur propre royaume, pour elle, pour eux, cette arche fabuleuse, ce jardin suspendu où le temps n'est plus compté, où rien ne s'égare ni ne se perd.

Il avait perpétuellement en mémoire une enfant nue sur la branche d'un arbre au bord d'une rivière. Une libellule. Une demoiselle. (Où vont les rêves qu'on ne fait plus ?) Il voulait tracer les lignes lui-même et tirer toutes les ficelles.

Tyras le Roux passa devant elle avec son boa autour du cou et il lui sourit d'un sourire timide. La peau du reptile brillante comme certaines veines de marbre. Nelson passa et lui sourit. Le borgne passa et lui sourit. Le maréchal Nez-Fin la salua militairement d'une main roide portée à la tempe. Puis vinrent Eliot père et Eliot fils, tous deux semblables comme peuvent être semblables deux grands lémuriens d'une commune origine, et marchant à la file et retroussant simultanément leurs babines et rehaussant ce carnassier sourire d'un clin d'œil appuyé et poursuivant sans ralentir, le fils tordant le cou pour ne pas détacher d'elle son regard, ceci aussi longtemps que cela lui fut possible. Bismuth passa et lui sourit. Adam le Maure passa avec une hache sur l'épaule et lui sourit. Louis-Ferdinand passa et Bois-de-Cerf et il y en eut d'autres encore et tous lui sourirent et aucun ne lui adressa la parole pas même José le ventriloque qui était en deuil d'un de ses locataires imaginaires. C'est étrange lorsque l'on y songe. Ce matin-là les hommes passaient et ils souriaient et ils ne s'arrêtaient pas. Il n'y avait aucune ombre visible attachée à leurs semelles.

Sur le coup de midi, madame Canard sixième du nom vint planter sa massive silhouette devant elle. Elle lui dit quelques mots où il était question de lièvre ou de bec-de-lièvre ou de tout autre chose en fait. Des paroles comme une petite pluie fine qui ne pénètre pas. Puis elle se baissa et récupéra son rejeton et l'instant d'après la mère et l'enfant n'étaient plus là.

Elle demeura seule, assise sur le marchepied de la caravane. Elle continua un moment à fredonner sa berceuse. Puis elle se leva.

Roman non plus ne la vit pas partir. Au même instant il se trouvait à trois kilomètres de là dans la chambre à coucher d'un vieillard tout juste mort.

Il s'était rendu de bonne heure au village le plus proche. Une de ces expéditions dont il était coutumier. Il avait poussé la porte du premier café. Il avait deux billets en poche, et pas des plus gros. Pour moitié il les but, pour moitié il les offrit à boire. Les seuls clients de l'établissement étaient un quatuor de grands-pères, joyeux lascars ceux-là, tous veufs et contents de l'être et de pouvoir siffler leur maigre retraite à leur guise. Ils avaient leur table et ils tapaient le carton et les lendemains de pluie il leur arrivait parfois de faire courir des escargots dans l'arrière-cour du bistrot. Après quoi ils les bouffaient, gagnants comme perdants.

Ça ne leur déplaisait pas aux vieux de voir une gueule nouvelle, surtout si le gars payait sa tournée. Ils s'étaient tout de suite entendus avec Roman. Ils avaient râlé un bon coup et le patron avait fini par envoyer la main sous le comptoir et il en avait tiré une bouteille sans étiquette et personne ne peut dire combien de verres au juste ils s'enfilèrent tous ensemble et à la suite. Une liqueur maison au goût de racines. Leurs yeux de plus en plus larmoyants et leurs trognes de plus en plus rutilantes — C'est le pays de la fraise ici, mon gars. C'était aussi le pays des Paléanthropiens et des Néanthropiens et le sol partout aux alentours regorgeait des vestiges de leur ancien séjour. Qui sait si ces hommes bruts ne se trouvaient pas là des dizaines de milliers d'années plus tôt exactement à la même place et goûtant le même breuvage avec la même ferveur ? Ils avaient bien rigolé. Roman et les vieux. Des bouches pleines de trous et de dents jaunes et grises. Et puis les inséparables il avait bien fallu qu'ils se séparent pour aller casser la croûte. Il y en avait un parmi eux qu'on surnommait le Tambour. Roman l'avait suivi jusque chez lui dans sa petite fermette délabrée à l'orée du village. Celui-ci plutôt que les autres peut-être parce qu'il pétait et riait le plus fort. Peut-être parce qu'il s'était vanté tout haut de sodomiser tous les curaillons de la création et le pape en tête. Roman connaissait la signification de ce mot.

Le vieil homme était mort dans ses bras. Roman l'avait serré très fort contre lui. Plus tard on retrouverait le corps au pied de l'escalier avec trois grammes et quelques dans le sang et les reins brisés mais d'ici là Roman aurait quitté la maison. Il emportait avec lui pour butin un crucifix ayant appartenu à la défunte épouse du défunt et une photo de celle-ci prise de son vivant et plaquée dans un petit cadre en laiton et il emportait également une poignée de pièces de monnaie et une casquette en laine à carreaux gris et bordeaux et une carabine Remington modèle Nylon 66 calibre 22 long rifle en parfait état de fonctionnement. Il n'avait pas trouvé les cartouches qui allaient avec et il n'en trouverait pas et six semaines plus tard il troquerait cette arme contre une authentique chapka en poil de martre sans avoir jamais tiré un seul coup.

Elle ne dit adieu à personne ni même au revoir. Cela n'avait rien d'étonnant car il en était ainsi à chacun de ses départs. Le dernier de la troupe à entendre sa voix fut un Belge mexicain nommé Ernesto Wilmots et surnommé El Gato. Lanceur de couteaux. Il y avait un petit bois à proximité du campement et un semblant de clairière au milieu de ce bois et El Gato se trouvait là en train d'exercer son art en solitaire. Il était torse nu, les yeux bandés par un foulard. Quatre ou cinq coutelas étaient déjà fichés dans le tronc d'un châtaignier. Il en tenait un autre par la pointe de la lame et s'apprêtait à le lancer quand il entendit des bruits de pas. Il suspendit son geste et releva son bandeau. Il la vit et lui sourit. Eh, gatina, dit-il. Il prit une pose avantageuse. J'ai un couteau spécial pour toi, si tu veux. Avec un manche long comme ça… Elle eut à son tour un mince sourire mais elle ne répondit pas. Elle traversa la clairière, le visage pâle sous la lumière pâle. Il la suivit des yeux puis la héla de nouveau. Où est-ce que tu vas, encore ? Sans se retourner elle répondit : Je pars. Et elle s'enfonça entre les troncs des arbres et le lanceur de couteaux cessa de sourire et demeura longtemps à fixer ce point précis où elle avait disparu. Il avait l'air d'une sorte de guérillero déconfit avec son bandeau sur les sourcils et le coutelas ballant au bout de son bras.

El Gato affirma qu'elle portait encore à ce moment-là sur les épaules ce châle mauve qu'on retrouva le surlendemain au bord de la nationale à moins de deux kilomètres du petit bois. Il était déplié et étalé avec soin comme pour servir de nappe à un hypothétique déjeuner sur l'herbe.

On ramena le châle à Zodiak et il resta enfermé tout l'après-midi dans la caravane avec le maître Agharâ et le soir même il prenait la route. Il n'avait pas parcouru trois cents mètres lorsqu'il perçut dans son dos comme un écho à ses propres pas. Il se retourna et il vit découpée à contre-jour dans le disque sanglant du couchant la haute silhouette de Roman qui avait fait halte aussi et qui le regardait. Sa présence en ces lieux avait quelque chose d'éternel. Du moins comblait-elle une ellipse longue de vingt ou trente millénaires, depuis l'âge de pierre jusqu'à l'âge de plomb. Le polac tenait à la main la carabine Remington Nylon 66 dépourvue de munitions.

C'est ma sœur, dit-il.

Zodiak ne dit rien. Il lança un bref regard vers le ciel, puis il fit volte-face et reprit sa route et Roman reprit la route derrière lui.

Deux hommes qui marchent.

Regardez-les.

Car chacun sur cette terre peut être certain de les croiser au moins une fois au cours de ses propres pérégrinations. Et si ce ne sont eux, ce seront leurs frères.

Toute chose rencontrée par son regard paraissait sans consistance réelle et de forme indéterminée et fluctuante et ces choses surgissaient subrepticement de l'obscurité l'une après l'autre et passaient hors de sa portée et s'évanouissaient et retournaient bientôt au noir qui les avait engendrées telles ces fabuleuses créatures des grands fonds marins dont on ne sait rien ou si peu ou tels de lents astéroïdes parcourant les confins de systèmes stellaires à jamais soustraits à nos yeux. On dit chose par défaut. Parce que le nom de ces apparitions n'est compris dans aucun lexique.

Il n'était pas effrayé. Lui-même semblait fait de la même texture et livré au même sort. Flottant et ballotté sans heurts dans ce monde impalpable et obscur. Il se laissait porter. Il entendait sa respiration. Il n'entendait que ça.

Nul ne saurait dire combien de temps ce premier exil dura.

Lorsqu'il reprit conscience ce fut pour se retrouver dans un monde encore plus obscur que celui qu'il quittait et alors oui à ce moment-là il en ressentit une intense frayeur. Il se crut mort et en enfer et pour l'éternité. Il avait ouï dire nombre d'histoires. Ici en ces lieux dans tout ce qu'il pouvait voir et entendre il n'y avait que les ténèbres absolues et un souffle assourdissant et ininterrompu semblable à celui d'un gigantesque brasier. Il n'avait jamais songé à son salut. S'il n'était déjà plus qu'une âme, il ne lui restait guère d'espoir.

Il crut cela jusqu'à ce qu'il eût reconnu en ce souffle phénoménal le simple déchaînement de la tempête. Le vent et la pluie qui affligent les hommes. À peu près au même instant son corps reprit ses droits et il éprouva dans sa chair et dans ses os la dureté du sol sur lequel il était étendu. Une dalle de béton.

Il gisait par terre quelque part dans quelque abri provisoire assiégé par les éléments. Il était vivant. C'était mieux que n'importe quel putain d'enfer. Une fine pellicule de sueur glacée enveloppait son corps comme une seconde peau. Les longs frissons de la fièvre prenaient naissance sous son crâne et se propageaient le long de la colonne vertébrale et se déployaient jusqu'aux plus extrêmes ramifications de ses membres. Il voulut tourner la tête mais n'y parvint pas. Il ne tenta même pas d'appeler. Il n'y avait rien qui se détachait du noir autour de lui et à quoi il eût pu raccrocher son regard. Il attendit.

Au bout de quelques minutes ou de quelques heures il sentit une main glisser sous sa nuque et la soulever. On força doucement le passage entre ses lèvres collées par une écume sèche et il y eut le choc d'un objet contre ses dents. Il fit l'effort de desserrer les mâchoires. Une gorgée de liquide coula au fond de sa gorge, quelque chose de fort et amer qui lui enflamma l'intérieur. Il frissonna de plus belle. On lui versa une deuxième rasade. À la troisième il manqua recracher ses tripes. Il toussa et la douleur dans son dos se réveilla et lui arracha un long gémissement. On reposa sa nuque à terre. Il ne put déceler ni bruit ni mouvement dans la pièce. Il avait devant les yeux de minuscules étincelles ou bien de grandioses feux d'artifice explosant dans un ciel nocturne à une distance incommensurable. Il entrouvrit la bouche pour prononcer un nom mais aucun son ne se fit entendre. Il ferma les yeux et perdit à nouveau connaissance. Quand l'aube parut, grise et sale, il dormait toujours.

Il en fut ainsi trois jours et trois nuits durant. La plupart du temps dans un état d'inconscience qui n'était pas vraiment du sommeil et qui n'était pas non plus la mort. Il faisait des rêves. Dans ces rêves il dérivait. Il éprouvait une paix certaine à se mouvoir dans cet univers parallèle, il était léger et serein et lui eût-on accordé l'entière responsabilité de ses choix sans doute eût-il établi là ses quartiers pour une durée infiniment plus longue. On parle de saisons. On parle de cet hiver et de ceux à venir. Derrière ses paupières closes.

Lors de ses brèves périodes de résurgence, la main secourable lui soutenait la nuque et le forçait à boire l'âpre breuvage. Il tremblait de froid et de fièvre. Il était incapable de faire le moindre geste. Ce qu'il voyait c'était un monde tantôt noir, tantôt d'un gris étale et sans relief tel qu'il se présentait peut-être à l'état originel alors qu'il n'y avait personne pour le voir. Dehors l'orage ne désarmait pas.

Au matin du quatrième jour, il fut réveillé par les stridulations persistantes d'un grillon. Il pensa que l'insecte s'était trompé ou de temps ou de lieu. Cela arrive quelquefois. Il ouvrit les yeux. Il passa un long moment à écouter. Le souffle énorme s'était tu. Il n'y avait pas d'autre bruit que le chant du grillon et quelque part le clapotis d'une eau s'écoulant goutte à goutte. Il entendait tout cela très distinctement. Son esprit était clair. Il sut à ce moment-là qu'il ne retournerait plus dans ses rêves. Sa vue aussi avait commencé à se dégager et il put bientôt discerner certains éléments de l'endroit où il se trouvait.

C'était un ancien transformateur haute tension désaffecté. Une petite construction en dur, assez haute de plafond et carrée. Il était couché là sur le sol parmi des gravats et d'hétéroclites objets mis au rebut. Sur le mur derrière lui pendait la structure calcinée d'une armoire électrique et son écheveau inextricable de fils et de câbles fondus. Quelque chose qui pouvait être l'œuvre d'un artiste conceptuel pyromane. Les autres pans de mur étaient couverts de haut en bas de graffitis. Bréviaire, livre d'or de tous les damnés de cette terre, enfants de la misère, enfants du désespoir et de la rage, petits bâtards abandonnés, hagards, déchus, les paumés, les clodos, les junkies, les putains des chantiers et leurs clients solitaires et les autres, tous ceux-là qui avaient trouvé refuge en cet antre pour une heure ou une nuit, ils étaient là, ils avaient dormi par terre le front dans la poussière et ils y avaient laissé leurs larmes et leur sang et leur foutre et leur vomi et ils avaient pissé et chié dans les coins et c'est à croire que tous avaient souhaité pour finir inscrire ou graver dans le béton un témoignage moins éphémère de leur passage, ajoutant leur nom à la liste et érigeant ainsi en commun leur propre monument aux morts, car qui d'autre aurait pris ce soin, qui d'autre qu'eux pourrait souhaiter les voir rappelés à notre bon souvenir ?

Il comprit parfaitement ce qu'étaient ces écritures sans avoir besoin de les déchiffrer. Il continua à faire l'état des lieux. Un jour blafard entrait par une sorte de lucarne haut perchée au verre dépoli et épais. Cela constituait la seule source de lumière. Le local était fermé par une lourde porte en métal rouillé et dans un angle près de cette porte il y avait Zodiak, immobile, qui l'observait.

Il était assis en tailleur, une couverture étalée sur les épaules et le dos. Vieil indien des plaines, vieux sage.

Le polac lâcha un soupir et laissa retomber sa tête.

— Zodiak…, murmura-t-il.

Son regard luisait. Son visage entier était verni d'une mince couche de sueur séchée. L'arcade au-dessus de l'œil gauche avait désenflé et cela faisait maintenant comme un petit bourrelet de chair flasque et marron. Il respirait avec calme. Il ne tremblait plus. Il déglutit mais la salive lui manquait. Il se passa la langue sur les lèvres et sentit la croûte qui s'était formée sur l'entaille. Dans sa tête il répéta : Zodiak. Il fixait le plafond. Il entendait le chant du grillon, le rythme lent et régulier des gouttes d'eau distillées une à une. Il remua les doigts.

— Ça pue ici, dit-il.

Il y avait une bouteille de Suze aux trois quarts vide posée par terre devant Zodiak. À l'aide d'un rudimentaire cornet en papier confectionné par ses soins, celui-ci versa à l'intérieur une petite dose de poudre verdâtre. Il prit la bouteille et en boucha le haut du goulot avec le pouce et la secoua. Puis il se leva. La couverture glissa sur son dos.

Roman le regarda s'approcher. Il remarqua sur lui des vêtements qu'il n'avait jamais vus auparavant. Un pantalon noir et une paire de baskets qui paraissait neuve et un gros chandail en laine et une espèce de gabardine dans les tons beiges. Il le trouva beau comme ça. Il lui trouva de la classe. Les habits que Zodiak portait étaient toujours exactement à sa taille.

Zodiak s'agenouilla près de lui et leva la bouteille.

— Qu'est-ce que c'est ? fit Roman.

— Bois, dit Zodiak.

Il lui maintint la nuque et lui versa entre les lèvres une longue rasade de sa potion. Après quoi le polac resta quelques instants allongé sans rien dire à reprendre sa respiration, à attendre que s'atténue la brûlure au fond de ses entrailles. Puis il rouvrit la bouche.

— Zod, dit-il, tu sais ce qu'ils m'ont fait ?

Zodiak acquiesça d'un signe. Il posa la main sur le front de Roman et la laissa là. Puis il se releva. Roman le trouva grand. La douleur qu'il éprouvait dans la région du dos était forte et lancinante mais supportable à présent. Il réalisa qu'il était toujours nu hormis l'espèce de pagne dont on l'avait affublé. Une large housse de couette recouvrait son corps et cette housse était bourrée de frusques en tout genre et de serviettes et de draps roulés en boule et tout ça formait une épaisseur d'au moins vingt centimètres et par-dessus étaient encore disposées quatre briques qui avaient été brûlantes et qui maintenant étaient tout juste tièdes.

Le polac esquissa un mince sourire.

— Tu m'as bien soigné, Zod, dit-il.

Un peu plus tard ce jour-là ils partagèrent les restes d'un poulet et quelques biscuits. Zodiak détachait les morceaux avec ses doigts et les glissait dans la bouche de Roman et Roman mastiquait avec lenteur et application comme si cela faisait partie de l'initiation à quelque rite ancestral dont il devait se montrer digne.

Un peu plus tard encore Zodiak se leva pour partir. Avant de quitter l'abri il se retourna et regarda Roman étendu sur sa couche de fortune, puis il sortit et referma la porte derrière lui.

Roman resta seul. Il passa près d'une heure à faire bouger chacun de ses membres ankylosés et meurtris. Au terme de ces exercices il était en nage. Satisfait. Il ferma de nouveau les yeux mais ce n'était pas pour dormir, ce n'était pas pour rêver. Il pensa à beaucoup de choses. Parmi ces choses il y en avait certaines auxquelles il n'avait jamais pensé et certaines qu'il appréciait aujourd'hui sous une lumière nouvelle.

À la tombée du jour, le grillon se tut. Roman fit encore une série d'exercices. Il se sentait bien malgré la douleur, malgré l'humidité et le froid et l'envahissante obscurité. Il avait déjà traqué les rats dans des endroits comparables à celui-ci.

La nuit était déjà bien avancée quand Zodiak rentra. La porte avait grincé et Roman leva la tête et il eut le temps d'apercevoir les contours d'une ombre dans l'encadrement avant d'être plongé à nouveau dans le noir.

Zodiak rapportait quelques victuailles dans des sacs en plastique. Il se mouvait sans bruit dans l'obscurité. Il posa les sacs à terre et reprit sa place dans l'angle du local. Assis jambes croisées, la couverture sur le dos. Il s'apprêtait à passer une autre nuit. Il pensait que Roman était assoupi et il fut surpris d'entendre sa voix.

— Qu'est-ce qu'on va faire maintenant, Zod ? demanda le polac.

Zodiak tourna les yeux vers l'endroit où il se tenait. Il laissa passer un moment, puis il dit :

— Continuer à chercher.

— Chercher quoi ? demanda le polac.

Zodiak soupira.

— Ce n'était pas elle, dit-il. La fille. Ce n'était pas elle.

— Je sais, fit le polac.

— Le nain nous a menti.
— Je sais, Zod.
— Qu'est-ce que tu sais ?
— Il nous a menti, répéta le polac. Tout ça, c'étaient que des mensonges. Rien que des mensonges… Enculé de nabot.
— C'est de ma faute, dit Zodiak.
— Quoi ? Qu'est-ce qu'est de ta faute ?
Zodiak ne répondit pas. Ils restèrent un moment silencieux. Roman avait sorti un bras de sous la couette et il grattait le sol du bout de l'ongle.
— Zod…, murmura-t-il.
— On m'a parlé d'une autre ville, plus au sud, dit Zodiak.
— Zod, dit le polac. Elle est morte.
— Il y a un port là-bas aussi, dit Zodiak. On m'a parlé d'un bateau. Un yacht. C'est là qu'ils organisent leurs spectacles. Ils ont sans cesse besoin de nouveaux artistes.
— Elle est morte, Zod, dit le polac.
— Ce n'était pas elle, dit Zodiak.
— Sonia, dit le polac. Elle est morte.
Zodiak serra les mâchoires.
— Ne dis pas des choses comme ça, Roman.
— On la retrouvera pas, dit le polac. On retrouve pas les morts. Jamais. Je sais pas où ils vont.
— Tu ne sais rien, dit Zodiak.
— Toi tu le sais.
— Tu ferais mieux de dormir, Roman.
— Tu le sais depuis toujours, Zod. Pas vrai ?
— Personne ne sait, dit Zodiak.
Le polac ne voyait pas son visage. Il ne voyait pas son regard. Il n'y avait que le son de leurs

voix dans le noir et cela pouvait aussi bien être deux astres conversant d'un bout à l'autre du cosmos ou encore deux âmes, immatérielles âmes en leur domaine réservé.

— C'était une putain, dit le polac. Sonia. Ma sœur. C'était la pire de toutes les putains de la Terre. Ça aussi tu le sais.

— Ne dis pas ça, Roman.

— C'est ça qu'elle faisait dans ton dos pendant que tu regardais les étoiles ou je sais pas quoi : elle se faisait baiser. Par n'importe qui.

— Tais-toi, Roman.

— C'était pas une fille pour toi, Zod. Elle te méritait pas.

— Tais-toi, Roman, dit Zodiak.

Le polac se tut. Il rassembla de nouveau sa salive et déglutit. Il avait soif. Au bout de quelques instants, il reprit.

— Y a eu le père Canard, d'abord. C'est lui le premier qui l'a baisée. Elle avait même pas quatorze ans. Il l'a pas forcée, c'est elle qu'a voulu. Toujours à lui tourner autour. Toujours à se frotter, comme ça, avec ses petits seins, son petit cul. Je la voyais faire. Elle a fini par l'avoir.

Zodiak ouvrit la bouche mais sa gorge se serra et il ne dit rien. Il avait glissé la main au fond de sa poche. Il tenait la pierre du maître, le fragment de rocher de Los, il le frottait du gras du pouce à s'en arracher la peau.

— Giacomo aussi, il l'a baisée, dit le polac. Le vieux Giacomo. Un paquet de fois. Et le vieux Tsze Boban aussi. Et Tyras et Nelson et le Maréchal et Louis-Ferdinand. Tous. Je les ai vus. Tous ils lui ont grimpé sur le dos. Même Moralès. Tu te rappelles de Moralès, Zod ?

Zodiak resta muet. Il avait fermé les yeux. Il frottait la pierre avec son pouce et il se balançait sur les fesses d'avant en arrière. De plus en plus vite. Cœur trou noir. Le noyau dur enflant au creux de son estomac. Plus dur que la pierre, plus dur que tout. Il y avait l'Étoile du soir…, pensa Zodiak.

— Encore un enculé de nabot, çui-là, dit le polac. Moralès. Je sais pas ce qu'elle lui trouvait. Tous les jours elle le rejoignait. Tous les jours. C'était devenu son préféré. Tu sais comment ils faisaient ça, tous les deux ? Toujours pareil. Elle se foutait à quatre pattes par terre comme une chienne et lui il restait debout et il la baisait comme ça par-derrière. C'était juste à sa taille, tu comprends. Ils faisaient ça n'importe où. Putain, ça m'écœurait de les voir.

… Il y avait l'Étoile du soir et l'Étoile du matin et ce n'était en réalité qu'une seule et même étoile. N'oublie jamais. N'oublie jamais ça.

— Le Moralès il est pas tombé tout seul dans la carrière, dit le polac. Tu sais, Zod. C'est moi. C'est moi qui l'a poussé.

De nouveau il fit une pause. Il respirait. Il regardait droit au-dessus de lui, vers le plafond, vers le ciel. Il ne voyait que du noir. Il était bien.

— C'est pas vrai c'était pas ta faute, Zod. Elle te méritait pas. Sûrement que c'était pas sa faute à elle non plus. À personne. C'est comme ça. On peut rien faire. Sonia, même un chien il aurait pu la baiser. N'importe quel clébard qui passait par là. Même moi, Zod, si j'avais voulu…

Le premier coup l'atteignit au flanc et il en eut le souffle coupé. Il n'avait rien entendu, aucun froissement dans l'air, aucun frottement de semelles. Cela ne l'étonna guère. Il pensait depuis longtemps que Zodiak était capable de faire ça. Se déplacer sans toucher le sol. Voler. Un deuxième coup suivit et le toucha à peu près au même endroit, le long des côtes. Il ouvrit grande la bouche et réussit à happer une goulée d'air et il la recracha en disant :

— Tu me fais mal, Zod.

Après ça il ne dit plus rien. Il s'y attendait, de toute façon. Au fond de lui il s'y attendait et à présent il ne lui restait plus qu'à laisser passer.

Zodiak se tenait debout près du corps et il envoya le pied une troisième fois et une quatrième. Il frappait au jugé, à l'aveuglette. Le bout de sa chaussure heurta l'épaule de Roman, puis le cou. Il continua à frapper. Il serrait le fragment de rocher au creux de son poing. Son visage était blême et crispé mais personne ne pouvait le voir. Il n'entendait plus les voix, il n'entendait pas le bruit sourd des chocs ni les gémissements, seul résonnait à l'intérieur de son crâne une sorte de bourdonnement monotone qui était peut-être le torrent de son propre sang charrié ou une lointaine berceuse sans paroles. Il frappa encore. Les briques posées sur le dessus de la couette glissèrent et tombèrent une à une. Zodiak continua à frapper et son pied toucha le polac à la joue, à la tempe, et des gouttes de sang giclèrent et s'accrochèrent à ses baskets neuves et au bas de son pantalon et bientôt le polac n'émit plus aucun son et Zodiak s'acharna encore sur cette masse molle et inerte jusqu'à épuisement.

Après quoi il retourna en chancelant dans l'angle du local où était sa place. Il s'assit par terre et remit la couverture sur son dos et attendit ainsi que passent les nuits et les jours.

On les vit pour la dernière fois marchant l'un derrière l'autre aux prémices d'une aube. Il faisait froid. Le ciel était haut. De loin en loin fusaient les cris d'une compagnie d'oiseaux de mer qui s'en allaient chercher pitance à l'intérieur des terres parmi les collines d'immondices et les centres de tri.

Ils remontaient une longue avenue déserte.

Lui qui traînait la patte derrière à trois pas de distance se nommait Roman Wojtyla. Dit le polac. Sans doute descendant ignoré du célèbre Ecclésiaste. Son genou droit le faisait souffrir. Son corps portait encore les marques. Il avait deux côtes fêlées. Il sifflait en respirant. Il avait perdu deux dents de plus dans cette histoire. Il ne se plaignait pas. Il suivait.

Lui qui allait en tête le visage fermé était appelé Zodiak. Descendant de Dieu sait qui. Il connaissait par cœur les noms des astres qui peuplent l'univers et qui étaient gravés à l'encre noire dans sa chair et il connaissait les noms des plantes qui guérissent. Il connaissait beaucoup de choses. Pas tout. Il avait au fond de sa poche un petit fragment de minerai en forme de pointe de flèche qu'il frottait parfois du gras du pouce. Ses blessures ne se voyaient pas.

Ils avançaient.

L'éclairage public n'allait pas tarder à s'éteindre. Quiconque lèverait les yeux à ce moment-là pourrait apercevoir là-haut au fronton des cieux les derniers feux d'une étoile solitaire. Zodiak le ferait. Pas l'autre. Quiconque serait en droit de se demander dans quel but et à quelles fins.

La grosse horloge ronde au sommet de la gare marquait six heures et des poussières.

Ils avançaient.

Neuf cent quarante-sept jours s'étaient écoulés depuis qu'ils avaient pris la route. Depuis le début de leur quête.

Cette ville ou une autre.

Il y avait un train à quai ce matin-là. Ils le prirent.

DU MÊME AUTEUR

Aux Éditions Zulma

TOUTE LA NUIT DEVANT NOUS, 2008.

GARDEN OF LOVE, 2007.

INTÉRIEUR NORD, 2005.

LA PART DES CHIENS, 2003, Folio Policier n° 519.

MON FRÈRE EST PARTI CE MATIN..., 2003.

ET TOUS LES AUTRES CRÈVERONT, 2001.

Aux Éditions Fleuve Noir

CARNAGE, CONSTELLATION, 1998, Folio Policier n° 506.

LE LAC DES SINGES, 1997, Folio Policier n° 564.

LE DOIGT D'HORACE, 1996, Folio Policier n° 551.

Aux Éditions Baleine

LE VRAI CON MALTAIS, collection Le Poulpe, 1999.

Aux Éditions Six pieds sous terre

LE VRAI CON MALTAIS, illustrations de Jampur Fraize, 2002.

Aux Éditions du Seuil

CENT JOURS AVEC ANTOINE ET TOINE, 2000.

Aux Éditions Autrement

PLAGE DES SABLETTES, souvenirs d'épaves, photographies de Stéphanie Léonard, collection Noir urbain, 2005.

Aux Éditions Syros Jeunesse

SCARRELS, 2008.

LE CHAT MACHIN, illustrations de Candice Hayat, 2007.

LE CHAPEAU, illustrations de Rémi Saillard, 2007.

L'ÉCHELLE DE GLASGOW, collection Tempo +, 2007.

IL VA VENIR, collection Souris noire, 2006.

Aux Éditions Pocket Jeunesse

DE POUSSIÈRE ET DE SANG : Que renaissent les légendes, 2007.

BANDIT, 2005.

SOUS MA COUVERTURE, 2001.

Composition Interligne
Impression Novoprint
le 10 mars 2010
Dépôt légal : mars 2010
1er dépôt légal dans la collection : août 2008

ISBN 978-2-07-034464-2./Imprimé en Espagne.

174216